絕色煙柳 上

一半是天使 著

風 文創 079

目錄

自序

一半是天使

關於《絕色煙柳》的故事構想，其實是始於兩年前的。

兩年前，重生題材還不那麼流行，我也只是想寫一部關於和親公主「逆襲」的古言而已。文中有我所喜歡的宮廷紛爭、花樣美男，當然，還有揚眉吐氣殺回皇城的「大公主」！

當時忙著碼上一本出版的書《青好記》，所以這個構想就停了下來，但在我的腦海中，《絕色煙柳》的故事和人物卻一直存在著，甚至變得越來越飽滿。所以《青好記》完結的第二天，我就馬不停蹄地開始專心寫《絕色煙柳》。

熟悉我的讀者都知道，宮廷戲是我所擅長的領域。但說實話，這個故事的起承並非源於宮廷，而是來自鄉野，而且入宮前的戲分極多。加上女主是從八歲開始寫起，還需要大量的「種田」戲分。家長裡短，細碎生活，並非是我所喜歡和鍾愛的行文風格。所以一開始，創作的過程並不讓我覺得很愉悅，甚至讓我有種衝動，直接讓女主長大，然後入宮算了！

但寫著寫著，我突然開始對這部分原本屬於鋪墊的戲分入迷了。

女主的盤算、籌謀、經營，與各路牛鬼蛇神之間的博弈……雖然不如宮廷鬥爭那般驚心動魄，卻綿綿如細水長流，可以從中完整地塑造出我想要的一個女主，一個「血肉豐滿」的柳芙！

而結尾，也是我對這本書最喜歡的地方。

男人和女人之間，可以有最為純粹的感情，這樣的感情，比起江山，比起皇位，比起一切的名利和權勢都更為誘人，這也是幾乎所有女人心中最嚮往的圓滿結局！

如果現實過於冰冷和殘酷，那我們就在書本中去尋找一份美好。對於我來說，碼字的過程就像進入了另一個世界，融入了另一個人的生活，我可以控制人物和故事的走向，讓它合情合理，卻又百轉千迴，讓讀者讀來有怦然心動的感覺，這也是讓我癡迷於碼字寫文的最重要原因。

最後，我必須感謝出版方，感謝我的編輯。你們的認真，使得我的辛苦變得更有意義。也因為你們的認真，讓更多的讀者可以享受到閱讀的喜悅。

還要感謝一路陪我走來的讀者們，在這裡，借這個機會給你們鞠躬了！愛你們！

楔子

瑞成二十三年，大周王朝宰相之嫡女以白身獲皇帝親封為尚恩公主，代替天家施恩，塞上和親。

三月三，伴隨著尚恩公主遠嫁的車隊，原本已經春意滿城的京都竟飄散起了漫天的雪花，使得皇城內外「一夜白頭，不見城廓」。

初春落雪的絕美景致，被城中百姓視為天降祥瑞，紛紛主動向著公主出嫁的北疆方向下跪，感謝公主犧牲自我以保全大周天朝臣民免於戰火。

鮮紅嫁衣飄揚在飛雪之中，尚恩公主立於京都外長亭上，身姿綽約，卻單薄得好像一片輕靈的雪花。

紅紗覆面的她雖然盛裝以待，卻目中含淚，神情悲戚，只癡癡地遙望著京都的城牆，任誰也無法看清她此時的表情。

當皇朝萬民都期待著尚恩公主能用遠嫁換來和平同時，沒有人知道，向來軟弱可欺的她，終於作出了人生之中唯一一次勇敢的決定。以結束自己生命的方式，來換取永遠的安寧。

那年，當一切發生翻天覆地的變化時，尚恩公主——柳芙，不過才十五歲。

第一章　那時煙花冷

京都柳府，月苑。

嶄新的細白攏裙，外罩纏枝紋樣的翠色對襟衣裳，腰間一條絨黃綴花緞帶，當柳芙抬手拂過那張比同齡人要嬌弱纖細的面容時，雖眉眼間的稚氣猶在，但黑白分明的眼眸中卻清楚地透出一股不同尋常的成熟來……

瞧著黃銅明鏡中的自己，柳芙還是不敢相信這是「自己」！更不敢相信，時間竟退回到了七年之前！

同樣的八歲年紀，不同的卻是目光中掠過的一抹深沈。她幾乎已經不記得草原上像刀子一般凜冽的寒風了，更不記得三尺紅綾纏在頸間的窒息有多痛苦……她只記得，當自己絕望地閉上雙眼，以為所有噩夢已經結束時，一切，卻只是剛剛才開始。

一個月前，她從頭痛欲裂中醒來，第一眼看到的是相貌溫婉作農家婦女打扮的母親，還有身下古舊破敗的牛車。在短暫的混沌迷糊之後，柳芙才發現，自己竟然重生回到了八歲那年。

那時躺在顛簸牛車上的柳芙只感覺全身上下忽而極冷，忽而又極熱，嘴唇上撕裂的刺痛也在不斷的將以前的記憶找回。

而記憶中，八歲那年，母親沈氏用賣了宅田所得的二十兩銀子置辦了牛車和乾糧，攥著手中一封幾乎被揉碎了的書信，毅然帶著自己往京城而去，說是找到離開了整整八年的爹爹柳冠傑。因為信上說，爹爹他做了官，一家人也終於可以團聚了。

沈氏帶著自己乘了一個多月的牛車才抵達京城。在盤纏差不多用盡之後，終於比照帖子上的位址，在城南一條寬闊無比的街巷盡頭找到了這「柳府」。

薄日下閃著光芒的紅底黑漆匾額上，「柳府」二字是顯眼；綿延整個街道的青石高牆也讓人看不到邊。敲開厚重的黑漆銅釘大門，迎接母女二人的並非是久別重逢的喜悅，而是讓人領到後院小角門躲藏而進的尷尬。

一如從前，柳芙沒有見到爹爹，只有一個神色肅然自稱陳管家的男子匆匆而來，說讓母女兩個暫時在月苑安頓，等「老爺」回來自會相見。

沈氏還沈浸在即將和分別多年的相公重逢的喜悅中，自然沒有發現這高門大戶中所暗藏的一絲異樣氣氛。

但已經預知一切的柳芙卻忍不住嘴角浮起一抹冷笑。

柳冠傑若有心，早就應該親自回到蜀中的山村裡接自己妻女上京，而非是拖了整整八年，只寄來一封薄薄的書信，讓一對孤兒寡母獨自跋涉尋親。

心中清楚明白，柳芙知道，能不能與柳冠傑相認、怎麼相認，這還是兩說之事。

記憶戛然而止，柳芙的唇邊浮起一抹淒冷莫名的笑意，死死地盯著鏡中的自己，好像那張好看得過分的臉並不是屬於她的一樣。

「若不是我在車上發燒到快要死了，就不會再重新回到自己的身體裡來了吧……」

柳芙記得，八歲的自己太過瘦弱，身子經不起一、兩個月車馬行走的折騰，剛到半路上就病了。高燒不退，意識模糊，沈氏一邊勻出錢來一路給自己吃藥看病，一邊還是堅持馬不停蹄往京城趕路，那段日子就好像一個永遠不會醒來的噩夢。

如此惡劣的環境、嚴重的病情，她甚至不知道自己當時是怎樣熬過來的。

或許小孩子都是這樣，病來如山倒，病去卻也不難。至少現在自己站在這裡，只是看起來蒼白瘦弱了些，身體的感覺卻還好。

「請問您梳洗好了嗎？和風閣的人來傳話，說是老爺要見您。」門外傳來一聲脆甜的叫喚，也將柳芙飄遠的神思從記憶中喚回。

「稍等，這就來。」

柳芙看了看散在肩頭的濕髮，只胡亂拿布巾擦了擦，一邊梳著辮子，一邊收斂思緒推門而出。

「我娘呢？」

柳芙抬眼，直視著眼前的女子。十八、九歲的年紀，有著北方女子所特有的高壯身材和滿月般的圓臉。她肌膚不算細白，卻透出健康的紅潤之色。身穿銀紅的比甲配上蔥綠的襦裙，手腕上一邊戴了個銀釧子，髮髻斜簪了一支梅紋朱釵。雖是丫鬟打扮，可通身的氣派卻顯出些與眾不同來。

女子上下瞧了梳洗一新的柳芙，眼中閃過一抹隱藏極深的遲疑和探究。「尊夫人還在梳洗沐浴，應該一會兒就好了。柳……小姐不妨到暖閣烤火去下頭上濕氣，吃些熱茶和點心。」

已經不再是那個剛入京，看到什麼都怕，什麼都不懂的八歲小姑娘了，柳芙當然知道這個女子便是父親停妻再娶的胡氏身邊最信任的大丫頭悠香。

悠香快二十歲了，卻一直守在胡氏的身邊。柳芙記得，因為胡氏不願放悠香嫁人，兩人牢不可破的主僕關係始終存在著一絲裂痕。若好好利用，或許能對自己有幫助也說不定。

悠香對自己說話間稱呼上的不確定和幾分唐突，柳芙心下雖然厭惡不齒，臉上卻揚起一抹小心翼翼的表情，笑道：「這位姊姊，煩勞您先帶我去尋我娘。」

「對了，奴婢名喚悠香，是常盈院的人，平日裡是在咱們夫人跟前伺候的。」一邊領人往對面的暖閣而去，一面自我介紹了一番，這個悠香直盯著柳芙的臉看，似乎是想看出朵花兒來似的。

柳芙故作不知，點頭隨口叫了聲。「原來是悠香姊姊，麻煩您了。」

一陣風過，秋天的寒意在夜裡越發明顯。此時走在忽明忽暗的院落中，柳芙的心中卻漸漸有些明瞭起來。

曾經的自己懵懂懦弱，只知道跟著母親。她去哪兒，自己就去哪兒，從不多問，只帶著怯懦的雙眼去看京城中的一切。對於即將見面的爹爹，心裡也是滿滿的憧憬和嚮往。

可現在的她已非當年。

特別是這個衣著考究的婢女言談中所透露出來的訊息，更加讓自己多了幾分肯定。

對方稱呼自己為「柳小姐」，並非「小姐」，還說她是伺候夫人跟前的。這個「夫人」顯然並非自己的母親沈氏，而是柳冠傑在京另娶的妻子胡氏。

暗嘆一口氣，柳芙努力將自己眼底的仇恨和厭惡掩蓋住，至少她已經經歷過了一次被親生父親放棄的痛苦，再經歷一次，或許應該就沒那麼痛了吧。

同樣梳洗一番，神色中掩不住欣喜的沈氏正站在院門口等著柳芙。

細潤白皙的肌膚，柔和如風的微笑，柳芙重新看著熟悉的母親，卻發現年輕時候的她，好像身上並沒有一個普通農家婦女應該有的風霜和粗糙。八年來獨自養育自己，卻讓她充滿了自信，魅力十足。

笑著過去扶著母親，柳芙乖巧地跟在身邊，默不作聲。心底卻暗暗發誓，要讓母親的笑容永遠留在臉上，不再整日以淚洗面，獨盡殘生。

「前頭拐角過去就是老爺的書房，兩位慢行，此處是不許丫鬟靠近的，自有小廝在前頭相迎。」悠香也是一路無話，只偶爾指點一下路徑，再順便側頭打量一番沈氏的模樣。夜色的暖燈下，極度探究的眼神雖然掩飾得極好，卻逃不過柳芙的眼。

沈氏看了一下廊燈下剛勁有力的「和風閣」三個大字，認出那是相公柳冠傑的親筆，臉上的歡喜藏都藏不住，趕緊從懷裡掏出盤纏裡僅剩的一小串銅子兒，遞給了悠香。「多謝姑娘領路，這是一點意思，妳收下拿去買些胭脂水粉吧。」

悠香毫不意外的推卻了。「您真是客氣了，奴婢只是做好分內之事，怎敢亂收您的銀……您的好處呢。」

柳芙知道這丫鬟不過是看不上那一串銅錢罷了，走到沈氏前頭，仰頭故作天真道：「母親，既然這位姊姊不收，您不如給她您做的荷囊。那可是縣城裡的錦鴻記都要花一兩銀子收過去賣給富貴人家的好玩意兒，既體面，姑娘家也喜歡的。」

「錦鴻記？」悠香眼裡閃過一抹驚色，隨即看向沈氏，似乎在等著驗證。

「這怎麼好。」沈氏話雖如此，還是把銅錢放回袖兜，又從另一個袖兜裡取了一個嶄新的荷囊出來。「只是隨手繡繡的小玩意兒，正好來了京城就送去錦鴻記的分店，卻落下一個，本來想自己留著隨便裝些小東西的，就看姑娘合不合眼吧。」

接過荷囊，就著清冷的月色和廊簷下的暖燈，悠香臉色略微一變，也沒有客氣地歸還，又福了一禮便轉身退下了。

第二章　似是故人來

和風閣是一處全由竹造的院落，淡雅寧靜。即便是在濃鬱的夜色中，也無法掩飾那種撲面而來的清新氣息。

「芙兒，就要見到爹爹了，高興嗎？」沈氏的話音有些許的哽咽，即便是一旁有人上前來迎接，也沒得讓她的眼神挪開半點，只直直盯著那間透出黃光的書房。

「娘。」輕扯了扯沈氏的袖襬，柳芙這才對著上前迎接的年輕男子笑道：「這位大哥怎麼稱呼？」

「在下名喚陳果，乃是柳府的管家。」男子一身青灰常服，腰間一個囊袋繡著「柳府」二字。人看起來很乾淨，並無陌生人那種疏遠的距離感，更沒有悠香那種一直帶著探究和不明意味的眼神。「夫人和小姐這就進去吧，老爺候著呢。」

總算有個知情的人了！

柳芙輕輕扶了沈氏，不由自主地嘆了一口氣。兩人就這樣相依偎著，步步往那間透光的書房而去。

月色混合著昏黃的燈光，勾勒出兩抹細長遠迤的身影，映在和風閣冰涼的青石板上，讓站在她們背後的陳果總感覺有種風吹而散的不確定感。

帶著幾分急切的心，悠香匆匆回到常盈院。先是刻意去了小廚房取來暖著的一盅蔘茶，這才提步往正房而去。

「夫人，悠香姊回來了。」

一個青衣小丫鬟挑了簾子，一邊往裡通稟，一邊笑容勉強地迎了悠香進屋。

「墨香，夫人梳洗了沒？」悠香停下來在門邊問著。「若是沒有，妳先去備好熱水和香胰，一會兒我來。」

「是，悠香姊。」墨香只瞄了一眼悠香手上的蔘茶，領了吩咐就乖巧地出去了，也不多問，顯露出大宅門裡婢女的良好素質。

托著蔘茶，悠香步履輕巧，見紗簾隔間後斜斜倚在貴妃榻上正抬眼盯著自己的胡氏，也不耽擱，臉上掛著平日裡常見的笑意就徑直往裡而去。「夫人，奴婢把蔘茶先給您端來了。」

不如一邊潤著嗓子，一邊聽奴婢回稟事宜。」

「說吧。」接過蔘茶，胡氏也不喝，只把玩著杯蓋，如杏般的丹鳳眼就這樣睨著身前半跪的悠香，話音平靜，卻帶著幾分清冷。

悠香就細細說了她如何從陳管家嘴裡套出沈氏母女是在月苑暫時落腳；如何與陳管家周旋得知老爺夜裡在和風閣要見這母女二人；如何搶了差事送沈氏母女去和風閣，順帶觀察兩人到底是何模樣心性……等等。

「總而言之，奴婢覺著那沈氏不足為慮。雖然身子比我們北方女子玲瓏些，皮膚卻蒼白無色，一看便是鄉間村婦，並無……並無半分氣質可言。另外那個女兒，雖然容貌間可見遠勝常人之姿，但身子瘦小，弱不勝衣，神態憨愣，比起大小姐的溫婉機敏差遠了。」

胡氏當然知道前面的話只是悠香不想她擔心，可面對突然出現的一對母女，她又怎能真正放下心來呢？

和風閣內，隱隱的抽泣之聲從窗隙間透出，不過瞬間又被夜風吹得沙沙作響的竹葉聲給掩沒。

立在門外，柳芙雙手抱胸，只覺得這秋夜寒風有些割臉。

而此時，柳芙卻又想起了前生，初見柳冠傑的記憶清晰在目。

那時的他不過三十來歲，儒雅，俊秀，高䠷卻顯得有些單薄的身材帶著南方文人特有的那種書卷氣，對北方女人有著極大的吸引力。否則也不可能引得國丈胡蒙之欣賞，把女兒嫁給他為妻，又極力提攜，使得柳冠傑以舉人身分短短幾年之內就坐到了三品吏部侍郎的位置。

柳芙知道母親能撐著一路來到京城，靠的就是心底對柳冠傑的思念和對未來幸福生活的期待。可見了柳冠傑後，對方含糊不定的態度，就像一把無情的鐵錘，將沈氏原本就脆弱的心給敲碎了。

想到此，柳芙打心眼裡不願留在此處，甚至腦中那模糊的仇恨也突然變淡了許多，只想和母親回到那個安寧平靜的小山村，哪怕粗茶淡飯布衣麻鞋，也比這冰冷而殘酷的京城要好太多太多。

「小姐，不如在旁邊的暖閣歇會兒，老爺和令堂一時半會兒定然說不完的。」

陳果守候在旁，透過月色臉色柔和地看著柳芙，只覺得這小姑娘眉眼間的神態和柳冠傑何其相似，甚至那唇邊一抹若有似無的微笑，也同樣散發著幾分讓人無法讀懂的奧妙。

第三章　昨日黃花瘦

勉強搆著梳洗架子，柳芙從銅盆裡擰了濕毛巾，走到已然哭得雙眼紅腫的沈氏身邊，遞上去。「娘，我們明日就離開這裡回蜀中去。老村長不是說了，只要我們回去，還把那十二畝田賃給我們種，趕緊插了秧苗，說不定能趕上明年的夏收呢。」

也不知是哭得太厲害還是其他，母親那細緻白皙的臉龐透出一絲異樣的紅潤，這讓柳芙心底一緊。

「芙兒……好孩子……」沈氏垂淚不已，原本就顯得蒼白的面色越發帶了兩分病態，看起來甚至有些發青。「都是為娘不好，懷著妳的時候他就走了，八年來杳無音訊。可笑我還堅信夫妻感情能堅固如金……誰知道……他竟能這樣狠下心拋棄我們母女，娶了國丈之女……」說到此，沈氏有些哽咽的聲音再一次被哭泣所代替，已然無法再說下去了。

感覺到母親的淚水不斷地滴在自己手背，柳芙微瞇了瞇眼，那不曾覺得痛的心又一次被深深刺傷了。昨晚，雖然自己被柳冠傑請出了書房，但柳芙猜也能猜到，他定是在母親面前痛陳他如何不得已向強權低頭，多麼想早日接了她們母女入京……

「母親，沒有了爹爹，還有我啊。」柳芙不想沈氏被柳冠傑的虛偽懦弱給動搖，故意裝作毫不在意的樣子，甜甜道：「隔壁家的二蛋說她娘還要找您學女紅刺繡的手藝呢，還有山上的阿土伯，他每個月都打一隻麅子放在我們屋門口，烤著吃好香好香的呢……」

「芙兒……妳真願意回去？」沈氏原本絕望的眼神裡透出幾分生氣。「妳不是一直叫嚷著要在京城做大小姐嗎？還想嚐嚐京城的冰糖葫蘆是什麼味道……」

說著，沈氏的淚又止不住地往下落，她是打心底裡覺得對不起女兒。原本該是正兒八經的大小姐，卻一直委屈地在山溝裡長大，整日在田地林中打滾，絲毫沒有享受過該有的幸福。若留，自己就要卑賤地屈辱地活在那胡清漪之下；若走，自己倒無所謂，可憐女兒卻失去了成為官家小姐的機會，更別提將來尋一門好親事了。

想到這兒，沈氏咬咬牙。「芙兒，可是回到山村，妳的婚事又該如何打算呢？難道把妳嫁給山裡人做媳婦兒，苦一輩子？」

沒想母親會這樣問自己，柳芙非真正的八歲稚童，臉一紅，卻知道有些話不得不說。「母親，芙兒知道母親不會害我的，將來母親要芙兒嫁給誰，芙兒都會乖乖聽話的。」

「傻孩子。」將女兒攬在懷中，沈氏原本游離迷惘的雙眼逐漸變得堅定起來。「娘不會讓妳吃苦的，就算是回到蜀中，也一定不會……」

主動再次「求見」，沈氏將她的決定告訴了柳冠傑。

讓柳冠傑沒有想到的是，看似柔弱的沈氏卻寧願當個喪夫的寡婦，也不願苟且隱忍，藏在自己丈夫的莊子裡，做個不明不白不清不楚的外室。

所以當沈氏回絕了他的請求，只取了一張五十兩銀票，說是要回蜀中繼續過原來的平凡生活時，柳冠傑一時間根本不能接受。

可沈氏卻目色堅定地告訴柳冠傑，若他還念著夫妻情分，放棄京中的一切回去，她可以當什麼事也沒有發生過，兩人還能重新做回夫妻，平淡地度過餘生。

好不容易才擁有了這一切，柳冠傑即便是對沈氏母女心中有愧，卻又怎麼可能放棄。

那時，沈默地看著沈氏挺直的脊背，從來都神采奕奕風度翩翩的柳冠傑，第一次在眼角浮現出了幾絲不易察覺的皺紋……

等到母親從和風閣回來後，聽了她所言，柳芙忐忑的心終於落下來了。

雖然沈氏勉強的笑容背後難掩幾分苦澀，可柳芙卻相當高興。

「芙兒，委屈妳了。」沈氏見柳芙垂首不語，以為她是捨不得，趕緊伸手抱住女兒。「原本妳是正兒八經的大小姐，如今卻成了……總之，娘向妳保證，以後再也不會讓妳受任何委屈。」

嗅著沈氏身上淡淡的馨香，柳芙腦中湧起了許多關於蜀中山村的記憶。

山野間的花兒朵朵，鳥兒嗚嗚，都那樣真實而愉悅地從心底劃過。那時的她從來不為自己沒有父親相伴左右而苦惱，只追隨在一群農家孩子身邊跑跑跳跳，日子過得簡單而充滿了歡聲笑語。「娘，芙兒從來沒有覺得委屈過。這趟出來就當遊覽一番，見見世面，回去，我也可以和鄰居姊姊們講講這一路的經歷，她們肯定會羨慕得不得了呢。」

「好孩子……」

心酸的眼淚忍不住又流了下來，這一夜，母女相擁，無言而眠。

第四章　誰曾惹人憐

第二日一大早，柳芙感到緊摟著自己的懷抱有些過於熱了。

趕緊起床一探，發現沈氏意識昏沈，臉色潮紅，額頭滾燙，鬢旁汗濕的髮絲緊緊貼在側臉……恍然間，柳芙只覺得這個場景竟是那樣的熟悉。

丈夫的拋棄、長時間趕路的辛苦、照顧生病的女兒，這讓沈氏本來就不算硬朗的身子怎能承受。一如柳芙重生前那樣，沈氏終於還是病倒了。

翻身下床，柳芙讓守在月苑門口的婆子趕緊去尋大夫。

那婆子卻有些猶猶豫豫，腳步徘徊著就是不動。這讓柳芙緊張的表情中透出一抹厲色。

「雖然我不知道妳是奉了誰的命令守在門口，可即便是普通的客人，也斷沒有病了卻置之不理的道理。若是因為妳耽擱了我母親的病，到時候就是把命賠上，妳也賠不起！」

顯然是被八歲的柳芙一番義正辭嚴給「喝」住了，那婆子神色間閃過一絲忐忑，隨即便趕緊轉身拔腿就跑。

沒想到自己會這麼沈不住氣，柳芙抬手揉了揉有些發疼的兩側太陽穴，深呼吸了幾口氣，這才強打起精神回到了屋裡守在沈氏的身邊。

雖沒有見到柳冠傑的身影，但大夫倒是來得快。

陳果領著個白鬍子老頭給沈氏診脈後開了藥，說只是連日奔波致身體虛弱，加上受了刺激，肝氣鬱結，無法疏通，所以一夜病倒也並非無據可依。只需好生調養一個月，身體還是能恢復到以前的狀態。

陳果將大夫的診斷悄悄稟告了柳冠傑，可他仍舊沒有在月苑露面。

但沈氏的病卻讓柳冠傑找到了留下她們母女的一個機會。

於是，一個病重半昏迷的婦人，一個八歲稚齡的女孩兒，由不得她們是否願意，只一輛烏篷油氈大馬車，直接把沈氏母女接到了柳府位於京郊的一座別院裡。

柳府別院位於京城近郊東南處，倒是個沃野青翠的好地方。四周都是一塊塊的春田，雖然已近深秋，卻仍顯翠綠。只有柳府別院坐落在一小片山坡的林子中，顯得深幽安靜。

對這個地方，柳芙再熟悉不過。因為重生前，除卻十五歲入宮學規矩的那一年，從八歲到十四歲，她守著母親在此住了整整六年的時間。

沒想到歷史還是再一次上演了，柳芙握緊了藏在袖口中的粉拳，心裡頭頗有些不是滋味兒。

本以為自己勸得母親回歸蜀中，一切就可以重新再來。卻沒想，到頭來母女倆還是被強拉到了這個別院。

到底，自己重生是為了什麼？

這是柳芙自盡後醒來第一次真正地去想這個問題。若只是再一次卑微而懦弱地過活，那老天爺安排自己重回七年前又有何意義？

搖搖頭，柳芙咬著牙，不願意讓自己有認命的想法出現在心裡。

既然有了重來一次的機會，就絕不能再像從前那樣。柳芙看著被人抬進院子的母親，暗暗地下定了決心。

柳府別院是一座三進的院子，粉牆青瓦，門口兩株遮蔭的樹木，處處顯得乾淨、寬敞。只有兩個粗使婆子、兩個小丫鬟、四個男僕。雖有些偏僻、人少，卻好過京城柳宅那般冷清和壓抑。

柳芙守在床榻前，午飯也沒胃口吃，一直等到了下午，沈氏才好不容易醒了。鬧著要離開京城回蜀中，沈氏緊緊抱著乖巧的女兒，根本不願意喝藥。

陳果卻面色艱難地側面告訴她，大夫開的藥方要二兩銀子一副，一個月不能斷。

沈氏聽了只得愣住，已經想清楚的柳芙卻趕緊上前扶了她睡下，小聲在其耳邊道：「母親，您是因為他才病的。我看這別院清靜得很，他也一早開始沒有露過面，知道我們見不得他。這二兩銀子一副的藥也得吃，不如就暫時安心住在此處。等病養好了，咱們再回去也不遲的。」

說完見沈氏目光仍舊有些呆滯，柳芙只好又低聲道：「母親，這是他欠我們的。」

「是啊，他欠我們的……」沈氏隨即也低聲叨唸了一句，氣息漸弱，又扭頭睡了過去，也不知是不是想通了。

陳果倒是在一旁將母女二人的對話聽了個清楚，有些意外的看著跪在床榻前的小姑娘，尋思著，那樣瘦小的身量，那樣柔弱如柳絮飄散不定的模樣，怎會說出如此冷靜沈著的話來？那種與生俱來的不屈和韌性，倒是和老爺有幾分相似，不愧是親生女兒……

「陳管家，煩勞你回去給老爺說一聲，我們母女在此住上一個月再走。其間用度也請費心了，畢竟家母染疾，我一個小女孩家的也置辦不來。」

不知何時，柳芙已經站在了面前，小小的身子儘量挺得筆直，抬頭一雙黑漆漆的眸子就那樣不帶絲毫感情地看著陳管家。

陳果更覺此女和柳冠傑相似至極，卻也收起了先前的神思，點頭，彎腰行禮之後便沒有多言一句就離開了。

還未過夜，嶄新的被褥、衣裳，一應用度就一車車的從京城送來了。還有個從京城專門請過來的廚娘，說是料理病人飲食極有名聲。同時跟來的還有兩個妙齡小丫鬟，一水兒的鵝黃裙衫，只說專門伺候夫人小姐的。

吃穿用度，柳芙都收下了。廚娘也沒有過問便讓她去了後廚房弄吃食。只這兩個丫鬟，柳芙看著她們鮮亮的服色、眉眼間的不安分，再看陳管家默然不語的態度，直接拒絕了，說用不著人伺候。

陳管家不等兩個丫鬟開口，順著柳芙話就接了下去。「既然小姐要親自侍疾，旁人也該成全您的這份孝心。在下會替兩位向夫人回話的。」

聽著陳管家不疾不徐的言語，柳芙暗自鬆了口氣。要知道，重生前，這兩個俏丫鬟便是胡氏送來的眼線。自己母女倆的一舉一動都通過這兩個幺蛾子給監視著，事無鉅細那胡氏都瞭若指掌。

對陳果多了些好感，柳芙笑道：「母親要用藥了，我這便下去，其餘事項還請陳管家照看著。」

陳果點頭，恭送了柳芙出廳堂，這才回轉。「夫人那邊自有我去回稟，妳們不用擔心被責罰。」

身量高些的丫鬟眉梢一挑。「陳管家，您也知道咱們只是奉命行事罷了。夫人跟前用得著的人就咱們幾個，悠香姊姊走不開，我和馨香俱是二等丫頭，難道還沒資格伺候那來路不明的——」

「蓮香！怎麼說話的！」身量矮些那個倒是穩重些，發現陳管家臉色不對，低聲呵斥了一下，這才堆笑道：「陳管家是大總管，夫人自然要賣給您老幾分面子。可惜回去咱們姊妹倆沒法交差，背過身難逃一頓打的。還請您把剛才那柳小姐自己不願接受咱們的事情詳細說與夫人聽了，也好讓我們姊妹少些責罰。」

「這是自然。」陳管家點頭。「還是馨香妳懂事些，回頭我會據實稟報，想來夫人一向寬仁，不會拿妳們怎麼樣的。」

一句話，陳果看來並不是要幫她們什麼，只是看在那胡氏的面子上過去解釋一、二罷了。也不知這兩個俏丫鬟聽懂沒有，悻悻地從原路退了到別院門口，坐了馬車回京去了。

第五章　曲徑通幽處

不出半月，沈氏外感的風寒已然痊癒。但精神卻一直懨懨的，進食也少，時斷時續夾著些其他毛病冒出來。

柳芙看著沈氏日益消瘦，每日只倚在窗欄前望著京城的方向，那目光中的猶豫不決和眷戀神思，讓人看在眼裡疼在心中。

憂心沈氏病情，柳芙只好託陳果再請了大夫來。大夫診過脈，還是說沈氏乃思慮過度傷了臟腑正氣，若病情仍舊如此反覆，再花一個月也別想養好，建議家人不如趁著好天氣的日子讓病人出去走走，散散鬱結，說不定有效。

在京城待得越久，未知的變數就越多。雖然柳冠傑很識相地沒有再出現過，但柳芙可不相信他會就此甘休。對於柳冠傑這個父親，重生的柳芙看得再清楚不過了。人前的柳大人是個謙謙君子，守信知禮，自己母女可是他人生中最大的敗筆，說什麼，他也不會輕易放了自己母女離開，以免將來有任何流言傳出，污了他的名聲，誤了他的官路。

想到這兒，為了讓沈氏早些好起來，母女倆能順利離開此處，柳芙問了守門的張老頭，聽說此處不遠就是鎮國大寺龍興寺，便想帶了沈氏去逛逛，總好過日日悶在柳冠傑的別院裡。畢竟外疾雖癒，沈氏還需要將心結打開才是。

一輛馬車、一個車伕、一個婆子和一個小丫鬟，加上沈氏母女，這趟出門一共五個人，在柳芙看來算是浩浩蕩蕩了。

車伕和婆子坐在外間，小丫鬟暖兒在車裡陪著沈氏母女，勤快得又是幫忙攙扶沈氏，又取了車上煨著的熱茶給沈氏和柳芙潤口。「夫人小姐先瞇眼歇一會兒吧，咱們別院離龍興寺有小半個時辰的路要走呢，此時天還沒亮，咱們一定能燒到這初一的頭炷香！」

「暖兒，妳起得比我們還早，也在車上瞇會兒吧。」柳芙對這個和自己一般年紀的女娃有些同情的。知道她是守門張老頭的孫女兒，從小沒了爹娘。看她懂事又機靈，便勉強同意讓她幫著打下手。

近一個月相處下來，柳芙發現她做活兒利索得很，心眼兒也少，很是實誠。今日正好出門，看她一副羨慕的樣子，想著劉婆子一個人或許忙不開，就同意帶了她出來。

憨笑一聲，暖兒道：「不瞞小姐說，奴婢自從在別院出生，還沒怎麼出過遠門。老早就想去龍興寺看看了，聽說那兒的師傅算卦極為靈驗，可惜就是沒機會。這次託了夫人小姐的福，不然也沒機會開這眼界。起得早點兒算什麼，奴婢一點兒不累，只想早些到才好呢。」

沈氏原本半瞇的眼也略微一睜，柔和的目光看了看暖兒，又對著柳芙道：「芙兒，我總覺有些悶，妳撩開半邊簾子透透氣吧。」

柳芙淺笑點頭，朝暖兒努努嘴。

暖兒機靈得很，朝著沈氏狠狠的點了頭，屁股一挪就來到了車簾子邊上，顧自掀開一角往外看。雖然天還沒亮，兩邊又盡是稻田山村，可也不妨礙她那股子新鮮勁。

感到絲絲涼風拂過臉龐，柳芙怕沈氏吹風，忙向前挪了挪擋在她身前，順便也歪著頭往外望去。

看著兩邊遠處不斷倒退的綿延山脈，柳芙蹙了蹙眉，想起一個有關於京城的傳說故事來。

大周朝國姓為「姬」，姬家自三百年前奪得中原天下，歷代皇帝均為仁孝淳厚的有德之人。可不知為何，姬家後人中，男嗣香火不斷，卻極少生出女兒。每每有公主降生，卻都天生帶了潮寒之症，夭折者眾。就算僥倖活下來，也唯有每隔一年沐浴天然的溫泉水，才能保證身體康健，續命延年。

所以，在大周朝，公主比皇子要金貴許多。

柳芙在被送入宮中之後也曾與公主們相處過，她們大多都臉色蒼白得過分，只有每年從天山別院回來才能見得肌膚回復幾分紅潤。

柳芙重生前的記憶中，瑞成二十年在龍興寺旁邊的九華山發現了一口被稱之為「女神之眼」的溫泉泉眼，並大興土木在九華山裡修建了皇家別院，專供皇家公主貴人們前來沐浴溫泉水。

想到這兒，柳芙腦子裡突然掠過一個想法——

朝廷對土地的控制並不嚴格，只要不是皇莊和肥沃的田地，普通人都可買賣山田或者坡地。這龍興寺旁邊的山地乃是京城一位四品官員的祖產。除了栽種了幾畝核桃樹之外，其餘全是密林。在發現「女神之眼」前，這座山根本就是一直荒蕪著的。

若是自己趁別人還沒發現「女神之眼」就把這片山林給買下的話，再建成溫泉山莊，到時候朝廷的公主們都得來沐浴養生，自己豈不能大賺一筆！

想到這兒，柳芙眼裡閃出一抹激動的神采來。

「暖兒，妳可知道這九華山邊地價如何？」柳芙回頭看了一眼，發現沈氏正在閉目養神，便小聲地拉了暖兒悄悄地問。

「奴婢出去問問劉婆婆，她應該清楚。聽說她甥兒就是這一帶的中人，專門幫別人尋地。」暖兒想了想，又道：「小姐，難不成您想在此處置辦莊子？可別，此處出了名的是荒山地頭，種什麼都活不了。只有那片核桃林還算結實，但結出的果實都有股子怪味兒，白送都沒人要呢。」

柳芙心想，那九華山的地下水乃是溫泉，溫泉的味道可不怎麼好，刺鼻又帶著苦味。一般植物，若耐旱的尚可生存，其餘花草都休想能存活於其間。也難怪那四品官員當這山是荒山，畢竟大周朝內幾乎就沒有溫泉泉眼被發現過，自然也無人知曉其奧妙所在。

「妳去問了給我回話便是，其餘不用操心。」柳芙淡淡笑了笑，示意暖兒別多嘴。

暖兒聽話地點點頭，掀了簾子找劉婆子打聽去了，柳芙則望著九華山的方向，微微有些出了神。

若說自己重生之後最大的感悟，就是人活在世上，不能受窮！

既然自己又重新撿了一條命再活一回，就一定要活得有尊嚴。這「尊嚴」二字雖然虛幻，但若是有財傍身，那便是實打實讓自己母女倆能挺直腰桿做人的最大倚靠。

而眼前的九華山，就是她現在最大的機遇，切不可放過。

正想得出神，暖兒已經回了車廂裡頭。「小姐，劉婆子說前幾年那片山地根本不值錢，不過這兩年因為皇城重修，內務府倒是來此買過些綠植，所以地價漲了不少。但她保證，若是她甥兒出馬斡旋，定能把地價砍在十兩銀子一畝。若是買得多，說不定能壓到八兩銀子一畝。她還說讓您考慮好，她回頭就把甥兒找來聽您使喚。」

「十兩嗎……」

柳芙點點頭，現在母女兩人手頭上就只有沈氏從柳冠傑那裡取走的五十兩銀票而已，要想買下整座山，恐怕還差了不少。看來，自己還得想想辦法才是。

第六章　何處惹塵埃

山中空氣永遠是帶著幾分莫名潮濕的，夾雜在其間的泥土味道，既腥，卻也後味發甜。幾縷霧靄，幾絲幽光，清晨就這樣細細密密的砸下來了，喚醒了沈睡中的深山。

蜿蜒的盤山小道僅容來往兩輛車通過，幸而柳芙從別院早早出發，不然等天亮，前來燒香拜佛的百姓一定會將此路壅堵得無法前行。

「夫人、小姐，前面來了一輛過寬的馬車，恐怕我們得讓一讓，委屈夫人和小姐了。」前頭傳來劉婆子粗亮的嗓門兒，把還在補眠的沈氏給吵醒了。

對女兒點點頭，沈氏只一言不發地又緩緩閉上了眼。柳芙則上前為沈氏掖了掖身上蓋的薄毯，這才朝簾子外的劉婆子道：「我們也不趕時間，讓了對方便是。」

「遵命。」劉婆子彷彿鬆了口氣般，趕緊答應了。接著馬車便動了起來，卻搖晃得有些厲害。

暖兒壓不住心中的好奇，眼珠子滴溜溜地轉著，趁柳芙過去扶住沈氏的時候又撩開了窗簾子往外打量。

隨意抬眼，柳芙見暖兒吐吐舌，以為自己要責備她，正準備放下窗簾，便伸手一把攔住了。

一輛極寬大的馬車，幾乎沒有發出任何響聲就迎面而過。通身的黑漆沉木，雲紅的厚氈頂篷，四匹毛色油亮的棗紅大馬在前頭拉車，趕車的也是兩個黑衣勁裝的年輕男子。馬車邊一縷暗紅色的錦緞繐子飛揚在空中，即便是在霧色籠罩的山中清晨，也相當顯眼。

蹙蹙眉，柳芙一下子就認出了這輛馬車的主人。

如今的大周朝皇帝姬奉天育有六子，卻僅第二子和第四子為皇后嫡出。二皇子姬無淵十二歲那年被封為儲君，四皇子姬無殤也在第二年被冊封為裕親王，並在三年後，也就是他十五歲的時候執掌了皇朝親衛影閣。

那暗紅色的錦緞繐子，就是影閣影衛們身分的標誌。

姬無殤……心底默唸這個名字，柳芙眼角露出一抹不易察覺的恨意。

重生前，先皇姬奉天在瑞成二十二年的那個冬天突染重疾暴斃而亡，接替他皇位的，卻並非是太子姬無淵，而是裕親王姬無殤。

雖然第二年自己便被裹上嫁衣送出京城去和親，但這個剛剛即位的新君卻給柳芙留下了極為深刻的印象。

那蘊藏著無盡寒意的眼眸，那看似無心卻能刺痛人的淡漠笑意……柳芙曾經想要求姬無殤放過自己，可面對著那張臉，卻怎麼也不敢開口。

最後，懦弱的自己只得被硬扣上公主之名，北上遠嫁和親。

若說自己重生之前的短暫生命中，苦難的源泉是貪圖權貴棄妻女而不顧的柳冠傑，悲劇的開始是不甘居於沈氏之下狠辣無情的胡清漪……那這個姬無殤，則是一手送了自己走上不歸路的劊子手。

「芙兒，怎麼了？」沈氏不知何時起身來，看到女兒稚嫩的面孔上流露出的莫名恨意，心下一緊，以為她又在想關於生父柳冠傑的事情，趕忙抬手輕輕拉了她到身邊。「這些日子，妳常常勸我，說人生苦短，在能走動的時候不如多走出去看看外面的世界；在能吃能喝的時候，不如盡情地去享受其中樂趣。芙兒，娘年紀不小了，可妳才八歲呢，難道要一直懷著解不開的心結活下去嗎？」

抬頭看著沈氏，柳芙這才發現，自己一直以為溫柔軟弱的母親其實並不像她表面看起來那樣。如水般清澈的眼眸中，其實含著自己從不曾瞭解過的堅強和毅力。

「娘，我只是有些累了。」撲入沈氏溫暖的懷中，柳芙撒嬌似的在沈氏腿上蹭了蹭臉，像隻小貓似的，蜷縮著閉上了眼，也避開了沈氏敏感的話題。

「好嘞，到咯！」

整整在山道上顛簸前行了小半個時辰，車伕才勒馬停住，劉婆子趕忙先行翻身下來，取了腳凳放在車邊，由暖兒先行扶了沈氏下來，之後便是柳芙輕巧地一躍而下。

雙腳踩在濕潤的青石板上，抬頭望著隱於密林中的龍興寺，柳芙揚起唇角。

「娘，看起來好像還沒人到呢，走，咱們燒頭炷香去。」牽了母親的手，柳芙這時候才像極了一個八歲的小姑娘，雙腳不停地跳動著，一副迫不及待的樣子。

「暖兒，妳陪小姐先進去吧，這兒空氣極好，我慢慢散步進去。」沈氏笑著推了推柳芙的後背。

「那娘您小心些，我先進去打點打點。」柳芙沒有不放心，畢竟這是寺廟的範圍，又有劉婆子扶著沈氏慢慢走著，自己和暖兒先進去也好找和尚們要杯熱茶喝喝。最興奮的就數暖兒了，看到沈氏鬆口，趕忙過去扶著柳芙。「小姐，奴婢雖未來過，可聽說這龍興寺的烏龍茶最是出名，等會兒奴婢讓師父們先備好茶水，以迎接夫人。」

點頭，柳芙看到暖兒高興，心情也不錯，兩人便攜手先行而入。

龍興寺雖然是大周皇朝的鎮國之寺，卻並無半分宏偉大氣，只在玲瓏精緻上見長。偏偏就是這樣古樸雅致的風格，反而讓其更加融入了這深山密林的氛圍之中，顯得越發莊重和神秘。

前殿並無守門的，只是一個年輕的小和尚在，柳芙遠遠看到，便含笑提步迎了過去。

「這位師父，請問……」

小和尚正在埋頭掃著落葉，聽見有人和自己說話，遂抬起了頭。

「你……」一抹驚色從柳芙的眼底劃過，身旁的暖兒更是不雅觀地張大了嘴，一雙圓溜溜的眼睛瞪得像銅鈴一般大小，極為誇張。

「兩位女施主，小僧廣真，請問兩位可是來上香的？」

這自稱廣真的小和尚面色如玉，眉目如星，那好似薄霧輕縷的燦爛笑容，即使林間灑落的耀眼日光也在他面前遜色了幾分。

「廣真！」柳芙心底「咯噔」一下，臉上驚異之色更濃了。

眼前這個美得讓人窒息的小和尚真的就是廣真嗎？大名鼎鼎的大周朝國師、龍興寺未來的方丈，姬無殤的左膀右臂的那個廣真！

紅著臉扯了扯柳芙的衣袖，回神過來的暖兒見自家小姐還癡癡盯著人家美和尚看，趕緊低聲道：「小姐，這位小師父和咱們說話呢！」

「煩勞您幫忙開門，蜀中沈氏前來叩拜佛祖，燒香祈福。」

柳芙強壓著心裡翻滾而來的疑問和不解，朝廣真笑了笑。「就是不知，今日我和母親可否燒到頭一炷香。」

「放心，今日並無其他香客前來，女施主和令堂定能如願以償。」廣真或許習慣了世人對他相貌的關注，臉上自始至終都掛著如常的笑意，雙手合十，告了聲「阿彌陀佛」，就領了柳芙和暖兒進入寺中。

第七章　萬念皆心生

沈氏要燒香算卦，柳芙便留了劉婆子和暖兒一起在旁邊伺候，自己則請託了廣真，讓其充作嚮導，帶她遊覽一下龍興寺。

走在寺中，廣真雙手合十，笑容清淺，一一為柳芙介紹著各殿的情況還有典故。柳芙聽在耳裡，卻並未留心，只腦中盤算著如何能從廣真的嘴裡套出些有用的訊息來。

「小師父，你說我們是最早的香客，可來的路上，一輛黑漆紅頂的馬車分明從山上而下，難道他們不是前來進香的客人嗎？」

柳芙皺了皺小鼻子，故意用著幾分天真的語氣問廣真。

廣真側頭看著比自己矮了足足一個頭的柳芙。容顏絕妍的小臉雖然稚氣未脫，可晶瑩眸子中所閃爍的深沈神采卻異常的成熟內斂，讓人看不清到底她心裡在想著什麼。

不過對於柳芙的疑惑，廣真並未掩飾，直言道：「女施主看到的，不過是昨夜在此夜宿的客人罷了。」

「什麼客人？」柳芙不甘心，又追問道：「難道寺中許人留宿？那我們母女也可以在此小住一段時間嗎？」

搖搖頭，廣真一臉無辜。「小僧不過是負責掃灑一類粗活的，哪裡能接觸到方丈的客人。不過我可以告訴施主，那馬車的主人應該是來自皇家，因為本寺乃是國寺，非皇親國戚是不得留宿的。所以……」

「所以我們母女既非皇親，也不是國戚，就不能在此小住了。」柳芙接過了廣真的話，神色慵慵的。

「不過──」話鋒一轉，廣真朝柳芙笑笑。「本寺的齋菜倒是為普通香客開放的，極為鮮甜可口。施主不妨和令堂留下來用過午膳再離開。」

柳芙抬眼看了看周圍，只覺得這龍興寺頗有些古舊破敗之感，並非印象中鎮國大寺那般威儀莊嚴。對廣真的提議倒是有幾分興趣，便點點頭。「煩勞小師父領我回去前殿，我娘那邊應該已經差不多了。」

柳芙和廣真正轉身要離開，卻聽得身後傳來極為蒼老卻洪亮的叫聲。「小施主請留步。」

廣真一聽，面色隨即嚴肅起來，趕緊埋頭轉身，雙手合十道了聲：「阿彌陀佛，見過方丈。」

見廣真稱呼眼前的白鬍子老頭為方丈，柳芙微瞇了瞇眼，隨即便也學著樣子雙手合十，略微躬身福禮道：「小女子柳芙，見過方丈大人。」

「小施主不必多禮。」

老和尚步步而來，卻沒發出任何聲響，似乎練了輕功一類的內家功夫。只見他離柳芙愈來愈近，原本渾濁的眼珠子竟突然一收，露出一抹精光。「敢問施主從何而來？」

頷首福禮的柳芙不由自主地蹙了蹙眉，答道：「從西面城郊天泉鎮而來。」

「不……老衲並非問小施主所居之處。」老和尚當即就打斷了柳芙的回答，加重了語氣又問：「老衲只想知道，小施主從何處而來，還有，因何而來？」

這下連廣真都覺得有些茫然了，抬眼。「方丈，這位女施主是陪她母親來上香的。」

「是啊，我是陪母親來燒香拜佛散心的。」柳芙也抬起了頭，雖然對這個老和尚的問話感到十分異樣，有種被人窺探心底的感覺，但柳芙的臉上卻沒有表現出一絲一毫的不妥。

「一念愚即般若絕，一念智即般若生。」老和尚卻深深地盯住柳芙那張小巧精緻的臉龐，緩緩沈聲道：「人生在世，如身處荊棘之中。心不動，人不妄動，不動則不傷；如心動，則人妄動，傷其身痛其骨，於是體會到世間諸般痛苦。」

「方丈大人是何意思？」柳芙聽在耳裡，腦中卻猶如雷鳴般「轟轟」乍響，只覺得這老和尚一字一句皆言中了自己重生之事，莫名詭譎得很。

「一切，皆在小施主一念之間。」老和尚臉上的表情終於鬆緩下來。「老衲言盡於此，還請小施主行任何事之前都好好想想，切莫輕率，更不要意氣用事。智慧，才是小施主最大的依仗，而非……先知……」

說完，老和尚擺擺手，示意廣真領柳芙離開。可柳芙卻在聽了「先知」二字後，幾乎全身癱軟，呆在了當場。

「施主！」

廣真在耳邊的呼喚將柳芙的神思給強行拉了回來。看著老和尚漸漸遠去的背影，那一抹灰敗的長袍勾勒出一條隱隱約約的影子，彷彿從心底生出來的一根荊棘草，緊緊地、死死地纏在了柳芙的心間。

不管這老和尚是猜到了什麼，還是他真的看出了什麼，柳芙使勁咬了咬唇，不顧嘴裡腥甜的滋味瞬間蔓延開來，只轉身，不等廣真跟上就快步回到了前殿。

被丟下的廣真則覺得有些丈二金剛摸不著頭腦，但柳芙轉身前那張充滿了不可思議表情的臉，還是深深地印在了他的腦海中，好像這個表面看起來柔弱嬌小的姑娘，內心藏了許許多多的秘密一樣。

強忍著心裡的彆扭陪沈氏享用了廣真口中所提的美味齋飯，柳芙就張羅著一行人回到了鎮上的別院。

看到女兒臉色有些不好，沈氏還以為她是累了，連連讓她不用在一邊守著自己，讓她好好回屋休息。

還未完全來得及消化那老和尚給自己的「忠言」，柳芙告別了母親回到房裡。待暖兒幫忙準備了熱水，只說自己太過疲倦想要放鬆一下，將她支開，便獨自一人滑入了沐浴的大桶裡，睜眼看著天花板發呆。

「一念愚即般若絕，一念智即般若生……」

這是老和尚告訴自己的話，柳芙緩緩唸著，只覺得話中深意是那樣的明顯。

若要深究柳芙重生後最大的願望，那絕對是讓母親能活得更有尊嚴，自己能避免再次走上絕路。

可重生後的時空到底是不是和原來的一樣？歷史會不會照著原來的軌跡重演？這些問題在柳芙的心中根本就沒有答案。

老和尚勸說自己要用「智慧」去代替「先知」，可柳芙現在手中唯一的籌碼就是知道歷史的進程，除此之外，還有什麼呢？

搖頭，柳芙只覺得腦子快要爆炸了，憋了一口氣就將自己的頭整個浸入了水中。

耳邊是「嗡嗡」作響的水鳴聲，柳芙只覺得自己憋的這一口氣好像很夠用，已經過了很長時間都不曾有窒息的感覺，就像自己本來便不需要空氣來呼吸一般……

柳芙沈在水中，只覺得原本還亂如一團痲的腦子竟逐漸清晰明朗起來。

一切救贖，都只有依靠自己。歷史的軌跡不會為了任何一個人改變，但只要自己努力，卻能改變自身和自己所關心的人的命運。

是愚昧地懷著悔恨再活一次，還是智慧地重新來認真經營一次人生……柳芙此時此刻心中已然有了明確的選擇。

第八章　事出必有因

經龍興寺一行，沈氏的精神狀態果然好了許多，這幾日甚至拿出了繡籃子，開始有一搭沒一搭的做起了香囊、荷包一類的小物件。

「娘，您也歇歇吧。」柳芙端了廚娘熬製的白果粳米粥，再配上一碟酸爽可口的涼拌蘿蔔絲一併放在桌上。「錦鴻記雖說給的收價高，可要求也繁複得很。您若是按著平日的工序，做它們一個頂做普通的十個呢。」

「妳也知道錦鴻記開的收價高，我做一個荷囊就能拿五十貫呢，若做十個普通的，恐怕連十貫錢都拿不到。」沈氏笑著將手中的活計放下，走到桌邊，聞了聞熱粥散發出的香味兒。「嗯……妳別說，每天下午吃這麼一頓補餐都習慣了，不吃老覺得肚子裡空空的呢。」

看到沈氏有食慾，柳芙高興得很。「鄭嬤嬤最擅調理，她堅持讓您在午膳和晚膳中間補這麼一餐，一開始我還怕您吃多了積食。可她解釋說，少吃多餐對您的身子只有好處沒有壞處，這樣看來，果然沒錯呢。」

「好了，妳守著我也沒用。今兒個天氣好，叫上暖兒和劉婆子一起吧，順帶給我買些絲線回來。」沈氏說著，放下了粥勺，起身來到床頭的妝几前，抽出一個巴掌大的盒子，從裡頭取了個十兩銀子的銀票出來。「記得，要最好的細繭絲。」

接過沈氏遞上的銀票，柳芙小心將其貼身放在懷裡，眼珠子一轉，望了望那邊的盒子。

「娘，咱們還有多少錢？」

「我從妳父……」沈氏聽見柳芙問，語氣有些淡淡的。「從他那兒取了五十兩，其餘還有幾兩碎銀子罷了。本來不想要他的錢，可我們若是要長途跋涉回蜀中，路上不可能不花銀子。」

柳芙心裡頭還念著九華山那片地，可五十兩銀子著實不夠，不由得打起了其他主意。

「娘，不如趁著您在此養病的空閒，咱們去一趟錦鴻記的總店，看看您繡的荷囊好不好賣。若是好賣，咱們加點兒價，免得吃個悶虧。我想，這京城肯定不比縣城，貴人多，夫人小姐們更多，一個如此精巧細緻的荷囊總不至於才值一、二兩銀子一個了吧。」

「就算京城的荷囊賣到十兩銀子一個，和我又有什麼關係？」沈氏不以為意。「我又不需要開店做生意，不過是掙點兒脂粉錢給妳存嫁妝罷了。」

「那若是我需要好多好多嫁妝呢？」柳芙有些急了，眼下除了母親超群的刺繡手藝，她實在想不出其他可以掙錢的法子來。

「我的好女兒，妳要多少錢的嫁妝呢？」沈氏笑了，看著柳芙著急的樣子，還以為她真是為自己的嫁妝擔心。

「我……」柳芙雖然需要錢買地，可到底要多少，劉婆子甥兒那邊還沒回話呢，一時半會兒也沒個準頭，只好道：「娘，嫁妝這茬兒肯定是越多越好嘛。」

「不知羞，這麼小就開始惦記自己的嫁妝了。」沈氏被柳芙逗得呵呵直笑。「好好好，妳好生盤算一下，娘就算拚了老命也給妳存夠，好不好？」

「那娘您得准許我去打聽一下錦鴻記在京城的價格。若是遠遠高於咱們的縣城，就不賣了！」柳芙得意的晃晃腦袋，心裡頭已經有了幾分底。

沈氏見柳芙一副小機靈鬼的樣子，知道她雖然頑皮，卻是個知輕重懂事兒的，也就沒有太擔心，只點點頭。「快去吧，還有一個多時辰就是晚膳，如今天黑得快，妳再不走就趕不回來陪娘用飯了。」

讓車伕套了車，暖兒陪著柳芙坐裡面，順帶讓劉婆子也進了車廂，讓她趁著路上的時間細說關於買地的事宜。

「小姐，我大甥兒已經去問了，如今那九華山的地界都是屬於京城一位老翰林的。那位老翰林癡迷編書什麼的，倒是對這些田地種植什麼的不太上心。聽說有人要買，直接就搖頭拒絕了。」

劉婆子面帶憾色，連連道：「我那大甥兒從來做事都有頭有尾，便託人請了那翰林的大管家出來吃酒，想要好生勸服，順帶打聽情況。好說歹說，他偏就不曾聽進去一句。可耐不住我大甥兒軟磨硬泡，還是答應讓主人家見買主一面。小姐，您看……」

柳芙有些意外。「之前說那塊山地的主人是朝中的四品官，翰林院裡頭的四品官員……豈不正是侍讀學士？」

「正是呢，好像是姓文，小姐可聽說過？」

何止是聽說過，柳芙簡直就和這位姓文的翰林是「老熟人」了。

因為前生曾在皇家書院學習過一段時間，所以柳芙對大周皇朝的官員還是有幾分瞭解。

大周皇朝有一位大儒，姓文名從征，德高望重，朝野傾顧。可因其剛直不阿的性格，比御史還喜歡挑三揀四，所以不得姬奉天所喜，一直將他雪藏在翰林院編書，只給了個四品侍讀學士的位置。直到姬奉天暴斃身亡，姬無殤奪位登基，這位文從征先生才揚眉吐氣，被奉為帝師，官拜正一品殿閣大學士。

正好，柳芙在皇家書院學習的那段時間，這位文先生也曾經做過她的老師。

唇角揚起一抹微笑，柳芙朝劉婆子點點頭。「煩請妳外甥去說一聲，明日我便登門拜訪文大人。」

「明日！」劉婆子頓時苦了臉。「我的好小姐，那位文大人真是不湊巧，正好奉命編修什麼西南族群史一類的書去了。我大甥子說，要等老先生回京，恐怕還得大半個月的時間才行。」

「那麼久？」柳芙蹙了蹙眉，不過想著就算此時和文大人見了面，自己也沒錢買地。大半個月的時間，說不定自己能想辦法湊齊錢款也未可知，便點點頭。「那好，等文大人回來再說吧。就煩勞妳外甥幫忙盯著一下，若文大人回京，立即遞上拜帖。」

「這是當然，這是當然。」劉婆子彷彿鬆了口氣，眼底劃過一絲不易察覺的緊張。「那老婆子就先去外面守著了，等到了錦鴻記再請小姐下車。」

說來也巧，錦鴻記的總店竟然就在這天泉鎮上，從別院過去行車不過兩、三炷香的時間，倒給了柳芙許多方便。

第九章　錦繡驚鴻瞥

天泉鎮離得京城不過十多里路程，因為四面環山，風景秀美，惹來許多京中權貴在此置辦田宅別院。

寬闊的街道，來往的車馬，門庭若市的酒肆茶樓，還有一間間看起來氣派非常的商鋪……即便是京城邊的一處之地，這天泉鎮也算是相當的繁華了。

「錦鴻記到咯。」

車伕勒馬，劉婆子張口吆喝了一下便掀了簾子。「小姐，請下車。」

與上次去龍興寺不同，柳芙並未自行跳下車，反而搭了暖兒的手，神色中帶著幾分平淡如常和幾絲自然流露的傲色。

「這位小姐可是來逛店挑繡品的？在下乃錦鴻記小二阿祝，小姐裡邊請！」

待柳芙剛一下車，就有個面色機靈的小廝迎了上來。

「煩勞了。」柳芙略微頷首，示意那阿祝前頭引路。

「不知小姐如何稱呼？」阿祝神色恭敬，卻並不顯得謙卑，彬彬有禮的樣子很得人好感，也難怪被安排在店前專門負責接待客人。

「我家小姐姓柳。」暖兒替柳芙答了，神色間的冷然氣質倒也顯出幾分大家奴婢的修養來。這可是先前在車上柳芙反覆叮囑了的，千萬不能讓錦鴻記以為她們是普通客人。

「原來是柳小姐。」阿祝聽了，便悄然打量著走在旁邊的柳芙。

只見她身量纖弱卻容貌絕勝，月牙白的錦繡上繡著幾朵紫玉蘭，用料繡工俱非凡品。頭上雖然只梳了個普通的雙丫髻，卻一邊別了支價值不菲的紫玉釵。通身上下看起來清爽俐落，沒有絲毫的富貴氣，但那張小臉上流露出來的高貴氣質，絕不是普通人家閨女應有的。

能在錦鴻記總店專職接待客人，阿祝的眼力可是長年給練出來的。憑直覺，他就能看出柳芙的身分絕不簡單，只極為恭敬地退半步跟在她身後，隨她在殿堂內隨意閒逛。

錦鴻記殿堂不算大，卻處處擺設顯得獨具匠心。中間或用珠簾，或用雕花的多寶格隔開不同的區域，讓人一眼望不盡，只覺得滿眼都是色彩絢爛的各類繡品，極為誘人。

這香帕荷囊一類的小件就在一片水滴珠簾後面，屋角薰著蘭香，幽幽的格外香甜，卻不膩人。那陳列架上或間隔擺上一、兩盆植物，或一、兩個養著金魚的小瓷缽，然後才是寶藍色絨布上放置的各色繡品小件，整個地方看起來就不像是個賣東西的地方，倒像是富貴人家的閒閣。

一一掠過那些看起來都極為精巧別致的香帕荷囊，柳芙暗暗地和沈氏的手藝相比較。沈氏的女紅功夫十分了得，繡出來的花鳥魚蟲皆是栩栩如生，整個繡品也顯得清爽大方，不像眼前陳列的這些，雖然看得出針腳極為細緻縝密，但那過於濃豔的配色和過於繁雜的繡樣卻看起來俗氣了許多。

看到這兒，柳芙心裡已然有了幾分底，輕輕擺弄著繫在腰間的一只荷囊。「敢問小哥，您這錦鴻記可有類似我身上戴的這種賣？」

說著，暖兒趕忙上前替柳芙取下荷囊，遞在阿祝面前讓他細看。

深知此乃女子貼身閨閣之物，阿祝極懂規矩地並未用手接過，只湊上去仔細觀看。

這荷囊乃是柳芙從沈氏做剩下的幾個荷囊裡精心挑選出來的，乍一看過去並不顯眼，只是嫩嫩的幾枝楊柳繡在荷囊的收口處。細看，卻能從淡金色的囊底上看到一朵朵隨風飄舞的柳絮，極為靈動鮮活。

阿祝雖然年紀不大，但打小在錦鴻記耳濡目染，自是有幾分品鑑之力的。眼看著小丫頭隨手揚起的這只荷囊，很快眼底就流露出了一抹驚色來。「嘖嘖，柳小姐的這個物件絕非出自普通繡娘之手，單看這針腳功夫，配色還有花樣，無一不是上上之選匠心獨具之作。這樣的物件，本店不是沒有，但都收在三樓的秀色閣內收藏著，非本店的貴客是不賣的。」

「哦？」柳芙故作感興趣的樣子，笑道：「敢問小哥，這類的繡品貴店賣價幾何呢？」

「少說也要五十兩一個！」阿祝順口就說了出來。

「那麼貴！」暖兒憋了這麼久終於還是忍不住了，睜大眼，一臉的不可思議。

「貴？」阿祝擺擺手，笑道：「一只荷囊，倒只能賣個七、八十兩。這樣的手藝，若是放在衣服上頭，那可是價值白金都不止的！」

百金，那就是上千兩了！聽見阿祝如此說，就連一直表情淡淡的柳芙都有些小小的吃驚了。

看來自己買地的錢有眉目了。按住心中的歡喜，柳芙抿了抿唇，隨即又道：「這位小哥，不知我可否和錦鴻記做個交易？」

這阿祝眼看著柳芙如此說道，頓時才有了幾分明白。眼前的小姑娘，年紀雖小，卻處處透著成熟穩重，阿祝猜想，她多半並非來自侍郎府柳家，很有可能是外地客商家裡養的千金。這樣的小姐，通常見識極廣，性子也比閨閣千金外放穩重不少。

她一來就四處逛著，出手便是一只極為高品的荷囊繡件，分明不是來買東西，而是來賣東西的。

想到此，阿祝就更加恭敬了，笑著哈腰。「柳小姐，既然您是來談生意買賣的，小的自然就不適合接待您了。不如這樣，您隨小的到二樓，咱們掌櫃的倒是正好有空，可以接待小姐。」

「那就煩勞了。」柳芙見阿祝也有興趣，便對暖兒使了使眼色。暖兒隨即從袖口裡掏出一個約莫半錢重的碎銀子塞給了阿祝。

雖然不多，但阿祝領了路就能得錢，自然歡喜地接了，又趕緊迎了柳芙往二樓而去。

第十章　巧言妙生花

推開門，一股暖意撲面而來，柳芙環顧著錦鴻記二樓的布局，總覺著有股熟悉的感覺。一水兒絳紅色的幔簾、錦墊，配上黑漆沉木的家具，整間屋子看起來憂鬱深邃得讓人喘不過氣。特別是屋角四周擺放的薰爐，裡面燃著熱炭，在並不算冷的深秋，著實顯得有幾分怪異。

「對不起。」一位身著墨綠色錦袍的中年男子說話間自旁邊的屋子踱步而來。「我家主人喜熱懼寒，所以他到哪兒下人都會多擺上兩個薰爐。」

「先生可是錦鴻記的大掌櫃？」

柳芙見來人氣度不凡，身上乾乾淨淨，面上表情也透出幾分睿智老成，便知來人身分。

「小女子姓柳，見過大掌櫃。」

陳掌櫃笑著迎了過去，見阿祝上前來，笑著聽他在耳邊解釋了一、兩句，這才道：「柳小姐客氣，在下陳妙生，正是此店的掌櫃。小姐這邊請。」

「您家主人可是錦鴻記的老闆？不知我可否有幸與他見上一面？」

眼看著柳芙昂首挺胸地往廣椅上落坐，一雙細嫩白皙得好似玉雕的手輕輕托起了擺放在矮几上的茶盞，陳妙生蹙了蹙眉。

原本見到這個柳小姐不過七、八歲的年紀，陳妙生並未放在心上，以為來了個富貴人家的千金，閒來無事胡亂逛逛罷了。可柳芙無論是儀態還是氣度，都讓見識過許多官家小姐甚至皇家族親的陳妙生有些意外。特別是她看似無意，卻帶著幾分探究的問話，更加讓陳妙生心底掠過一絲莫名的不安。

「正是本店老闆。只是柳小姐來得湊巧，我家主人剛剛離開了。」陳妙生笑著走到柳芙面前，親自提了瓷壺為其斟茶。「柳小姐，阿祝說您是想來和本店談一筆買賣。雖然我家主人不在，但陳某身為錦鴻記大掌櫃，應該也能幫到柳小姐的。」

嗅著杯中明顯的幽香，柳芙只覺得這茶水味道也透著一股子熟悉感。「敢問掌櫃，此茶可是植於蘭花之間的？」

「哦？」陳妙生瞳孔微縮。「柳小姐可難道精於茶道？」

輕啜了一口，只覺滿口滿腹皆是幽幽茶香，馥郁非常，柳芙滿意地舒展開了眉宇。「《茶解》中云：『茶園不宜雜以惡木，唯桂、梅、辛夷、玉蘭、玫瑰、蒼松、翠竹之類與之間植。』在茶園裡種植這些香味馥郁的花樹，茶樹便可通過地下的根脈吸收花香，以增加茶的香氣。」

頓了頓，柳芙抬眼盯著一臉驚訝之色的陳妙生，又徐徐啟唇道：「此茶香味獨具，幾絲蘭花香氣縈繞不斷，所以小女子才猜測，或許是出自植滿了蘭花的茶園。不然，又豈能在茶味中含有這蘭香之氣？」

「柳小姐如此稚齡卻涉獵極廣，陳某佩服！」陳妙生是打心眼兒裡覺得眼前的小姑娘了不起。許多類似她這個年齡的女孩子大多都只知道玩樂，就算已經啟蒙，也不過唯讀了些

《三字經》、《百家姓》、《千字文》一類的書罷了，哪裡會主動去讀《茶解》一類的閒雜書籍呢。

「不過是閒來無事翻看到的罷了。」柳芙本不想如此惹人注目，但想要從這個錦鴻記取得自己想要的東西，就不能太藏拙。「好了，我也不耽誤陳掌櫃的時間。不知陳掌櫃可對這個感興趣？」說著，柳芙示意暖兒呈上了自己的荷囊。

有別於阿祝的謹小慎微，陳妙生卻顯得落落大方許多。只見他趕緊從書案後面的抽屜取出一方純白色的絲帕，隔著將荷囊拿在了手中，湊到眼前仔細翻看。

「咦……」陳妙生仔細看過荷囊，不覺有些奇怪。「不知柳小姐與江南沈家有何關係？」

「怎麼？」柳芙當然不會輕易洩漏自己的身世。

陳妙生神色慎重地將荷囊奉還給了暖兒，這才對柳芙解釋道：「柳小姐，此物可是出自您之手？」

搖頭，柳芙隨意地啜了一口茶，淡淡道：「非也。」

「請恕陳某冒昧。」陳妙生見柳芙稚嫩無比的面孔下鮮見的沈穩流露而出，不由得也對其更加看重了幾分。「這樣的繡品陳某人並非沒有見識過。但若是柳小姐能夠提供這樣水準上乘的大物件，而非荷囊一類的，本店倒是願意付出足夠的代價。」

柳芙知道母親的繡工十分了得，以前在蜀中山村時就靠著每月賣上一、兩只荷囊便輕鬆度日，但母親極為謹慎，只繡些小樣兒，大件物品從來不肯下手。雖然那個中人每每皆以利誘，但沈氏不知為何，從來不曾點頭同意，只說閨閣之物本不該外賣，不過為了討生活罷了，這才破例。畢竟沈氏並非繡房裡頭養的繡娘，她這樣說這樣想也無可厚非。

但如今柳芙需要銀子買地，既然只能從母親的繡工上尋找契機，那就不可輕易放棄任何機會。

想到此，柳芙笑笑。「那陳掌櫃可否透個底給我呢？」

陳妙生緩緩伸出了一根指頭，在柳芙眼前搖了搖。「錦鴻記最近接了個大活兒，要為客人提供一件五福獻壽的屏風。若是小姐能在兩個月之內完成屏風，本店願先支付一千兩銀子的訂金。」

「一千兩！」柳芙當即就從椅子上坐起來。「一言為定！還請陳掌櫃先給銀票。」說著，攤開手，只等銀票到手。

「不過……」陳妙生卻也不是傻的，眼前的柳芙雖然有著同齡人少見的機敏聰慧，但畢竟也只是個七、八歲的小姑娘罷了，和她做生意，自不能只是口頭協議。「還請小姐簽下契約，陳某人才敢促成這筆買賣。」

「沒問題。」

柳芙毫不猶豫地點了點頭。隨即，陳妙生便走到書案邊，提了筆草擬出一紙契約，上頭大概寫明了交貨日期、支付酬金的方式，以及到時候若柳芙違約將要承擔的責任等等。

寫完，陳妙生吹了吹紙讓墨跡邊乾，這才呈與柳芙。「柳小姐先請過目，若無異議，按下指印簽字畫押即可。」

仔細地看過陳妙生所擬條款，柳芙這才慎重地將右手拇指沾了紅泥按在契約書之上。

「陳某會將此書在官府備案，希望能與柳小姐合作愉快。」陳妙生滿意地點點頭，將契紙穩妥地疊放好，復又取出一張千兩的銀票。「這是訂金，待柳小姐交換成品，本店會支付餘下的另一半銀子。另外，本店會提供客人所需繡品的各樣配件，柳小姐請一併取走。中間若是用完了還需要，可直接遣了下人過來再取。」

說完，陳妙生拍了拍手掌，守在門外的阿祝立刻推門而進。

「你去取了第六十三號貨品的對應布料和絲線來。」陳妙生吩咐了阿祝，才朝柳芙恭敬地道：「既然買賣敲定，那就由陳某親自送柳小姐上車回程吧。」

將銀票妥善地貼身放好，柳芙見陳妙生極守規矩地並未多問自己的來歷，也鬆了口氣，起身向著他欠欠身。「那就有勞陳掌櫃了。」

阿祝手腳極快，在柳芙剛到門口的時候就奉上了一個一尺見方的木匣子。

示意暖兒接過手，柳芙對著陳妙生笑笑。「掌櫃的還請留步，時間一到，我自然會親自來交貨，放心吧。」

陳妙生拱拱手。「那就辛苦柳小姐了，恕陳某不送。」

嘴上說不送，陳妙生卻還是跟上了兩步來到門口，看著柳芙提步登上門邊一直守候的馬車。

待馬車一動，陳妙生側身對跟前的阿祝低聲交代道：「你去套馬，務必跟上柳小姐的馬車，不要靠近了，只遠遠地。那柳小姐雖然年紀小，卻並不天真，是個極聰明的。千萬別讓她發現你跟在後面。機靈些！」

「小的明白。」阿祝趕緊點頭，轉身就往店門旁邊的小道鑽了進去，不一會兒，馬蹄聲就在錦鴻記後面的小巷裡響了起來。

感受這胸口「怦通怦通」的心跳，柳芙喜不自禁，眉梢微揚，水眸含笑。

真沒想到那錦鴻記竟然會如此大方。懷裡頭的這一千兩銀票足夠自己買上不少畝的山地了。現在需要解決的，只是如何回去和沈氏說明自己的想法。

但讓柳芙覺得麻煩的是，這幅屏風起碼要繡上兩個月，不知沈氏會不會願意繼續待在那別院中。若是不願，那等自己趁著這段時間把那片山地給買了去，再在外面賃一個院子單獨住，這樣，應該就會讓沈氏舒服些了吧。

想到此，柳芙才算真正輕鬆了幾分，不似剛剛重生醒來那會兒，覺得眼前一切都那麼茫然而讓人不知所措了。

第十一章　蕭瑟秋意寒

深秋的京城不似蜀中，天氣雖然寒冷，卻晴空萬里，碧藍如洗。

抬頭仰望著門前耀眼的藍天，柳芙開始覺得京城也是一個不錯的地方，如果沒有了柳冠傑和胡氏，沒有勾心鬥角，也沒有自己曾經經歷過的那一切苦難，或許自己也會喜歡這裡吧。

「芙兒，這是什麼？」

背後傳來母親的疑問聲，柳芙這才收起思緒，轉身面帶微笑地回屋。「娘，這個匣子是我從錦鴻記拿回來的。」

「我不是讓妳買絲線嗎？這些織錦緞子是怎麼回事兒？」沈氏語氣雖然充滿了質疑，可手上那富麗錦緞的光滑觸感還是讓她捨不得放開。「還有這金絲銀線，實在是……」

「娘，您先坐下，且聽我細細給您道來。」

柳芙給沈氏斟了一杯茶，這可是陳妙生離開時給自己捎帶上的幽蘭花茶，氣韻幽香，可解人煩躁，安心凝神。想來能幫助沈氏在聽完自己的打算之後，能夠稍微平穩一些地來接受吧。

果然，待沈氏一邊吃茶，一邊聽了柳芙的細說之後，並未動氣，更沒有任何不滿，只輕輕放下茶盞，反問道：「芙兒，妳可想清楚了？」

「娘，我想清楚了。」柳芙慎重地點點頭。「人活一世，若不能為自己爭取命運，只等別人來安排，我不願意！如今錦鴻記給了我們一個機會，一個改變現狀的機會，為什麼不能把握住呢？」

「為娘可以繡那個五福屏風，只僅此一次，下不為例。」沈氏眼神中透出一抹幽光，隨即又黯淡了下來。「只是，我不想再留在這裡了。妳手上那一千兩銀子，改明兒個託人在附近重新賃一處屋子吧。」

「娘……委屈您了。」柳芙知道沈氏一心只為自己著想，可居住在此處實在有些屈辱，自然也想早點遠離關於柳家的一切。

沈氏見女兒貼心地拉著自己，只覺得有了她其他一切都不再重要了，柔和地笑道：「讓妳小小年紀就要承受這一切，娘覺得……罷了，只要妳高興了，娘也會跟著高興的，別委屈了自己就行。」

「錦鴻記給的工期是兩個月，娘，您也別著急，慢慢來。」得到沈氏的贊同，柳芙才真正鬆了口氣。

又膩在沈氏懷裡撒了好一會兒的嬌，柳芙這才出屋，準備讓劉婆子的甥兒順帶幫忙問問附近哪裡有適合租住的地方。

此時此刻，京中柳宅，和風閣。

柳冠傑手中捏著一個青花瓷的寬口茶杯，絲絲白氣氤氳而起，罩在他晦暗不明的面色上，更加透出一股無奈酸澀來。

「老爺，小姐託了劉婆子幫忙租賃屋子，您看該怎麼辦？」陳果垂首站立在下方的位置，將這幾日天泉鎮別院的事情一一給柳冠傑回稟了。對於柳芙和錦鴻記搭上關係，並託了劉婆子的甥兒幫忙打聽九華山地價的事兒也一併告訴了柳冠傑。

「芙兒今年才八歲吧……」柳冠傑不知在想些什麼，有些答非所問。「可是我看她行事說話，還有那眼神，總覺得和同齡的小姑娘不太像。」

陳果見柳冠傑神思不聚，知道他是憶妻女心切，倒也不忙著追問，只順著他的話接了下去。「小姐蕙質蘭心，自不是其他同齡女子可比的。」

「你說她像我嗎？」柳冠傑不經意間流露出一抹慈父的神色來。

陳果蹙蹙眉，卻是開口勸道：「老爺，小不忍則亂大謀。還請以大局為重！」

「大局……什麼是大局？」柳冠傑唇角的冷意瞬間就替代了先前一閃而過的慈愛神色。

「朝廷社稷就是大局，我的家人……就是小事嗎？」

「老爺，當初這條路可是您自己選擇的，怨不得別人。」陳果的語氣有些異樣，此時此刻好像他並非柳冠傑的奴僕。

垂下眼簾，柳冠傑深吸了一口氣，好半晌才緩緩點頭。「幫忙給沈氏找一處幽靜些的院子，不用太大，離得九華山近些吧，可方便沈氏禮佛。也方便芙兒買地之後照看田畝。」

陳果有些欲言又止。「老爺，需不需要小人去打聽一下小姐為何想要買九華山那邊的荒地？」

擺擺手，柳冠傑睜開眼盯住陳果。「她們母女沒有任何錯，讓她們過自己想過的日子吧。以後，不用再讓劉婆子報信了。」

「小人遵命。」陳果領了命，便躬身悄然退下了。

「等一下！」柳冠傑似乎突然想到了什麼，張口叫住了陳果。「胡氏那邊，你找人盯一下，別讓她壞了大計。」

「老爺放心，小人早就安排，定會保護夫人和小姐周全的。」陳果深不可聞地嘆了口氣，這才順手關上了房門。

常盈院。

「啪」地一聲響，隨即便是一個小丫頭抽泣不斷的哭聲。

「夫人，墨香手腳粗笨，您就消消氣，饒了她這回吧。」悠香伸手將匍匐在地瑟瑟發抖的墨香給拉開，趕忙掏出手絹跪在地上擦著胡清漪繡鞋上的茶水。「奴婢回頭就打發她去雜務房洗衣服去，免得在夫人跟前晃悠礙了夫人的眼。」

揮揮手，胡清漪懶得再看墨香一眼。「還不快滾！」

「謝夫人饒命！謝夫人饒命！」墨香用著顫抖的聲音一邊說，一邊跪著退出了正屋。

看著墨香離開，悠香臉上劃過一絲顧慮，這才笑著扶了胡氏起身到側屋更衣。

「夫人，您是穿這件銀紅的，還是穿這件寶藍的？」悠香取了兩套衣裳在手給胡氏挑選。

看著悠香，胡氏微瞇了瞇眼。「妳這是在諷刺我嗎？」

「奴婢不敢！」悠香見胡氏變臉，趕緊跪了下去，不明白她怎麼又突然向自己發難。可眼睛掃過手中捧的衣裳，這才突然明白了過來，趕緊解釋道：「夫人，奴婢知道您心裡頭不好受，可那個婦人畢竟只是山野粗婦，哪裡能和您相比。若是以後您連穿衣服的顏色都要顧忌她的存在，豈不正好合了她的心意？」

胡氏深吸了口氣，強壓住了心裡的怒火。「藍色的這件，幫我換上，我要去一趟和風閣。」

「夫人！」悠香心中一緊。「您不能去啊。」

「為什麼不能去？」胡氏杏目圓瞪，像極了發怒的母獅。

悠香也顧不得被胡氏盯得滿身起了雞皮疙瘩，苦口婆心地勸了起來。「夫人，您想想，若是老爺要認回那個村婦和那個野丫頭，肯定就不會悄悄送了她們母女去天泉鎮的別院了。既然老爺一句話都沒有提過，您又何苦自己撞上去。答案是什麼根本就不重要，重要的是，老爺心裡頭到底是怎麼想的。」

「哼！他敢怎麼想？」胡氏勾起一抹冷笑，豔絕的面孔閃過了一絲猙獰。「若不是靠著我爹在朝中的權勢，他一個落榜的舉人，如何能在短短八年時間一躍成為人人恭敬的吏部侍郎？他當初欺我，瞞我，騙我……如今還敢委屈我不成！」

「夫人！」悠香只死死拽住胡氏的雙腳，再勸道：「夫人，整個京城誰不知道您是老爺明媒正娶的妻子。當初可是皇上為您和老爺指婚的，就算那村婦是老爺在老家娶的糟糠之妻，那又如何？只要您不行差踏錯一步，老爺又敢怎麼樣？您常說，男人，要的不過是枕邊溫柔罷了。您若是和老爺對著幹，觸了老爺的逆鱗，未嘗不是自己給自己掘墓啊！到時候那女人得了老爺的喜歡，登堂入室，您又該如何自處呢！且不說您自己受委屈，連累大小姐屈居人下，您能捨得嗎？」

見胡氏一張臉幾乎脹紅地死死盯著自己，悠香使勁在地上磕了個頭。「奴婢大膽說了這些不該說的話，只求夫人能夠冷靜些，好好想想怎麼除掉那對母女才是正理啊！」

悠香的話，一字一句正好擊在了胡清漪的痛處，可一字一句卻又偏偏無比準確地將她現如今的狀況給勾勒得十分清晰。

漸漸冷靜下來的胡清漪終於恢復了如常的面容表情。「妳說的對，為今之計只有除掉禍根，一切才能歸於平靜。」

第十二章　親疏見予樂

秋高氣爽，萬里無雲。

柳芙換上一身湖藍的裙衫，普通的錦緞做料，並不見得有多體面，不過有了沈氏親手在上面繡的幾尾金魚，優游裙間，平添意趣。頭上梳了雙丫髻，一邊也別了一朵藍色的絨花，讓她看起來清爽宜人，嬌俏可愛。

隆重打扮，不為別的，只因昨日劉婆子前來稟告，說是文從征大人已經回京，今日便可接見柳芙。

重生前，柳芙有幸聽過文大人幾次講學，知道他是一個喜風雅厭媚俗的典型讀書人，自己淡雅的裝扮反而比較能討得他的喜歡。

準備停當，柳芙在劉婆子的陪同下帶著暖兒出了柳宅別院。

沈氏已經開始著手準備五福繡屏，一千兩銀票又已經到手，柳芙這幾日心中輕鬆，日子也過得舒坦，漸漸回復了幾分紅潤，身上也長了些肉，看起來倒是多了些同齡女孩子的活潑，少了剛剛重生時候的那種沈懨之氣。

因為文從征被姬奉天所不喜，平日他都住在緊鄰九華山的一處祖宅內，京中的宅院倒是大部分時間空著。所以柳芙前往拜訪，不過行了兩、三炷香的時間就到了。

下了車，劉婆子就招來一旁等著的一個年輕男子過來給柳芙見禮。

「拜見小姐，在下李墨。」
這李墨不過十八、九歲的年紀，一身竹青色的長衫，看起來倒是乾淨斯文，與柳芙印象中油滑幹練的中人形象有些不一樣。
柳芙頷首算是回禮。「多謝李公子幫忙，若是促成買賣，我定不會虧待你的。」
「能為小姐分憂已是幸事，哪裡敢輕言酬勞。」李墨拱手，樣子不見虛假。
李墨的談吐同樣不凡，這讓柳芙有些好奇。「公子可是讀書人？看您年紀也不大，怎麼做起了中人？」
一旁的劉婆子見狀，插話道：「小姐不知，這年頭，普通家境裡哪能養得起一個讀書人呢？好些的書院，一年的束脩就要上百兩銀子，還不包括一個月十兩銀子的伙食費，還有一年四季四套衣裳又要二十兩銀子。你說你不交伙食費，吃自己穿自己吧，書院壓根兒就不會讓你進門兒。可惜了我這甥兒，他既上進，又刻苦，小小年紀就過了童生試。但家裡不過是在田間地頭討生活的農家人，一年一百多兩銀子湊了兩年就揭不開鍋了。還好墨子懂事兒，早早從書院回家，雖然文弱了些不能下地幫忙，但在這一帶做中人，因為人老實，又極聰明，這兩年下來也算過得不錯。唉……人各有命，或許，李家是真出不了一個讀書人吧！」
李墨含笑，耐著性子讓劉婆子嘮嘮叨叨地說完這些，才面上露出幾分慚愧之色。「姨母這是護短呢。過了童生試也算不得什麼，後面還有鄉試、縣試、殿試……李某自問不過才學平平，家中也不寬裕，不如早些放棄，多掙些銀子為家中分憂才是正理。」
柳芙抬眼看著李墨，從嘴裡說的話好像是說過無數遍的一樣，但眼底那一抹淡淡的不甘之色，卻還是讓自己輕易地捕捉到了。

「人各有志，行行也能出狀元。」讀書人自有風骨，既然做了中人，肯定有不得已的理由。柳芙不會刨根問底，但對這個李墨的好感卻暗暗讓自己留了個心眼兒。只敷衍了這兩句，便不再多言。

李墨見客套得也差不多了，點點頭，便顧自上前伸手叩開了文宅的大門。

再見文大人，柳芙心底頗有些唏噓感慨。

文從征這個時候差不多應該是四十來歲，雖然兩鬢已有些斑白，但氣韻卓越，風度悠然，不輸任何少年兒郎一分。

「小女子柳芙，見過文大人。」柳芙知道文從征最在意別人對他是否尊重，主動上前福禮。「大人能撥冗接見，小女子感激萬分。」

揮揮手，文從征眼底裡閃過一絲滿意。「小姐請坐下說話，老夫年紀都可以做妳的爺爺了，不用多禮。」

「那我可以稱呼您為文爺爺嗎？」柳芙抬眼，朝著文從征甜甜一笑。

對於文從征，柳芙唯一知道可以利用之處便是他的家人了。此人一生癡迷於撰書立著，年輕時喪妻後便未曾再娶，孑然一生，並無後人。若是從這方面和他套上近乎，想來應該事半功倍才對。

文從征顯然沒有料到看似嫻雅端莊的柳芙會突然叫自己「爺爺」，面對著一張笑意盈盈又容貌絕好的小臉蛋，怎麼也說不出拒絕的話來。「呃……小姐若是喜歡，隨便叫什麼都沒關係。」

「文爺爺，不如您也稱呼我為芙兒吧。」柳芙見文從征果然對自己那聲「爺爺」沒法拒絕，便笑得更甜了。

「這怎麼好！」文從征被柳芙的笑容「晃」得老臉微紅。「小姐閨名，非至親之人不得輕喚，老夫不過外人罷了，怎敢輕易逾矩。」

柳芙卻笑著走到文從征的面前，揚起小臉，故作疑惑地道：「古人云：使親疏貴賤長幼男女之理皆形見予樂。只要我喜歡，讓文爺爺喚我一聲芙兒又如何呢？」

「哈哈！好！」文從征突然就大笑了起來。「小姑娘有意思，老夫就喚妳一聲『芙兒』又如何呢？是老夫執著於表相了，還不如妳一個女娃子看得透澈明白。哈哈。」

「文爺爺，芙兒想買您手上九華山那塊地。」柳芙見文從征情緒正好，便直接說出了自己的目的。「還請文爺爺割愛。」

「芙兒。」文從征輕輕帶著柳芙回到座位上，語氣柔和地道：「文爺爺雖然喜歡妳，但也不表示就能隨意把祖產轉賣給他人啊。這樣吧，妳先告訴文爺爺，妳為何要買那塊荒山地頭再說。」

「文爺爺……」柳芙小嘴兒一癟，片刻間就淚眼朦朧起來。「實在因為家母病弱，需要靜養。且家母信佛，所以芙兒才想在龍興寺附近修建宅院。一來，可供家母居住，二來，也方便家母常去寺中燒香禮佛。」

「原來是孝道……」文從征皺眉，似乎很為難的樣子。「雖然九華山是一片荒地，但也是文家百年傳下來的祖產。若賣與妳，我豈不同樣違反了孝道之理？」

抬袖擦了擦眼角的淚光，柳芙腦子一轉，突然道：「文爺爺，不如您認了我做乾孫女兒吧。然後將地轉入我名下，豈不就全了『兩孝之禮』！」

柳芙之所以敢在只有一面之緣的文從征面前這樣提議，就是摸透了文從征的脾性。他素來以直言無忌聞名朝綱，雖然有著讀書人的骨氣，卻同樣有著俠客般的風骨，實則是個性情中人。

從剛剛稱呼他「文爺爺」來看，柳芙便知其對自己並不排斥，甚至還有幾分特別的好感。加上自己買地的原因乃是因為母親，以文從征的脾氣，應該不會排斥這個看似「大膽突兀」，其實「於情與理」的提議才對。

「這……」面對柳芙的坦然大方，文從征再次語塞了。

認乾孫女可不像嘴上稱呼那麼簡單，文從征不敢輕易點頭，只猶豫了片刻，直言道：「芙兒，老夫雖然很欣賞妳，可畢竟此乃大事。這樣吧，容老夫考慮幾日。到時候我會讓管家去給妳個准信的。」

「這是當然。」

柳芙站起身來，朝著文從征躬身恭敬地福了一禮。她可不想把這老頭給逼急了嚇走了。雖然是臨時起意，但仔細想想，若是能和文從征搭上關係，至少將來對自己只有好處沒有壞處才對。畢竟他會是皇朝帝師，姬無殤的左膀右臂，有了他這個「乾爺爺」罩著，生活也能夠輕鬆幾分吧。

而且，柳芙打心眼兒裡很喜歡這個性格爽朗的老頭兒，也是真心想要認他做「爺爺」。

於是一番告辭後，便離開了文宅，只等後續消息。

第十三章　柳巷藏深宅

買地的事情進行得差不多，只等文從征回話，柳芙琢磨著應該要考慮重新租賃宅院供母女居住的事兒了。於是讓劉婆子叫來李墨，由其陪伴在天泉鎮緊鄰九華山腳下的地方，將附近的宅院都挨著看了個遍。

為了方便相看，柳芙特意裹了厚厚的披風坐到馬車外面的橫欄上，讓劉婆子和暖兒坐進了車廂，旁邊則由李墨和車伕陪著。

輪番看下來，柳芙才知道自己是太過天真了。

因為天泉鎮緊鄰京都，又風景秀美，所以大多數宅邸都是京中人家在此置辦的別院。特別是緊鄰九華山腳下，雖然九華山並沒有耕種價值，但密林茂盛，夏季時節清爽宜人，再加上龍興寺也離得不遠，所以早早就被圈占完全了。

這些人家非富即貴，哪裡可能將自己的別院租賃出去，就算是空著，也有家僕下人清掃照看。

李墨見柳芙愁眉苦臉的樣子，有些小心翼翼的建議道：「柳小姐，在下倒是有個法子，就是不知小姐手頭方不方便。」

「你說。」柳芙見李墨欲言又止，乾脆地點點頭。

「小姐也看到了，此處俱是京中富貴人家修建的別院山莊，要想租賃實在是不太可能。」李墨見柳芙點頭，便細細道來。「剛剛在下看到有一處兩進的院子門口倒掛了一束枯掉的楊柳枝，這是咱們圈內的行話，意思是宅子要作價賤賣。」

「哦！」柳芙立馬來了興趣。「李公子，你剛剛怎麼不提，那個宅院，可是門前植了兩株桂樹的？」

「小姐好記性，的確是的。」李墨覺得有些奇怪，他領著柳芙一路逛過來，少說也經過了不下二、三十個宅院。那個二進的院子位置在當中，並不十分顯眼，掛在門口的枯枝更是不會引起外行人的注意，怎麼她就能一語中的呢！

柳芙沒看到李墨眼中的古怪，臉上露出了興奮之色。「那我們折回去，敲門問問賣價幾何。」

車伕聽了，面露難色。「小姐，剛剛咱們走了不下十條街，您給指指路，不然小人可沒法原路返回去。」

想了想，柳芙當即便道：「記得前頭那家燒餅店嗎？到了那兒往左轉，過了三個街口便是。」

「好嘞！」車伕聽了趕緊勒馬回頭。

「小姐，您一直都這麼好記性嗎？」李墨側頭看著身邊端坐的小姑娘，晶瑩的肌膚在深秋薄日的照射下竟有淡淡光暈氤氳流轉，那濃密的睫羽撲閃著，將一雙晶亮的水眸襯托得越發璀璨。

李墨這麼一問，柳芙自己也覺得有些奇怪了。

重生之後，自己並未特別去感受身體上的變化，但從前的她一向沒心沒肺慣了，就算在皇家書院學習那段時間，也要日日花大功夫才能把該學的規矩背熟。記憶力……好像從來並非自己的強項啊。

莫非是自己在路上發燒，把腦子給燒壞了？

可燒壞了應該越來越糊塗吧，怎麼可能越來越聰明呢？

不想糾結於這些小事兒上，柳芙隨意一笑。「我是小孩子嘛，小孩子就是記性好。」

「對了，李公子，你剛剛說不知我手頭方不方便，難道你不知道這一帶的宅院賣價嗎？」柳芙岔開了話題，睜著大眼看向李墨。

點頭，李墨也不再多想，直言道：「小姐有所不知，這天泉鎮雖然是城郊，但興旺發達不輸京都半分。此地的宅院價格雖然不比京中那樣昂貴，但卻有個特點。」

「什麼特點？」柳芙插嘴問道。

「嗯，就是此處並無一個平均價格，或者說並無市價。」李墨見柳芙不解，又仔細解釋道：「比如京中，東南西北各自有著不同的市價，按照宅院的大小、新舊程度，我們中人都能大概估出一個合理的價格。當然了，除非賣家有什麼特殊的原因，否則價格的上下浮動不會超過兩成。但此處就不一樣了。家家戶戶都是按照別院來修建的，有些外表看起來普通，內裡卻別有洞天，描金勾銀的絕不在少數。」

柳芙恍然大悟。「我知道了，京中大官兒們置辦宅院都循著莊重簡樸去的，誰會傻得顯露財富，引起御史注意彈劾。但別院就不一樣了，誰知道哪家是哪家的，有錢的官員們大可在此揮霍就是。」

聽了柳芙的分析，李墨更是覺得有些意外了。「柳小姐真是聰慧過人，一點就通，心思剔透得簡直不符您的年齡。」

或許李墨的表情實在有些怪異，柳芙這才意識到自己或許表現得太過顯眼了，趕緊故作天真地吐吐舌。「我和母親一路上京，住店的時候常聽人議論呢，說這天泉鎮是個藏龍臥虎的地方，好多京裡頭的大官兒們在此花重金置辦別院。聽說那個什麼吳大人的別院裡頭就養了兩尾黑藍金魚，要三千多兩銀子呢，由此可見一斑……」

李墨笑著點點頭。「其實吳大人並不是個愛露財的，不過他的二公子娶了個江南財閥的千金，所以別院裡常有些稀罕的東西送來，倒是值當許多銀子罷了。」

「話說回來，若是我想要買下那個院子，要準備多少錢才合適呢？」柳芙見李墨表情回復如常，趕緊繼續這個話題。「就算沒有個準價，但李公子你做這行有些時日，應該能估摸個八、九成準確才是。」

李墨卻連連搖頭。「估不準，絕對估不準。要說從外面看，那二進的院子占地不算大，外牆和門宅也並不顯眼。但誰知道裡頭是個什麼樣子，萬一用金磚鋪地白玉做棟，豈不天價！」

「那如果咱們敲門進去看看，你能估出價來嗎？」柳芙眨眨眼，覺得李墨作為中人也太過老實了些，這個時候，應該給主顧下個套好接下來做生意才是正理。

李墨卻極為認真地想了想，好半天才以肯定的語氣道：「若是能讓我進去看看，應該能估摸個價格出來。」

「那就好，前頭就是了，咱們下去敲門吧！」

柳芙說著指了指不遠處兩株茂密顯眼的桂樹，在深秋，那一片濃綠實在讓人很難忽略。就衝著這兩株桂樹，柳芙已經暗暗下定了決心，一定要爭取把此處給買下來。

李墨將身上略縐的布袍理得順滑之後才上前敲開了宅門。

出來迎接的是個老嫗，一雙眼睛卻十分犀利，上下打量了李墨之後，開口道：「何人？何事？」

「在下李墨，受雇於買主，想要問問此處宅院賣價幾何。」李墨言簡意賅地說明瞭來意，隨即讓開半身，露出背後俏立的柳芙。

上下打量了一下柳芙，老嫗見其年紀竟如此小，有些意外。「這位小姐，若是您閒來無事找樂子，恕老婆子不奉陪了。」看來這老嫗將柳芙當成了京中那些性子頑劣的千金小姐了。

見狀，柳芙趕緊上前，朝老嫗恭敬地福了福禮。「這位婆婆，我是真心想要問價的，請不要誤會。」說著，柳芙笑咪咪地瞧了一眼老嫗擋在身後的宅院，甜甜道：「來者是客，婆婆不如請我進屋去，咱們在這兒站著也成不了事兒。」

考慮了半晌，老嫗才將門拉開。「外頭風大，小姐請進吧。」

簡單的二進宅院，青磚灰瓦，陳設簡樸。但院子裡的葡萄藤，藤下的麻繩鞦韆，還有屋角修剪得極平整的文竹叢……僅僅眼前這方小院，就讓柳芙有些心動了。

「這位小姐……」

「老婆婆，您稱呼我柳芙吧。」柳芙笑著打斷了老嫗的說話。

「原來是柳小姐。」老嫗只道：「奴婢只是守宅的下人罷了，不敢直呼小姐閨名。」

「妳家主人可在？」柳芙提步進了正堂，環顧四周，家居擺件俱是大氣簡潔，越發地滿意了幾分。

「我家主人因故遷居南邊，只留了老婆子一人留守賣宅。」老嫗跟著進屋，為柳芙和李墨各斟了一杯茶。「價格的事兒，您只和我說便是。」

「願聞其詳。」柳芙接過杯盞，盯著老嫗。

老嫗語氣平淡地道：「主人留話，此宅雖不是華麗非常，但雅致清爽。二十年來，主人極為愛惜此處一草一木，本不願捨棄，但舉家南遷，恐不會再回京城，所以才想著變賣，為宅院覓得新主，免得斷了此宅的生氣。」

趁著老嫗說話，柳芙和李墨交換了一個眼神，李墨悄悄在袖口裡用手指比了個「三」，這是之前兩人定下的暗號，表示三千兩。

心中有數，柳芙直接問道：「那敢問婆婆，此宅賣價幾何呢？」

「此宅無價，不賣。」老嫗卻是一口就否定了，讓柳芙和李墨都有些摸不著頭緒，只齊齊看向老嫗，等待她詳細的解釋。

第十四章　情意堪無價

「此宅無價，不賣……只送！」

這留下來守著宅院的老婆子緩緩開口，神色不見任何波動。

柳芙和李墨卻都不由自主地睜大了眼，這個世道怎麼可能有這麼好的事兒！好好的宅院，不賣，卻送！

看到柳芙和李墨吃驚的模樣，老嫗好像早有預料似的，只淡淡的繼續開口道：「小姐且聽老婆子把話說完。」

起身來，老嫗從正屋供的夫子像下取出一個桃木匣子。「裡面有主人手書，請小姐仔細閱讀觀看，若能接受裡面的條款，就請按下指印，這宅子就是您的了。」

身邊的暖兒代替柳芙上前將匣子接了過來，柳芙托在手上，按捺著心中的好奇，徐徐打開鎖釦，將裡面一張信紙取了出來。

「……老夫在世間已然了無牽掛，唯有亡妻著實無法放下……」

柳芙細細讀來，心底也不經意地被觸動了。

原來，此宅主人姓馬，本是南方人。年輕時帶著妻子入京，想要求取功名光宗耀祖。可剛到京城，妻子就染了惡疾突然離世。多年來，因念妻心切，他也無心苦讀，只花重金在龍興寺為亡妻點了一盞長明燈，好讓她以另外一種方式長存世間，陪伴自己。他一介讀書人，在朝中也並無功名，只靠祖產過活。可漸漸地，因為各種因由，家中田莊出產越來越少，再也無以為繼他在京中生活，更無法支付龍興寺昂貴的香油錢，不得已，便想著以賣宅的方式來換取亡妻在龍興寺的長明燈能夠繼續不滅。

除了保「長明燈」不滅的這個條件，這位馬先生也寫明瞭，他的亡妻是葬於此宅後院的槐楊樹下，每年七月半，得到此宅的主人必須請龍興寺的僧人過來為妻超渡唸經。

緩緩將信紙合上，柳芙眼角微微有些濕潤。不曾想，這世間竟有如此癡情的男子，為了亡妻，竟如此悉心周到地安排一切。

「小姐看完了，可有話問老婆子？」

老嫗見柳芙神色悵惘，主動開口打破了此間的沈默氣氛。

點點頭，柳芙將心中的情緒暫時壓制住，這才啟唇。「為馬夫人續長明燈，我可以答應。每年七月半為馬夫人請僧人前來唸經超渡，我也可以做到。只是我有個疑問……馬先生以這樣的條件將宅院轉讓，難道不怕買家不遵守諾言嗎？」

老嫗好像早就猜到了柳芙會這樣問，終於露出了第一個笑容。「老爺定下規矩，老婆子留守，為的就是相看人。」

「相看人？」柳芙不解，一旁的李墨卻懂了似的，不經意點了點頭。

「對，相看人。」老嫗親自過來為柳芙添了熱水，臉上的嚴肅和冷漠被一抹慈祥給取代。「早在小姐之前，就有好些人敲過門問價了。老婆子只消得看他們一眼，就知道這些人會不會真的遵守諾言，是不是守信誠實之人。」

「那婆婆看我呢？」柳芙有些緊張，卻主動站起身來走到老嫗面前，神色中不見一絲一毫的輕率。「若我說我都能做到，您可覺得我是誠實守信之人？」

老婆子上下打量著柳芙，見她小小年紀，臉上表情卻不見一絲稚色，反而有種讓人極為安穩的恬然氣質流露而出，便笑著點了點頭。「實話告訴小姐吧，我家夫人出身青樓，是和老爺私奔至此的。我便是夫人從青樓一起帶出來的奶媽子。在那種地方待得久了，別的不行，相看人卻是極準的。我觀小姐面相，神色沈穩，毫不輕佻，說話做事，一舉一動皆透著機敏睿智。雖然小姐現在年紀還小，可感覺妳好像已經定了性子，將來也肯定會長成一個賢淑知禮、誠實守信的淑女。所以，老婆子也不賣關子了，這座宅院，以後便是小姐的了。還請小姐按下指印，讓妳的中人走一趟官府，我們把相關的文書都辦好，老婆子也才好追隨主人而去。」

「謝謝婆婆願意相信我，我也一定不會讓婆婆，讓馬先生、馬夫人失望的。」

柳芙知道多說無益，只閃著清澈的水眸，對著這老嫗深深地鞠了一躬，以表謝意。

這時候李墨卻一臉的猶豫之色，只踱步來到柳芙的身邊。「小姐，可否借一步說話？」見李墨表情如此，柳芙只好跟他一起來到屋外。「李公子，怎麼了？」

李墨見柳芙一臉的歡喜，有些欲言又止。

柳芙大概猜到了李墨想要說什麼，主動開口道：「李公子是怕我付不起龍興寺的香油錢吧。」

「小姐可知道龍興寺的規矩？」李墨見她看來是知道些什麼，便以問代答，顯然是不放心。

柳芙其實清楚明白得很，但想試試這個李墨，便道：「嗯，知道一些，但不是特別清楚，還請李公子細細說明。」

李墨略微思考了一下，這才道：「龍興寺是我大周皇朝的鎮國之寺，卻修建在九華山深處，小姐可知緣由？」

搖頭，柳芙這倒是不清楚，只睜大眼看著李墨等他解釋。

也不再賣關子了，李墨繼續道：「因為龍興寺所建之處正好是皇朝的龍脈之眼。龍興寺建於龍脈之上，其香火興旺，則能佑皇朝鼎盛。您應該知道作為國寺，龍興寺是絕對的權威，其間長明燈的香油錢價格，也價值不菲。聽聞……一年便要一千兩銀子的香油，才能讓長明燈長明而不滅。小姐，一年一千兩，就算那宅院作價賣，恐怕也賣不出上萬兩銀子的。而且，龍興寺中的僧人都享受朝廷供奉，和普通寺廟的僧侶身分地位都不可同日而語。若要請動寺中人出來為馬夫人超渡唸經，這，真的太難了！剛剛您這樣就答應了，豈不是……」

「可若是拿錢買，一來，主人家根本不賣；二來，我也沒法一下子拿出上萬兩銀子。」柳芙給了李墨一個「你放心」的眼神。「能夠以無價購得此間宅院，是上天給我的最好禮物。一年湊齊一千兩，我相信自己可以的。另外，寺中人我倒是有個相熟的，請過來唸經超渡應該不成問題。李公子還請不要擔心，好好幫我辦文書上的事情吧。」

李墨見柳芙已經下定決心，不知為何對這個小姑娘也莫名地很相信，便跟著她回到屋子，拿出泥印，讓柳芙伸出拇指，在老嫗準備好的契約上簽字畫押。

看到自己的指紋印在契紙之上，柳芙這才長吁了口氣，彷彿有些不敢相信事情竟會進展得如此順利。

之後，一切事情就簡單多了。李墨代勞了所有官府文書方面的事宜，雖然分文未花，但這並不表示柳芙不需要付給他酬勞。

三日之後，李墨親自上門，送上了官府下發的地契和房契。柳芙讓暖兒將封好的銀封，共十兩，交給了李墨作為酬謝之資。

關於李墨此人，思考了許久，柳芙其實心裡有了個計劃，但能不能實施，要看文從征的態度，還有李墨到底值不值得信任……這些，都還得等。

第十五章　終身願為奴

官府的文書辦好，柳芙才敢告訴沈氏，自己「不費一文」就購得一間宅院。

一開始沈氏有些不信，但看了蓋著鮮紅的京兆府尹印泥的地契和房契，這才按捺著有些急切的心情，換好衣裳在柳芙的陪同下去參觀母女倆未來的「家」。

意外的是，柳芙讓暖兒留下了那守宅的老嫗。

自從知道這老婦人本是伺候馬夫人的奶娘，柳芙感念其年事已高，為人也通透練達，便讓暖兒去問過了她的意見。若留下，也不算是下人，只住在一起，她願意便幫忙掃灑做飯，不願意，也一日三餐供她食宿，逢年過節也會封了紅包，到老來，還為她養老送終。

老嫗聽得暖兒如此說，心裡一方面確實有些捨不下葬在此處的馬夫人，一方面對柳芙這個小姑娘心裡也真有幾分喜歡。毫不扭捏，當即就書信一封交予信使，將已經打包的行李又放了回去，一口答應留下。

老婦人姓馮，聽見門響，知道是未來的房主降臨，笑著開了門。「夫人、小姐，快請進。」

沈氏進屋就拉著馮嬤的手，頗有些感慨。「馮嬤，難得妳願意留下，我已經告訴女兒，單是管了一日三餐食宿可不行，還得給妳每月發些薪餉才是正理。」

馮嬤見沈氏面容白皙，身子略有柔弱，忙反手扶住她往裡走。「夫人，小姐願意讓老婆子留在這兒守著原主人，已經是莫大的恩惠。我一個老婆子，除了吃飯睡覺，哪裡還有什麼花銷。若夫人心疼，逢年過節，容我那操心的侄兒和侄兒媳婦兒來探望探望，我就心滿意足了。」

柳芙見母親和馮嬤投契，心裡也高興，總算也能有個人陪陪母親說話，連忙道：「這是當然，馮嬤您只管放心，別說逢年過節，平日裡也請妳侄兒和侄兒媳婦儘管過來串門子就是。」

「夫人小姐俱是善心人，老婆子留在這兒養老，真是什麼都不用愁了。」馮嬤說著，眼角略有濕潤。

「唉呀，馮嬤嬤，這兒可有我住的地方？」說話間，暖兒蹦蹦跳跳地就湊了過來。「我知道這宅院雖然只二進，但也能有個丫鬟房吧。」

「暖兒……」柳芙見暖兒插話，和母親對望了一眼，這才拉了她的手到一旁。「妳是柳家的人，我既然和母親要搬出柳宅別院，自然沒有道理把人也帶走的。對不起，恐怕妳是不能住在這兒了。」

「我不！」暖兒臉色一變，表情變得極為驚慌起來。「奴婢好不容易遇到了小姐和夫人這麼好的主子，不伺候妳們，奴婢還能伺候誰！再說了，誰都知道夫人和小姐也是柳家的主子呢，奴婢為什麼不能夠跟著搬過來？不光是奴婢，劉嬤嬤也說了，夫人小姐心善人好，跟著妳們才能過好日子。別院雖然大，可冷清又沒人氣，不像京中的主宅，咱們留在那邊連個前途也摸不著。跟著小姐，至少……至少……」說著，暖兒紅了臉。「至少還能有個人幫忙張羅奴婢將來的親事嘛……」

聽著暖兒前頭的話，柳芙和沈氏都有些心酸，可聽到後來，不由自主地一齊又笑了。沈氏更是走過去輕輕攬著她，安慰道：「妳這麼小的年紀，怎麼就想著嫁人的事兒了。放心吧，妳聰明伶俐，長得也乖巧可人，誰家不搶著要呢。」

暖兒睜大了眼睛。「真的嗎，夫人，您是說真的嗎？」

柳芙心一硬。「總之，我和母親不會帶走柳家一草一木，暖兒，妳也別說我們是柳家主人的話了。」

暖兒卻把頭搖得像個博浪鼓，死死拽住沈氏的衣袖，就是不肯鬆口。

「其實，這個問題在老婆子看來，並不是問題。」

馮嬤雖然不清楚前因後果，但從柳芙、沈氏還有暖兒三人的對話中，約莫也聽出了些玄機來。

「馮嬤，此話怎講？」沈氏是個軟心腸，聽見馮嬤說，當即便問。

「老婆子看暖兒姑娘的年紀，應該還沒到八歲吧。」馮嬤打量了一下暖兒。「若是沒滿八歲，就算是家生子也不會上交賣身契到官府存檔的。既然沒有官府記錄的賣身契，那讓妳的父母家人去求得原主人答應，妳就可以直接跟著夫人小姐離開了。實在不行，湊點兒贖身的銀子，應該也不會太多，畢竟妳還小。」

暖兒拍拍手。「對啊，我父母都不在了，是跟著爺爺在別院住的。還真沒有什麼賣身的契書之類。小姐，您可趕我不走了！」

沈氏聽了馮嬤的話，覺得此事可行，便道：「芙兒，這事兒妳也別放在心上，回頭陳管家來，我求他轉告一聲，相信柳家也不會為難暖兒這樣一個小姑娘的。」

「娘……」看著暖兒一雙撲閃不停的大眼睛，柳芙也只得妥協。「我不是不想暖兒在身邊，只是不想求……『他』任何事罷了。」

「人活一世，不可能不低頭的。」沈氏卻笑笑，語氣很是豁達。「暖兒和妳投契，為娘看到妳身邊有個信得過的人待在一起，也放心。」

「夫人放心，奴婢一定好好伺候小姐，死心塌地，絕無二心！」暖兒聽得沈氏如此說，窩心感動到不行，也趕忙表露心跡起來。

「若是柳家真的肯放妳，有妳陪著我自然是好的。」柳芙終於也笑了，仗著高出一頭，伸手揪揪暖兒的臉。「不過我不會收妳的賣身契，以後給我當小妹好了，別再奴婢長奴婢短的了。」

「不行！」暖兒卻堅決地搖搖頭。「一日為奴，終生為婢！身為奴婢，也是要有操守的。不管小姐夫人收不收賣身契，我也是小姐和夫人的人，要伺候您們一輩子的！」

翻翻白眼，柳芙還真不知道「一日為奴終生為婢」這句話還可以有人說得如此豪邁。

「傻妞兒，懶得理妳，等一切塵埃落定再說吧。」

沈氏卻含笑看著暖兒，心底並不贊同女兒的話。雖然自己喜歡暖兒，但還是希望女兒身邊能夠有個丫鬟照顧，而不是真的認了她做妹妹，於是道：「這可是妳說的，以後我可把芙兒交給妳了，妳得盡心照顧，我方能安心。」

「一定不辱使命！」暖兒得了沈氏吩咐，趕緊賣乖。

「好了，皆大歡喜，不如由老婆子帶夫人小姐參觀參觀宅子吧。」馮嬤見機開口，倒讓大家一時間都把興趣轉回了這個未來的「家」上頭。

參觀完，馮嬤和暖兒還有劉婆子張羅了一桌好菜，大家不分主僕，倒是度過了一個歡樂祥和的夜晚。也讓這原本有些清冷的宅院多了幾分家的味道。

第十六章　秋風寒人心

深秋，夜裡風吹個不停，使得原本靜謐安逸的和風閣在竹葉「沙沙」聲中也顯出了幾分吵嚷來。

橘黃色的燈火之下，柳冠傑躬著身子，連頭也不敢抬一下，只用餘光悄悄地打量著立在書案前的那個背影。

紫玉金冠，紫龍錦袍，不過年僅十五歲就執掌皇朝百年親衛影閣的四皇子，到底有什麼與眾不同之處？

這個疑問自柳冠傑第一次被姬奉天密詔與姬無殤見面時就有了。

十二歲獲封裕親王，十五歲執掌影閣，姬無殤本該是協助太子姬無淵最好的左膀右臂，可事實卻正好與之相悖。明明是一張陽光和熙而又無害的臉，可姬無殤所做的每一件事，都比任何一個老狐狸來得更殘酷和冷漠。

或許這就是皇家吧，只有皇家，才有可能培養出來這樣優秀的孩子。只是這樣優秀的後代，除了適合待在宮中，根本就毫無一丁點兒人情味可言。

「怎麼，柳侍郎對本王的安排不滿意嗎？」

背影緩緩轉身，露出一張有著明亮微笑的臉龐來，只是那一雙閃著清冷精光的深沈黑眸，卻出賣了姬無殤的本來面目。

「微臣不敢。」柳冠傑趕忙避開姬無殤射過來的眼神，只覺得兩側太陽穴突突直跳。

姬無殤緩步走到了柳冠傑的面前，看著即便躬身也高過自己幾分的柳冠傑，突然道：「奇怪了，本王在各家兄弟裡面算是高的，即便是身為二哥的太子也矮了本王兩分，怎麼柳侍郎作為南方人，卻長得這麼高呢？」

柳冠傑一聽，只覺得腿一軟，忙又壓低了身子幾分。「王爺不過才十五歲，再長兩年，恐怕微臣就有所不及了。」

唇角揚起一抹弧度，卻看不出是笑還是其他表情，姬無殤斜睨了一眼柳冠傑。「柳侍郎，你對姬家忠心耿耿，本王和父皇都是看在眼裡，明瞭在心。不過，對於你沒有安排好原配和嫡女的行為，父皇始終覺得有些不妥。所以，本王才出面接手，想幫你善後。」

死死地咬住牙關，柳冠傑半晌才憋出幾個字。「求王爺開恩，饒過微臣妻女。」

「哪個妻女？」姬無殤又露出了招牌似的無害笑容，看起來好像夜色中一盞明亮的燭燈，可惜被他照耀的地方都顯得死一般沈寂而晦暗。

伸手捏住柳冠傑的下巴，姬無殤挑了挑眉，咧嘴一笑。「你糊塗了嗎？」

只覺得下巴快要被姬無殤捏得脫臼，柳冠傑強忍住疼痛，一字一句地道：「八年了，微臣未曾與沈氏和芙兒見過一面，芙兒或許年紀小，但看得出是個聰慧懂事的。如果王爺不喜，微臣……微臣想辦法送走她們母女倆便是。」

「你以為一切都這麼容易嗎？」姬無殤冷哼一聲。「她們母女既然千里迢迢找來了京城，總不好就此讓她們又空手回去。再說……有了她們母女在京城，想來柳侍郎也更能打起精神為父皇辦事兒吧。」

說到此，姬無殤仰天一笑，邁著輕快的步子，顧自推門而去了，只留下柳冠傑深蹙著眉，臉上布滿了後悔和害怕的神色。

看著眼前一字排開的箱籠，暖兒歡呼著揭開蓋子，嘰嘰喳喳一直未停過尖叫。各色的裙衫，有繭綢的、綷絲的、錦緞的、縐紗的，還有鑲了狐狸毛、灰鼠毛等等的大衣裳。另外一個箱籠打開，裡面全是些手帕、香囊、團香扇等女兒家喜歡的小物件，最後一個稍小些的匣子，裡頭則盛放著金玉釵環，珍珠瑪瑙等等珍貴首飾……琳琅滿目，簡直讓人挪不開眼！

「小姐，這些都是文大人差管家送來的，真真是……真真是太讓人難以相信了！」暖兒顧不得挨著摸過去，見柳芙只遠遠站著，忙拉了她來到箱子邊上。「不是說翰林院是個清水衙門嗎？看看文大人的手筆，簡直就是大富豪啊！」

「芙兒，這到底是怎麼回事兒？」

接到消息的沈氏此時才匆匆而來，見滿屋子的箱籠，裡頭各色衣裳首飾都嶄新且價值不菲，臉色一變。「誰送來的？有什麼目的？妳不說清楚，今天我們就收拾東西回蜀中去！」

「暖兒，妳先出去。」柳芙見母親臉色鐵青，知道自己屢屢做出出格的事兒肯定引起她的一絲不安了，趕緊將暖兒趕出門，拉了沈氏在桌邊坐下。

「撲通」一聲直接跪在了沈氏面前，柳芙揚起小臉。「娘，您先別生氣，容我解釋一番好嗎？」

沈氏卻一揮手，止住了柳芙說話，任她跪在地上忍住沒有扶她起來，搶先道：「芙兒，馮嬤告訴我，妳答應為馬夫人續長明燈，她才將宅子轉入妳的名下。娘雖然沒有問妳哪裡來的錢去答應她，可想著或許娘每年接一件錦鴻記的活兒來做，應該可以填這個空。今日，這些東西又莫名其妙地出現在這裡，已經超乎了娘的接受範圍。今日妳不說清楚，娘下午就收拾東西帶妳回蜀中。絕不耽擱！」

「娘……」柳芙噘著嘴，眼中閃著淚花兒。「芙兒不乖，惹娘生氣了……」

沈氏強忍著不讓自己心軟，又道：「當初是妳說要和娘回蜀中，咱們守著田宅過清貧的日子。可後來……」

說到這兒，沈氏終於還是忍不住，淚水在不經意間已經布滿了整張臉。「娘知道，或許是妳父親的事兒刺激了妳。可娘真的沒想到會是這樣的結果，害得妳年紀小小就開始琢磨這些原本屬於大人才擔心的事兒。為娘不是罵妳，更不是怨妳，只是心疼妳啊！」

沈氏這番話說得柳芙心疼不已，一把上前抱住了她，兩人都痛痛快快地哭了起來。

哭過之後，無論是沈氏還是柳芙心境都平復了不少。

看著女兒通紅的眼睛，沈氏心都要碎了，將她摟在懷裡。「是娘不好，妳才八歲，做什麼事兒還不都是隨著心性來的，哪裡會有什麼目的，更不可能會和妳那個狠心的爹有任何關係。對不起，芙兒，娘是太擔心妳了，怕妳太小，會被這些東西給誘惑，迷失了本心。」

「娘……」柳芙仰著頭，聲音軟軟地好像一隻溫順的小白兔。「這些東西並不是『他』

送來的，而是一個名叫文從征的翰林院先生。」

「嗯。」沈氏聽在耳裡，雖然覺得有些驚異，但還是耐住了性子，繼續聽女兒的解釋。

於是柳芙老老實實將自己突然起意想要買下九華山地的事兒，還有文從征認了自己為「乾孫女兒」的事兒都一股腦兒告訴了沈氏。「原本芙兒沒想過文爺爺會真的答應呢，只覺得他一個老人家孤獨得很，買不買地都是後話，實在是覺得文爺爺是個好人，芙兒才會那樣提議的。沒想到，文爺爺竟答應了，送來這些東西，還有這個帖子。」

柳芙將懷中的燙金書帖掏出來遞給了沈氏。

沈氏打開，一字一句地讀了，這才鬆了口氣。「芙兒，文先生乃是從前朝開始就詩禮傳家的文氏後人。朝野上下都知道文先生剛直不阿的性格，也從不為權勢折腰。他願意認妳為乾孫女兒，娘也沒什麼不放心的。只是這一切……真是妳想要的嗎？」

「娘是說，在天泉鎮買地，購宅，認文從征為乾爺爺，以後咱們就留在這兒，到底是不是芙兒想要的嗎？」

柳芙眨眨眼，看到沈氏臉色微變，不等她回答，繼續道：「芙兒要的不是這些，要的是母親和芙兒以後快快樂樂的生活在一起，從此不再受人欺負。回到蜀中或許單純快樂，但京城的這一切始終會是一根刺，刺在母親的心裡，也刺在芙兒的心裡。芙兒想得清楚明白，只有留下，面對一切的問題，才能解決問題。逃避，永遠不是最好的選擇。」

嘆了口氣，沈氏又將柳芙抱在懷中，眼底深深的惆悵蔓延開來，洩漏了心底久久不曾釋懷的心結。「我的芙兒，妳長大了，比為娘都懂道理了……」

第十七章　扶柳庭院深

秋風瑟瑟，但天泉鎮一方小小的二進院落內卻顯得春意融融，綠意如萌。四季常青的茂密桂樹還掛著油綠的葉片，屋角仍然長勢茂盛的文竹叢，雖然庭院中的葡萄藤黃葉落盡，但一眼望去，麻繩鞦韆晃晃悠悠間，使得這宅院多了幾分靈性，少了幾分呆板。

沈氏將新購的宅子取名為「扶柳院」，其中含了柳芙的閨名，別具巧趣。柳芙也很喜歡這個名字，想著或許要在院中多植些垂柳，好讓宅子名副其實才對。

收拾好東西，沈氏和柳芙連夜便搬了過來。

雖然母女倆並無什麼行李，但宅子住進了人，便有了人氣。再加上馮嬤從後院採摘了些野菊花插在青梅瓷瓶裡，各屋都放置了些，又清洗了所有的窗簾門欄繡墩兒坐墊什麼的，使得整個宅院看起來清清爽爽，乾乾淨淨，處處都散發著一股好聞又溫暖的皂角味兒。

心裡頭擱著暖兒的事，沈氏讓張老頭叫陳果來了一趟扶柳院，一來挑明將暖兒要過來的事兒，二來，側面讓陳果回去給柳冠傑帶信，自己母女已經遷出別院，不再寄人籬下。

陳果很快就傳了柳冠傑的話，說暖兒可以跟著沈氏母女一起走，還有劉婆子和守門的張老頭都一併撥給她們。

沈氏本不要，可陳果一句話又讓她噎住了。

「留一個人是留，留三個人不也是留嗎？夫人若執著於這些表相，不如連暖兒也別要。

橫豎老爺發了話，此間別院既然留不住夫人，那張老頭和劉婆子也沒用了，改明日找了人牙子來打發賣了乾淨。」

柳芙是壓根兒不願意再和柳家扯上任何關係，但仔細一想，張老頭是暖兒的爺爺，劉婆子不過是別院的粗使灑掃僕人罷了，算起來也和柳家並無太大瓜葛，也就默許了。

只是這樣一來，扶柳院這方二進的院子就顯得有些侷促了。

還好馮嬤告訴沈氏，說扶柳院的宅子雖然只是二進，但後門出去一小片橘子林其實都是地契範圍，若是真不夠住，挨著後門的圍牆再修一個後跨院，便足夠安置下人了。

沈氏盤算了一下，算上泥瓦匠的工錢和修葺院子的材料，足足要二、三百兩銀子方可置辦好，於是找來柳芙商量。

因得了文從征的帖子，三日後要在文府舉行認親儀式，柳芙知道九華山那塊地自然而然就會落入自己的名下，倒是不再需要什麼銀子了，便告訴母親說自己這邊並無太多打算，等五福屏風上交，留些銀子打理山地就行，其餘的讓沈氏看著辦。

又要繡五福屏風，又要張羅擴建院子，沈氏忙起來之後倒將心事暫時拋在了腦後，氣色日漸紅潤起來，神情也恢復了以往的自信和優雅，時不時還能聽見她哼唱著蜀中山村流傳的小曲。

三日之後，柳芙前往文府赴宴。

青草綠的錦瀾繡裙，外罩鸚哥黃的對襟衫子，腰間一抹二指寬的繡纏枝綠萼緞帶，清爽的雙丫髻上一邊別了一支玉蝴蝶碧釵……在母親沈氏的親自裝扮下，不過八歲稚齡的柳芙看起來猶如一個翩然而降的蝴蝶仙子，靈氣逼人，玲瓏嬌俏。

沈氏婉拒了柳芙一同前往的請求，只說扶柳院這邊走不開，讓暖兒和劉婆子都陪著，張老頭駕車。沈氏又讓劉婆子叫來她的甥兒李墨，好歹有個年輕男子陪同，不僅僅是老弱婦孺，這才放心地目送了女兒出門去。

看著打扮一新的柳芙，李墨笑著迎了上去。對眼前的這個小姑娘，李墨打心眼兒裡有幾分喜歡，而非看待其他雇主那般，所以語氣中多了幾分真切，少了幾分謙恭。「恭喜柳小姐，終於得償所願了。」

柳芙見李墨今日也是一身雨過天青色的長袍，腰間墜了一只靛藍繐兒的白玉珮，黑髮高束，看起來既清雅又英挺，讓人很難相信他已非讀書人，便也越發客氣起來。「李公子，多謝今日撥冗陪我走一遭。」

柳芙聽見母親說要讓李墨隨行，心裡其實挺願意。至少從這幾次相處來看，李墨是個不折不扣的正人君子，雖然為人少了幾分練達世故，卻行事說話都透著讀書人的風骨，讓柳芙極具好感。更何況，柳芙還有另外的打算，這次讓李墨跟著，也好再觀察觀察此人到底可不可用。

劉婆子和暖兒陪著柳芙坐在車廂裡，李墨和張老頭坐外面的橫欄，一行人駕著車便往文府而去。

剛到文府坐落的巷子口，管家文來便親自守在那兒將柳芙從後門接入了府中。

管家解釋，為了今日的認親宴，文大人請來的賓客除了朝中官員還有在京的文氏族人，開席多達三十桌。而柳芙是今日的主角，自然不可輕易現身於外院，得好生安排了再跟著文從征，祖孫倆好一起亮相。

管家見柳芙的表情有些不自在，便解釋了起來，只說文老爺極為重視收柳芙為乾孫女的事兒。若只是口頭上稱呼一聲未免太過輕率，必須要讓文氏族人知道，也要讓和文家有關係的京中權貴知道，文家多了一位孫小姐。

沒想到文從征會這麼重視，柳芙有些意外，但既然來了，此事也是自己的初衷，就不好說什麼其他的話，只得乖乖被領進文府內院，等著時辰到了再說。

李墨是男子，又是和柳芙一起來的，便被文管家拉了一起去充作主人方接待來客。張老頭守著馬車，只剩劉婆子和暖兒陪在柳芙的身邊。

因為文從征獨居，所以內院幾乎沒有幾個下人，很是安靜。來了個丫鬟奉茶，說文大人午時之前會過來接柳芙去往前院，讓她稍候。

出門有些早，柳芙見還有至少半個時辰才到午時，便問了丫鬟此處可有花園什麼的，好逛逛打發時間。

讓劉婆子在屋裡候著，免得文從征來找人尋不著，丫鬟親自領了柳芙來到宅院後面的一汪水塘邊，此處倒是離得前院有些近，隱隱約約能聽到沸騰的人聲。

讓丫鬟和暖兒在下面不用上來，獨坐在池塘邊假山坡上的涼亭內，從高處望去，柳芙可見院牆那邊果然熱鬧無比，開闊的前廳人來人往，熙熙攘攘。

柳芙知道文家乃是詩禮傳家三百年的大族，卻沒想自己一時急智要與文從征結為乾親，卻引發了如此大的動靜。蹙著眉，一時間自己也有些不確定這是件好事兒還是壞事兒了。

自己重生後，醒悟過來要努力生活不讓別人操控自己的命運。可前提是低調行事，不讓自己再度捲入宮廷中的爭鬥和陰謀當中。但文從征如此大張旗鼓，自己便會早早地暴露在京中貴人們的視線裡，無論如何，都是一件相當冒險的事兒。

想到此，柳芙咬了咬唇，想要強迫自己靜下心來，仔細衡量此事到底可不可行。千萬不要為了九華山的溫泉，而涉險提前捲入京中的是非。

可不論怎麼想，柳芙都覺得認了文從征為乾爺爺是一件利大於弊的事兒。至少從為人來說，文從征值得一交。而將來，文從征將會是權傾朝野的帝師，無形中也會對自己形成保護，說不定，能改寫一下歷史，讓自己免於重蹈前生的覆轍。

「咦……前頭可是柳小姐？」

柳芙正在發呆，冷不防身後傳來一聲問話，一轉身，卻是一位身著紫龍錦袍的少年人從假山的另一邊徐徐而上。

那掛在唇邊似有若無的笑意，那眼神裡深藏不露的淡漠清冷……眼看著此人踱步而上越來越近，只讓原本期待著今日認親儀式的柳芙背上生出一層冷汗來！

第十八章　初見若驚心

有絲絲日光從涼亭一側射進來，柳芙卻並不覺得溫暖，反而通體生寒。眼前的少年容貌俊朗，風度卓絕，可是在柳芙眼裡，那勾起的唇角邊並無半分笑容逸出，反而讓她看到了他邪魅莫測的陰冷本質。

「妳認識本王？」姬無殤瞳孔微縮，一抹異色閃過眼底，他分明在這個小姑娘清澈的水眸中察覺到了一絲恐懼。

柳芙終究還是回過神來，一扯裙襬便跪地福禮。「小女子柳芙，見過……王爺。」

上前一步，姬無殤伸出右手，一把將柳芙的下巴扣住，迫使她抬起頭來。「柳小姐，本王記得，妳我之前分明未曾謀面，怎麼妳好像認識本王似的？而且……妳那眼神，難道是害怕本王不成？」

姬無殤不算是生性多疑的人，可初次照面的小姑娘竟會用那種眼神看著自己，這讓他嗅到了一絲不同尋常的異樣。

下巴上傳來的疼痛讓柳芙徹底清醒了，知道自己先前那樣失神絕對不應該，連忙彌補道：「王爺自稱本王，又能進入後院，分明是爺爺的貴客。而且王爺作為男子，突然出現在此處，小女子害怕慌亂也是正常的。」

看著薄日之下柳芙晶亮眸子中閃爍的光彩，姬無殤一時間又有些分不清自己剛才到底是不是看錯了，只好將她放開。「看來，是本王多疑了。」

「咦，裕王殿下，您怎麼到這兒來了？」

說話間，正是文從征從假山下踱步而上，身邊跟著暖兒和那領路的丫鬟。三人看到亭中除了柳芙還有一人，都露出了吃驚的表情。

文從征趕緊上前來福禮道：「恐怕下人怠慢，讓王爺走岔了路，請王爺多多包涵。」

擺擺手，姬無殤笑道：「文先生，前頭吵嚷，本王顧自散步至此，打擾到了柳小姐，真是抱歉。」

眼看著姬無殤一副無害柔和的態度，讓旁邊還保持跪地福禮狀態的柳芙很是鬱悶了一把。印象中，姬無殤是個冷酷而不留情面的君王，雖然在他未登基之前，柳芙在皇家書院也與其見過幾次面，但來去匆匆，並無深交。

「芙兒，妳已經見過裕王殿下了吧。」

看著還跪在地上的柳芙，那嬌弱的身子好像風中的扶柳一般，讓文從征有些心疼。「吉時已到，我來接妳過去前院，認親的儀式也該開始了。」

「那本王就打哪兒來還從哪兒回去，不耽誤文大人和柳小姐的大事兒了。」

姬無殤眼梢掃了一眼柳芙，又對文從征點點頭，轉身便悠悠然從來路返回。這才讓柳芙鬆了口氣，在文從征的攙扶下站起身來。

「芙兒，緊張了吧。」文從征笑得很是慈祥。「看妳臉色這麼蒼白，真是不該讓妳一個人在後院獨自等候，是我疏忽了。」

「文爺爺，剛才那個是裕王殿下？」柳芙可顧不上其他，反手拉住了文從征，想要從他口中套出些話來。「您和他很親近嗎？怎麼讓他入了內院？」

文從征不疑有他，一邊走，一邊對柳芙解釋道：「裕王殿下啟蒙的時候就拜在我的名下，算起來，我應該是他的老師。至於他為什麼會進入內院，妳也看到了，整個文府除了我就沒有女眷居住，所以各處門房都是通的，裕王他會誤入，也不算什麼。」

揚起臉，柳芙迎著薄日綻露出了甜甜的笑容。「文爺爺，裕王殿下只是突然就那麼出現了，除了嚇芙兒一跳，並無其他唐突之處。然而芙兒不知道裕王殿下為人如何，若是芙兒不懂規矩惹了他不高興，豈不給您添了麻煩。」

「哈哈！」文從征一聽，見柳芙竟是怕這個，只覺得自己這個便宜孫女實在貼心。「好芙兒，裕王殿下為人謙和有禮，朝中誰不知道他是個好脾氣的。所以妳也別放在心上，等會兒若是再見，只管上前見禮就是，王爺他肯定不會生妳氣的。」

「那好，芙兒這就放心了。」柳芙笑咪咪地點點頭，心裡卻覺得很是忐忑。

沒料想到會提前和那個煞星相遇，自己到底該怎麼面對他。是恭敬遠離？還是提前示好？畢竟他可是未來的皇帝，手上掌握著天下人的生殺大權，還有自己未來的命運啊！

隨著文從征一起來到前院，所有人都用著好奇的目光在打量著柳芙。

儘量迫使自己抬頭挺胸，步履沈穩，柳芙面含微笑，也用著柔和的目光一一回應著周圍人的好奇。

一個不過八歲稚齡的小姑娘，在眾人的注目中能保持從容已是不易，更何況她還能含笑和周圍人打招呼，單是這點，賓客們就能料到，能讓「硬骨頭」文從征認為乾孫女的柳芙，肯定不是個簡單的。

居於首席的姬無殤則是從柳芙進入正堂的那一刻就把目光鎖定在了她的身上。精緻的童顏，淡然的笑容，還有沈穩得和年齡毫不相符的步履……姬無殤瞳孔微縮，一抹玩味和感興趣的笑意浮現在唇邊。

在文從征的帶領下，柳芙來到了廳堂中央，敏感的她覺得一直有一道深刻的目光跟隨著自己。不敢去尋找，更不敢露出任何異樣，柳芙只保持著柔和甜美的微笑，按照文氏族長的指示，一步步去完成了認親儀式。

之後，在耳邊絡繹不絕的「恭賀」之聲中，柳芙才敢偶然地往姬無殤落坐之處望去。或許是前生對姬無殤的恐懼太過濃烈，還帶著難以磨滅的恨意，柳芙只覺得在他的注視之下，自己再難保持如常的微笑來應對，只得匆匆躲閃開來，怕被他看出任何不妥之處。

「太子殿下到——」

「尚福公主到——」

儀式剛剛進行完畢，外頭就傳來兩聲通報。無論是賓客還是文從征，都神色一凜。

「文大人，父皇臨時召見，所以來遲了一步，還望見諒。」

姬無淵一身朱紅錦袍，頭戴著金龍玉冠，身材高挺，氣質溫潤，此時踱步而進，瞬間就吸引住了所有人的目光。

「二哥，今日可是文氏家族的大喜之日，你來晚了沒什麼，罰酒三杯可是跑不了的。」姬無殤不知何時已經來到了前頭，伸手將姬無淵一拉，又衝著他身側的尚福公主一笑。「對吧，七妹。」

「我可不敢讓太子哥哥罰酒，還是四哥哥自個兒解決吧，我要先看看文大人的乾孫女兒到底是什麼樣的！」

尚福公主一眼就瞧到了文從征身邊俏立的柳芙，親熱地上前拉著她的手，嘖嘖直嘆。「我說文大人怎麼突然起意要收乾孫女兒。大家瞧瞧，這位文家的新小姐可不正是個天仙似的人物！真是難怪了，就連我見了，也想和她做姊妹呢。」

眼前的尚福公主肌膚白皙得幾乎透明，偏偏卻點了大紅的櫻唇，看起來有幾分妖冶的美。柳芙被她這樣一打趣兒，羞得粉頰微紅，只得趕緊行禮。「小女子柳芙見過太子殿下，見過尚福公主。」

「柳芙？」尚福公主一聽這名字，便來了興趣。「大家都猜妳是哪家的千金呢，原來姓柳！妳父親是誰？」

太子見柳芙神色略有尷尬，好意上前替她解圍。「七妹，妳來了就搗亂，還是先讓文大人和柳小姐入席，咱們再慢慢說話吧。」

「對對對！」文從征也趕緊大聲吆喝道：「既然太子和公主都到了，大家趕緊入席，好酒好菜等著大家好好品嚐！」

柳芙向太子投過去一個感激的目光，太子卻只是笑著擺擺手，示意沒關係。兩人這番小動作本不顯眼，卻被一旁的姬無殤捕捉到。

只見他眼底閃過一抹冷意卻又瞬間被掩住，似乎有些在意，又似乎有些不快……

第十九章　親緣難巧合

觥籌交錯間，柳芙粉頰微紅，雖然有些淡淡的醉意，但卻絲毫不敢放鬆，一直謹慎小心地應付著姬家兄妹。

此時還是太子的姬無淵舉手投足間都頗具儲君之風，既高貴又文雅，對於柳芙他也一直溫和含笑地和她說著話。

尚福公主姬淺月則是個活潑開朗的性子。雖然柳芙知曉其身有隱疾，但僅從言談舉止，根本看不出任何端倪來。

而姬無殤，他除了不停的和姬無淵勸酒，和姬淺月打趣之外，便時不時用著難以辨明的莫測眼神看向柳芙，好像要透過她的臉直接看到她的腦子裡在想什麼似的。

文從征在席上還好，此時他去和同僚敬酒，留了柳芙獨自在首席，這讓她總覺得好像有一條吐著紅信的蛇盤旋在旁邊，如芒刺在背，極不舒服。

「芙兒妹妹，話說回來，先前我好奇妳是哪家的閨秀能得了文老先生看中，妳還未告訴我答案呢！」姬淺月伸手輕輕拍了拍柳芙的肩膀，一副親暱無間的態度，讓柳芙一時間根本不好不答。

對於柳芙的身世，文從征沒有過問，文氏族人好像也收到了文從征的示意，並未提及。但姬淺月三番兩次探問，若自己再不相告，未免會讓旁人懷疑什麼，柳芙便笑了笑，恭敬地道：「稟公主，小女子乃是蜀中人士，近日才跟著母親入京尋親。」

簡略的回答並不能讓姬淺月滿意，她以手托腮，睜著一雙明亮的大眼睛看著柳芙。「芙兒，妳才八歲，就能這樣從容不迫的和我們三兄妹同席吃酒。本公主見過不少世家千金的大小姐們，她們都十二、三歲的年紀了，卻不及妳沈著穩重三分。告訴我，文老先生是怎麼會起意收妳為乾孫女的？要知道，大家在收到帖子的時候猜測了無數種可能，但真正的原因，還得妳這個當事人親口告訴我的才能相信呢。」

此話一出，就連一直幫柳芙解圍的太子姬無淵和一旁顧自飲酒的姬無殤都齊齊看向了柳芙，只等她吐露真相。

對於此事，柳芙倒是毫不隱瞞地據實相告道：「事有湊巧。小女子和母親入京尋親未果，便在天泉鎮住下。之後母親突然身體抱恙，小女子心急，想著母親喜歡禮佛，便盤算著在靠近龍興寺的地方置地，方便母親養生，也方便她燒香拜佛。」

「九華山？」姬淺月插言道：「龍興寺倒是挨著九華山的。不過這和文老先生又有何關係呢？」

太子姬無淵也接過話來。「九華山是文氏祖產。七妹，妳別打岔，讓柳小姐繼續說下去吧。」看似無意，但姬無淵笑容之中明顯藏了幾分對柳芙的興趣。

點頭，柳芙朝姬無淵一笑，又道：「小女子陪母親在龍興寺燒香的時候，路過九華山，見那片山地並無特別出產，倒也幽深清靜，便想買過來為母親建一座別院。中人打聽到九華山是文爺爺的祖產，小女子便登門拜訪，請求割愛。誰知一見面便和文爺爺相談甚歡，互相都覺得十分親切，就一時興起認作了乾親。」

「一時興起？」姬無殤仰頭一笑。「柳小姐可知道文家背景？難道就真的只是一時興起攀上了文家？」

搖頭，柳芙當然不能說自己知道，更不能透露自己真實的想法，只好一臉茫然地否認道：「小女子知道文爺爺是翰林院侍讀學士，是個四品的官。但文家有什麼背景，確實不知。」

姬淺月趕緊道：「這個我來說！」

「就妳話多。」姬無殤無奈地笑笑。

姬淺月喝了口溫水，這才搶著道：「文氏一族詩禮傳家三百年，從前朝開始就是名聲顯赫的世家大族。雖然文老先生只是個四品翰林，但他可是文家長房一脈的唯一後人。文老先生終生未再娶，自然也膝下空虛。雖然妳不是嗣子，但這文氏一族的傳承，將來也一樣會落在妳的身上。所以，妳知道妳有多幸運了吧。」

柳芙懵懂地點點頭。「難怪呢，文爺爺會這麼大張旗鼓的宴請賓客，又慎而重之地舉行認親儀式，原來如此。」

「一個四品的翰林算不得什麼。」姬無殤眯著眼看了看柳芙，見她好像真的沒有什麼企圖和目的，卻不甘心又試探道：「但衝著文家的面子，我們兄妹也不得不代表姬氏皇族前來見禮。可見，柳小姐是無意中被天上掉下個大餡兒餅給砸中了啊！」

對於文從征身後的文家竟如此顯赫，柳芙倒真是不知。她會討好文從征，只是因為知道他將來會被姬無殤看中成為帝師罷了。不過既然姬無殤這樣問自己，柳芙只得半頷首，恭敬而小心地道：「是不是餡兒餅砸中小女子不知道，但文爺爺確實給了小女子九華山的那塊地，小女子已經很滿足了。」

「敢情妳就是為了一塊地？」姬淺月「嘖嘖」直嘆。「還真沒見過妳這麼老實的。何止是九華山的那塊地，妳可知文家在南方文人中的影響力？說句不好聽的話，父皇為何一直這麼壓著文老先生，就是忌憚南方文人對文老先生的崇敬。」

「七妹！」姬無淵輕聲喝住了她，對柳芙舉杯道：「柳小姐千萬別把淺月的話放在心中。父皇對文家壓根兒就沒有任何芥蒂，只是文老先生不喜在朝為官，所以父皇才尊重他的意思，讓他靜心著書立作的。柳小姐雖然年幼，但蕙質蘭心冰雪聰明，可見是緣分讓妳和文老先生成了一家人。來，本宮敬妳一杯！」

對於姬無淵的態度，柳芙心中了然，趕緊起身來雙手捧杯。「小女子不敢，小女子敬太子。」

姬無淵卻伸手輕輕一托，握住了柳芙的手腕，臉上笑容無比柔和溫潤地道：「柳小姐不用如此拘謹，今日妳才是主角，自當本宮先乾為敬。」說著，仍一手托住柳芙的柔荑，一手將酒盞送到口邊，果真一乾而盡。

柳芙哪裡和男子這麼親密接觸過，頓時俏臉一紅，緊張得話都有些說不出來了。「太子……您……」

對於姬無淵和柳芙有些過於親密的舉動，姬無殤看在眼裡，眼底露出一絲淡淡的嘲諷，隨即上前跨了一步正巧擋在柳芙和太子中間，高舉酒杯道：「既然太子都先乾為敬了，來，七妹，咱們也一起敬柳小姐吧，恭喜她親緣圓滿。」

姬淺月看到姬無淵的舉動，也會心一笑。「這是當然，恭喜、恭喜！」

柳芙這才順勢將手抽離姬無淵的包覆，含笑著一併飲下了杯中酒液。

「小妮子，妳可欠本王一個人情了。」

冷不防耳畔傳來姬無殤的低語，柳芙抬袖掩唇，回神過來卻只看到身邊一張笑意不明的臉和刀子似的鋒利眼神，頓時只覺得剛剛還火燒似的心口被一片寒冰覆蓋，冷得讓人喘不過氣來。

第二十章　願為十年奴

認親儀式結束的第二天，李墨就在文來的陪同下走了一趟官府，將九華山地契上主人的名字更改了。

帶著嶄新的契書，李墨走在路上，始終覺得最近遇到的事情有些難以置信。

若說一開始聽姨母提及沈氏和那位柳小姐，李墨只以為是蜀中前來投親的孤兒寡婦罷了。但是，李墨沒想到的是這柳小姐行事，卻並不像表面那麼天真，似乎步步都暗藏玄機似的。

先是不費一文得到天泉鎮的一間宅院，之後又好運氣地從文從征手中拿到了九華山的地，這個年僅八歲的小姑娘，到底是使了什麼手段辦到這一切的？

想著想著，李墨已經來到了扶柳院的門口，抬眼望著兩株在深秋裡卻越發茂盛的桂樹，搖搖頭，甩開了心中的疑惑，伸手敲開了門。

柳芙今兒個穿了件繡穿楊柳枝的薄棉衫子，櫻桃紅的底兒配上絨綠的楊柳枝，看起來清新得好像春姑娘。就見她笑盈盈地往那兒一坐，只覺得周圍都彷彿散發著股新鮮氣兒，著實的爽利明朗。

「李公子，快請落坐。」

柳芙心情好，見了李墨心情更好。因知他肯定是來送地契的，吩咐暖兒奉上了熱茶。

「沒想到咱們扶柳院後面的小林子裡竟種了好些『白牡丹』。我讓馮嬤採了一斤，炒出來二、三兩，用深井水泡了，李公子嚐嚐，味道可還滋潤甘甜？」

「白牡丹？」李墨一聽，接過杯盞，細細一嗅。「果然茶比花香，堪得『白牡丹』之名！」應景地呷了一口，李墨趕緊起身取出裝有地契的信封，雙手遞上。「柳小姐請過目，地契已經辦好。」

暖兒忙上前取了，又奉給柳芙。

打開信封，看到了鮮紅的印章和「沈慧娘」的名字，柳芙終於定了心，臉上笑意愈濃。「李公子，你說我該如何感謝你才好呢？」

李墨趕緊擺手。「在下其實並沒有幫上什麼忙，不過跑跑腿兒罷了。再說，日前小姐與文大人的認親宴席上，得幸能與文大人交談一二，已是小姐給在下最大的好處了。若小姐再提其他感謝之詞，在下就要汗顏而避了。」

柳芙看著李墨臉上略有激動神色，自知他所言均是肺腑，心中也已經下定決心，先是讓暖兒退到了門外，這才將聲音略微壓低，只李墨可聞。「若我說，要替你引薦，拜文大人為師，你難道也要拒絕嗎？」

「什麼！」一抹愕然，之後便是難以置信加上驚喜的表情在李墨臉上出現。「小姐……」

「你只告訴我願不願意。」柳芙收起笑容，稚氣未脫的臉上露出一絲慎重。

李墨這才知道柳芙並非玩笑，但她不過是個八歲的小姑娘，雖然得了文從征的青眼，認為乾孫女兒，但天下讀書人都知道，文大人絕不會輕易收徒。但柳芙的眼神裡，李墨卻看不到一絲一毫的輕率，有的，只是從容和堅定，讓人不由自主地產生一種信任的感覺。

「若能如願，在下願捨棄一切，報答小姐再造之恩。」李墨也慎而重之地說出了這句話，雙手抱拳，高高舉過頭頂，身子則平平地福禮下去，極為恭敬。

「你真能捨棄一切嗎？」柳芙輕啜了一口「白牡丹」，圓潤的嗓音中彷彿也飄含這一絲淡淡的茶香，讓人心靜。「若我讓你為奴，期限十年，你可願意？」

抬眼，李墨有些不解地看著柳芙。「小姐需要在下做什麼？在下不過一介中人，勉強算是個讀書人但前途未明，家境貧寒，根本沒法派上任何用場。」

柳芙放下茶盞，笑道：「李公子何須妄自菲薄，我既然提出來了，就自然有我的道理。」

「小姐……」

柳芙一抬手，打斷了李墨。「我知道你們讀書人骨子裡都有不屈的風骨。放心，我的意思並非真的要你做我的奴僕，只是需要你記得是我為你引薦文從征先生，在這十年裡，若我有任何需要，你都要毫無條件地相幫，僅此而已。外人不會知道你我的關係，十年之後，你我各自該幹什麼還幹什麼，互不相欠，你覺得如何？」

李墨愣住了，完全沒有想到柳芙會有這樣的提議。

「這樣吧，你回去好生思量思量，回頭若是想通了，過來告訴我你的答案便是。」柳芙見李墨一時間可能無法接受，便道：「只是不要讓我等得太久，最多三日。」

皺眉，李墨咬了咬牙，似乎已經有了答案。只見他退後一步，朝著柳芙雙膝跪下，伏地而言。「承蒙小姐施恩，若在下還有任何猶豫，那就是白眼狼了。根本不用考慮，我李墨願立下契書，奉小姐為主，限期十年，十年之內，絕無異心！」

「好！」柳芙見李墨痛快，一拍扶手便過去將李墨扶起身，只是小小的個頭只到了他的胸口位置。於是揚起頭，柳芙露出一個大大的笑容。「李墨，以後我便直呼你的名字。雖然我年紀小，但說的話絕對算數。走吧，我們去書案那邊，你我一起簽字畫押，此時就這麼定了。」

李墨臉色有些淡淡的紅暈，似乎還在激動之中並未緩過來。「讀書人最重視的便是知遇之恩，小姐放心，既然小姐對在下有信心，又如此看重，在下在這十年中絕對會傾盡全力幫助小姐的。」

柳芙將事先已經備好的契約書拿了出來，指了指落款處的空白。「我已經按了指印，就差你的了。」

忍不住甩甩頭，李墨簡直不敢相信自己是在和一個年僅八歲的小姑娘周旋。看來她早有十分的自信，自己會答應她的提議。

心情頗有些複雜地按下了指印，李墨順帶仔細看了看契約書的內容，不由得開口嘆道：「小姐真是想得周全，從頭到尾都沒有洩漏在下的名字。就憑這點，我李墨就不得不寫一個『服』字。」

「李墨！」柳芙眨眨眼，露出一抹意味難明的笑意。「你放心，認我為主，你絕不會吃虧的。將來這十年，對你來說只有好處，絕沒有任何壞處。」

雖然面對的是一張童顏稚氣的臉龐，莫名的，李墨竟覺得很踏實，好像眼前真的展開了一片錦繡前程，只等自己去開拓打拚。

第二十一章　不進一家門

身著大紅撒金錦服，胡清漪一手托著百蝶穿花的粉彩瓷杯，一邊聽著管事嬤嬤們回事。櫻唇微抿，胡清漪盯著手中茶碗，看白煙絲絲散去，根本就沒把管事嬤嬤的話聽進去半句，腦子裡只想著先前悠香打聽來的關於那母女倆的消息。

咬了咬唇，胡清漪蹙著眉，她萬萬沒想到短短三個月不到的時間，那婦人竟能在天泉鎮置下一個二進的宅院，又讓女兒攀上了文從征，成了文家的乾親……

看來，這個女人一如自己所料，應該是哪家高門千金，和柳冠傑遇上後兩人私奔了，也難怪查不到沈氏的背景。

唇角勾起一抹冷笑，胡清漪已然下定決心，不能再容那對母女活下去了，只有徹底剷除了這兩個麻煩，自己才能睡得安穩。

想到此，胡清漪手一抬，示意前頭低首回事的嬤嬤住口。「都下去，我要回胡府一趟，備車！」

管事嬤嬤們聽了都躬身退下，悠香則上前一步扶著胡氏。「夫人，今日既非初一，也不是什麼重要的日子，您怎麼想著要回國丈府一趟呢？」

一邊走，胡清漪一邊淡淡道：「去，讓大小姐也梳洗打扮好，我要帶她一起回去。」

的婦人。

「哦，我要回去看外公咯！」

一個身著泥棗金繡紅梅繞枝花樣錦服的小姑娘蹦跳著跑過來，身後還跟著一個容貌清秀

「大小姐，您慢點兒，夫人見了您這樣又得說教一番了。」

「奶娘，我若慢了，萬一母親不等我怎麼辦？」一回頭，小姑娘露出一抹明媚的笑容，好像一朵盛放的紅梅花兒，豔麗逼人，絲毫不輸其母。

「嫻兒！」立在正堂門口的胡清漪含笑看著自己的寶貝女兒，嘴上卻十分嚴厲地道：「母親不是說過，大家閨秀該有大家閨秀的樣子嗎？妳這樣蹦跳著像個小猴子，也不知是誰教的！」說罷，眼梢一挑，往柳嫻身後跟著喘氣的奶娘望了過去。

奶娘只覺得心一沈，趕緊加快步伐衝上去將柳嫻攔住，一把扯了她的小手，顧自跪下。「夫人恕罪，是奴婢沒教好，夫人別怪大小姐了。」

「嫻兒，過來。」胡清漪根本懶得理會奶娘，只擺擺手示意她退在一旁，蹲下來將柳嫻攬在懷裡。「妳要隨時謹記自己的身分，別被那些個下賤的奴婢給帶壞了性子。」說完，起身又將柳嫻交給了那奶娘。「瑃嬤嬤，妳做大小姐的奶娘也有六、七年的時間了。大小姐素來乖巧懂事，我心裡是記著妳的功勞的。那些小丫鬟們野慣了，但妳不一樣，是我從胡府親自挑了帶過來的管事嬤嬤。妳要照看著大小姐，別讓那些小賤蹄子壞了我們嫻兒的心性。可記住了？」

瑃嬤嬤趕緊點頭。「奴婢省得，平日裡不敢讓小丫頭們近大小姐身的。」

「走吧，去晚了趕不上午膳了。」胡清漪滿意的點點頭，這才轉身。

國丈府和柳府離得不遠，只隔了三條街巷。

胡清漪下車來，門房見是她來了，趕緊上前相迎。「五姑奶奶，您今兒個怎的有空回來？哦，小的知道了，肯定是您知道三姑奶奶和六小姐回來了，所以就帶著七小姐一起回來熱鬧熱鬧吧！」

柳嫻在胡家的小輩中排行第七，所以胡家的下人都稱呼其為七小姐。

「三姊回來了？」胡清漪習慣性地挑眉。「她怎麼這個時候跑回來？」

「聽說是關於六小姐啟蒙的事兒。」門房殷勤地笑著，四處望了望，見無人，又低聲道：「皇家書院可不是那麼好進去的。六小姐今年已經滿了十歲，按理該啟蒙了。可聽說六小姐之前和尚福公主在西秦會館遇上，不知怎麼起了衝突。您也知道，三姑奶奶好面子，若六小姐不能進皇家書院讀書，她豈不是什麼臉都丟光了！」

「悠香——」胡清漪冷笑著點了點頭，示意悠香給門房打賞。「以後有我三姊的事情，也記得及時回稟。沒想到這次匆忙回來，還有個驚喜等著我呢。」

說罷，頭一揚，臉上露出了和她先前完全不同的柔和笑容，快步而去。

胡府大堂裝飾得極為輝煌大氣，一水兒沈黑色的楠木家具，白瓷插瓶也只是染了淡淡的青花，一眼望去，只覺得莊嚴得有些過分，少了些人氣。

首座端坐著一位清瘦男子，一雙略顯得渾濁的眼睛中流露出幾分閒情來，只見他朝胡清漪和柳嫻一笑道：「怎麼今日趕了巧，妳也回來了。正好，妳三姊也帶了小六，一起用午膳吧。」

「前些日子冠傑得了一壺好酒，我琢磨著尋個時機給您送過來。可想想離得您生辰還早，不如趕了巧就今日送來。」胡清漪帶了女兒上前行禮，媚眼一掃。「父親，三姊姊在哪裡呢？」

「喲，五妹也回來了！」

說話間，一個形容端莊、容貌秀麗的女子從旁邊的屏風後踱步而出，眉眼間與胡清漪有三分相似，一身繡銀紅牡丹遍地穿堂花的寶藍色錦裙，襯得其肌膚白皙，氣質華貴。

「見過我的淮王妃姊姊！」胡清漪笑得更甜了，作勢要上前行禮。

「妹妹可千萬別！」胡清涵上前趕緊一攔。「這是家裡，若妹妹要拘這些俗禮，豈不累得慌？快些坐下吧，讓姊姊我看看七甥女兒。」

「嫻兒見過三姨。」柳嫻仰頭，露出無比乖巧的笑容。她可記得清清楚楚，母親在車上反覆囑咐過自己，要好生在這個三姨面前賣乖，更要討得六姊姊的喜歡。

「嫻兒真是出落得越發水靈了呢。」胡清涵直接從腕上褪下個纏了金絲的玉鐲塞到柳嫻手中。「這是王爺前兒個進宮，他皇姊尚隆公主賞的，嫻兒拿去玩吧。」

「這怎麼好。」胡清漪眼底閃過一絲嫉妒，卻掩飾得極好。「她才七歲不到八歲，哪裡就能戴這麼貴重的東西。嫻兒，快給三姨道聲謝，把鐲子給三姨戴回去。」

「母親既然賞了七妹，五姨何必這樣見外。」

一聲脆脆的話語從屏風後傳出來，隨即一位十歲左右的小姑娘踏步而出，穿著藕荷色繡綠絨花的裙衫，雖是一副嫻靜溫婉的模樣，說話的語氣卻帶著幾分冷漠刻薄。

「六姊姊……」柳嫻剛一說出口，就趕緊捂住嘴，重新道：「嫻兒見過敏慧郡主。」

「都說了一家人不說二家話，七妹，妳怎麼和妳母親一個德行！」

這個敏慧郡主年紀不大，說出的話卻句句難聽，胡清漪和柳嫻臉色都耐不住有些難看了。上頭端坐的胡蒙之也眉頭一皺。「敏慧，妳在外面惹了麻煩還不夠，回家還要鬧得家人不愉快嗎？清涵，為父知道淮王是個不理事兒的，難道妳也糊塗起來了不成！」

被胡蒙之這麼一說，胡清涵耳根都紅了，眼淚也不聽使喚就流了下來。「我這個命根子，好不容易生了下來，以後也不能再有孩子了。我也知道平日裡縱容她慣了不好，可敏慧是郡主，生來就是富貴命，性子雖然驕橫了些，可在我面前從來孝順守禮的。比起其他公主郡主，她算是極好的了。爹，這次我帶了敏慧回來，也是想求您給出個主意，看看敏慧怎麼才能順利進入皇家書院學習，其他的，我回家自會好生教導她的。」

眼瞧著胡清涵和敏慧在父親面前被數落，一旁的胡清漪則不經意地勾了勾唇角，那眼底流露出的不屑，也洩漏了些許心事。

第二十二章　其父有其女

胡府大堂原本熱鬧的氣氛，因為胡清涵的哭訴而顯得有些低落。

可當事人敏慧郡主卻並不領情，反而露出一抹鄙夷之色。「尚福公主算什麼，她是公主，我還是郡主呢。難不成書院會因為我和她有了口角就不收我了？身為郡主，上皇家書院是理所當然的事情，母親，您為了這點兒小事兒就反覆拿出來哭訴，我還要不要臉了！」說著，敏慧眼梢淡淡掃過胡清漪母女的位置，其意不言而喻。

看著自己女兒如此德行，胡清涵氣得臉色發青，臉上猶自掛著淚痕，卻語氣嚴厲了起來。「敏慧，尚福公主是不算什麼，可她是皇后娘娘生的，是妳太子哥哥的親妹子，妳得罪了她，就等於得罪了皇后和太子！咱們和皇家是什麼關係難道妳不明白嗎？妳是傻了還是笨了，要這麼氣我！」

「好了好了，我擇日會進宮給皇后解釋，但妳也要好生管教一下妳這個寶貝女兒。就知道惹事！將來我還想著給皇后提提，讓她做太子妃呢。就這個脾氣，作夢還差不多！」一拍扶手，胡蒙之立起身來，渾濁的雙眼竟變得清澈犀利起來。

一拂袖，胡蒙之擺擺手。「走走走，難得聚到一起，妳們娘一定很高興。等會兒別露出一副苦臉了，先一起用飯。」

看著眼前起身而去的胡蒙之和胡清涵母女的背影，胡清漪使勁地咬了咬唇，眼底露出了濃濃的嫉妒之色，不由得想——太子妃……哼！就憑妳那個白癡女兒，自以為是、不知好歹，根本就不配！

隨即揚了揚眉，胡清漪輕輕拉了女兒的小手。「嫻兒，妳要記得，隨時都要有千金小姐該有的氣質和風度，別像有些人那樣，自以為是個閒散王爺的王妃和郡主就了不起了。外人看來，不過是跳梁小丑罷了。」

柳嫻眉眼彎彎地笑了笑。「母親放心，嫻兒懂的。等會兒嫻兒會好好逗外公外婆開心，讓他們知道，胡家的外孫女兒可不只六姊姊一個呢。」

胡清漪看著女兒美豔的小臉，再想著那敏慧郡主一臉的囂張樣兒，不由得笑了起來。

「好女兒，娘總算沒白教妳。」

圍桌用過午膳，胡清涵便帶著敏慧郡主離開了。走之前胡夫人叫住她，仔細講了許多話，大概意思是皇后也想從族親裡頭挑個人配給太子，畢竟太子今年已經十六歲了，身邊除了幾個孺子之外並未冊封良娣，更別說太子妃了。讓胡清涵好好教養敏慧，先不說精通琴棋書畫，至少也要知書達禮賢淑溫婉，才勉強能夠堪配太子。

胡清涵知道，胡家小輩裡頭，除了自己的女兒敏慧之外，能夠數得出來的就是五妹胡清漪的女兒柳嫻了。

柳嫻雖然比敏慧小了三歲，但模樣好，人也機靈懂事，先前在飯桌上用過飯，說了好些貼心話，不知道哄得父親母親多開心。

五妹胡清漪的手段胡清涵當然心知肚明，也曉得她為女兒瞄著太子妃的寶座。這要緊的時候，若敏慧被皇家書院審查給拒之門外，那就等於自己拱手將敏慧未來皇后的位置讓給柳嫻。

想到此，胡清涵心頭直跳，以前只顧著心疼女兒，反倒忘了好生教養，所以讓她有了目空一切、不可一世的冷傲個性。看來，自己得下點兒狠手，好好調教敏慧一番，不敢再寵溺放縱了。

趕緊在母親面前賣了乖，胡清涵請求讓她入宮好生和皇后娘娘解釋，並保證自己回頭一定讓敏慧不再惹事。

這廂，胡清涵被母親「耳提面命」。那廂，胡清漪和胡蒙之在書房，將沈氏母女的事情一股腦兒地都向父親坦承了。

「怎麼，妳想除掉那對母女？」

胡蒙之把玩著手中的一隻玉虎，那樣子，像極了號召天下兵權的虎符。只是這只「虎符」並非黃金或青銅所鑄，也沒有被一切為二，乃是通體青碧色的寶玉為底，上面刻了銘文。

「父親，當年您讓我嫁給柳冠傑，為的不就是在清儒文官中拉攏人脈嗎？若是皇上或者朝臣知道當年柳冠傑停妻再娶，那對柳冠傑接任吏部尚書的事兒絕對會有極大的影響。」胡清漪的臉色有些焦急。「可不能因為那來路不明的母女倆給壞了大事啊！」

輕輕摩挲著手中的玉虎，胡蒙之並未說話，似乎在沈思一般。良久之後抬眼看著女兒。「清漪，柳冠傑在吏部的這條線不能斷，所以妳的顧慮並非沒有道理。但是，那對母女的存在我早就知道，之所以容忍到現在，就是為了讓柳冠傑存一個顧忌。」

看著父親臉上的淡然和機謀，胡清漪愕然道：「爹，您說什麼？您早就知道柳冠傑在蜀中有妻有女？那您為什麼還……讓我嫁給他？」

胡蒙之冷笑一聲，淡淡道：「妳懂什麼！柳冠傑孑然一身，無牽無掛，胡家憑什麼讓他賣命？難道妳認為憑妳能拴住他？告訴妳，妳不但不能動她們母女絲毫，還要想辦法把她們從天泉鎮接回京中柳宅，好好養著供著，只讓外人以為沈氏是外室，柳芙是庶女便好。一旦有需要，那對母女可是我要脅柳冠傑最好的籌碼。妳可千萬別搞砸了！」

胡清漪聽見父親要自己接了沈氏母女回柳府，臉色鐵青得嚇人。「難道我這個妻子、嫻兒這個女兒還不足以讓他乖乖聽話嗎？難道他就不會在乎我們母女嗎？」

「清漪，妳一向是我女兒裡最聰明的，怎麼遇到這件事情的時候就糊塗了？難道妳不知道，必要時我可以犧牲那對母女來讓柳冠傑妥協，但妳和嫻兒不一樣，妳們是胡家人，柳冠傑知道我不會對妳們下殺手，他又如何乖乖聽話，乖乖就範呢！」

說這些話的時候，胡蒙之原本一副毫不在乎的臉色瞬間變得犀利而凜冽，那在人前偽裝的放蕩不羈則完全消失不見了。

胡蒙之臉色有些不好，眉頭蹙得極深。「清漪，妳可知為何為父要行此謀逆大事？」

「父親，女兒知道我們胡家三百年前並非外戚，乃是和姬家分享天下的半壁王。只是後來漸漸被姬家蠶食，如今落得奉人為君罷了。」胡清漪在選擇嫁給柳冠傑的時候，胡蒙之告訴了她關於胡家和姬家之間的恩怨牽扯，自然清楚明白自己父親所作的一切是為了什麼。

胡蒙之見胡清漪還記得自己曾經說的話，滿意地點點頭。「其他女兒我都沒有告訴，因為她們太過懦弱。比如妳三姊，她嫁給姬無塵之後一心只想著她的王妃之位，想著讓敏慧當上太子妃。只有妳，妳心智堅強，明白自己想要的東西是什麼，會不顧一切地去爭取，哪怕失去所有。」

死死地咬住嘴唇，任憑心中萬般不甘，胡清漪也還是乖乖地道：「女兒……知道了，我會接了她們母女回府的。」

胡蒙之上前輕輕扶起胡清漪的臂膀，眼底閃過一抹猙獰。「只要她們母女受制於妳，其餘的，為父都不會過問。妳可明白？」

同樣的神色也出現在了他身邊的胡清漪眼中，不愧是父女，那骨子裡流露出來的冷血和陰狠，毫無區別，一模一樣。

第二十三章 再向佛寺行

天氣日漸轉涼，瑟瑟秋風吹在臉上已有了刀割般的凜冽感，天空也更加明亮了，藍藍的幾乎沒有一絲雲……這一切都昭示著，冬天已經快要來了。

雖然天冷了，但沈慧娘的身子卻日漸轉好。柳芙看今日陽光倒是燦爛，便拉了沈氏往龍興寺而去，藉口還願，讓母親散散心，順帶巡視巡視自己的「產業」。而且上次遇上的那個老和尚，廣真稱他為「方丈」，好像他知道些什麼，這讓柳芙雖然心裡頭有幾分忐忑，卻也想著或許能從對方嘴裡套出些什麼有用的東西來。

沈氏本不願出門，但這些日子趕錦鴻記的工，倒是覺得有些疲累，想著散散心也不錯。況且後院加蓋屋子的事宜也差不多收尾了，並無什麼要緊的事兒，便同意了。

換上一身墨綠色的暗紋夾襖，外罩一件月白的半舊披風，頭上綰了個俐落的斜髻，簪了朵憑嬤在後院小林子裡採的明黃鮮花，耳垂上一邊掛了個黃豆大小的珍珠墜兒，沈氏通身看起來雖然簡樸清減，卻難掩其秀色容顏、溫婉氣質。

自己習慣了樸素，沈氏卻吩咐暖兒打開文從征上次送來的箱籠，特意挑了一件水紅繡絨綠柳葉兒的裙衫給柳芙換上，又特意在其耳畔別上一支暖紅色的絨花，使得她原本白皙的小臉上映出兩團粉紅，看起來多了幾分明媚，少了幾分纖弱。

「娘，您自己倒是簡簡單單就出門了，為什麼把我打扮得像個花蝴蝶一樣？我彆扭。」

柳芙看著鏡中的自己，只覺得有些眼花。重生前，她可從來沒有穿過如此大紅大綠的豔麗顏色，印象中，這種衣裳都是妹妹柳嫻和那些高門千金才會時常穿出來炫耀的。

沈氏蹲下替柳芙理了理衣襟，笑著柔聲道：「娘老了，自然要著裝樸素些。可芙兒不一樣，妳本來就長得好看，穿上這一身繭綢的裙衫，更像個天仙似的。娘看在眼裡心頭喜歡。」

看著母親好像心情真的不錯，柳芙也只好「彩衣娛親」一番，拉起裙襬在原地轉了圈。「芙兒也覺得這衣裳好看，就是太招搖。不過只要娘您喜歡，我天天穿都行！」

「小嘴兒越來越甜，也不知是和誰學的。」沈氏伸手捏捏柳芙日漸圓潤起來的小臉，又吩咐暖兒。「去前頭讓妳爺爺套車，咱們早去早回。下午我還得繼續繡五福屏風，還有不到半月就得交差了。」

「是！奴婢這就去！」暖兒答應了就往外跑，想著又能出門逛廟，心裡頭可高興了。

這次留了劉婆子守門，沈氏和柳芙帶上馮嬤一起，還有暖兒和張老頭，一行五人往龍興寺而去。

「娘，您看那邊。」柳芙撩開車簾子，指了指對面綿延的山坡。「那裡就是九華山，是文爺爺過給我的山地。」

「妳這小傢伙，聽說九華山是文家祖產。雖然是妳乾爺爺給妳的，可無功不受祿。聽妳說，這塊山地除了幾畝核桃林，其他都是密林和無用的樹材，告訴娘，妳又在琢磨什麼？」

沈氏倒是聽柳芙提過文從征給了她一塊山地，不過並不知道是柳芙主動要的，只當文從征這個「乾爺爺」給「乾孫女兒」的禮物。

柳芙自然不會把「女神之眼」的事情告訴沈氏，以她一個八歲的小姑娘能懂什麼溫泉的事兒，便道：「娘，當時我也不想要呢。可文爺爺說那塊地除了林子，也並無出產，只能算是荒地而已。他知道娘身子不爽利，又聽我說您喜歡禮佛，便把地過給了我們，說讓我們自個兒修個莊子搬過去住。既可養生，也方便往來龍興寺。我聽了覺得挺好，便答應了。倒是沒想到什麼『無功不受祿』的道理呢……」說著，委屈地睜著眼睛看向沈氏。「娘，我可是做錯了？要不，我們把地還給文爺爺吧。」

「罷了，既然是文老先生的一番心意，妳也領受了，再還回去可不禮貌。」沈氏看到女兒的表情，有些心疼。「娘不是怪妳，是怕妳不知道人情世故。這個世道，得了別人的好處，將來總要還的。不過我也聽過文老先生的大名，知其為人剛直不阿，乃是當朝大儒。不然，我哪裡放心讓妳和他認親呢。但妳也要有知恩圖報之心，別想著這一切都是理所當然的。有時間多過去陪陪他老人家，也算是盡孝道吧。」

使勁點頭，柳芙連連答應。「這是當然，明兒個我就去一趟，把親手做的荷包送給文爺爺。」

「妳那手藝。」沈氏笑笑。「不過也是一番心意。順便把我做的那個扇墜兒挑一個好些的也一併送過去吧，聽說文老先生喜歡扇畫，家裡想必也收藏了不少的扇子，應該派得上用場。」

「有了母親的大作，芙兒就不怵了。」吐吐小舌，柳芙撒嬌地賴進了沈氏的懷裡，只覺得重生後好像一切都在朝著好的方向發展，讓她不由自主地忘記了某些曾經深深刻在心裡的痛楚。

到了龍興寺，仍舊是廣真接待的沈氏母女。

雖然是一身灰藍的和尚袍，但廣真只站在那兒一笑，就足夠讓周圍的人全都將視線投向他，顧不得其他。

「廣真師父！」即便重生前就遠遠見過這個美貌的和尚一面，但面對他眉目若星，肌膚若玉的絕色容貌，柳芙還是忍不住臉紅了一下，隨即才上前見了禮。

「阿彌陀佛，兩位施主這廂請。」廣真倒是一貫含笑如常的態度，引了沈氏母女來到前院佛堂。「兩位施主請自便，廣真還要去前頭迎接其他香客。」

「娘，您在這兒上香聽經，我去逛逛。」柳芙見廣真要走，趕忙丟下這句話就離開了佛堂。暖兒也趕緊朝著沈氏福了福禮，也寸步不離地拔腿跟了過去。

「廣真師父，廣真師父！」柳芙高聲叫了兩下。

前頭的廣真果然停下腳步，轉身不解地看著柳芙。「小施主，妳不陪令堂上香嗎？」

柳芙咧嘴一笑，露出兩排如碎玉般的皓齒。「上次來還沒逛夠，不知道廣真師父可有空陪我再遊覽遊覽這龍興寺？」

「阿彌陀佛！」廣真雙手合十，笑道：「雖然今日並非初一十五，但仍然會有香客陸續而來。今日輪到小僧負責值守前門，不可擅離，還請小施主見諒。」

「廣真師父，你我兩次皆能相遇，就是佛緣。」柳芙見他要走，趕緊攔住。「既然是佛緣，還請廣真師父不要逆了佛祖的安排才是。」

仔細看著柳芙的小臉，廣真被她這句話給說得有些無奈。「小施主好口才，既然如此，那容小僧讓其他師兄弟去接替一下，再陪您遊覽本寺吧。」

柳芙達成目的，笑著點點頭，生怕廣真反悔，忙道：「那好，我在上次的亭子那兒等你，快去快回哦。」

廣真和尚身分非同一般，柳芙知道他將來會是這鎮國大寺的方丈，早點兒能套上近乎，將來說不定有幫助。而且自己要見上次那個老和尚，沒個熟人引薦恐怕是不行的。

第二十四章　佛性生蓮花

靜安堂。

無常端坐在蒲草蓆上，看著眼前恭敬垂首站立的廣真，語氣溫和地道：「此處並無外人，你不用這樣拘束，坐下吧。」

廣真卻雙手合十，搖搖頭。「多謝方丈，但一日度入空門，便要終身守著佛門戒律，弟子不敢與方丈平起平坐。」

「既然已經遁入空門，你又何必執著於表相？」無常指了指面前的蒲團。「你我皆是佛家信徒，並無高低貴賤之分。」

「是。」廣真辯不過無常，便在他面前盤膝坐下。「方丈召了弟子前來，可是有什麼吩咐？」

「昨日你領著遊覽寺內的那個小姑娘，可知其身分？」無常並沒有保留，直接開口問道。

「只知道她姓柳，和母親前來上香。」廣真搖搖頭，見無常關心，反問：「昨天方丈和那位小施主說的話，可是意有所指？」

「你能聽懂嗎？」無常並沒有回答，也是一個反問拋出來。

「方丈問那位小施主從何而來，又提醒她『一念愚即般若絕，一念智即般若生』……」

廣真面露疑惑。「弟子確實不知道方丈為何要對一位初次謀面的小施主說這樣的話。」

無常看著廣真，表情認真。「其實你不用知道緣由，只記住，若是她再來，你親自接待。若是她想見我，你也攔住，不要讓她如願，就說我雲遊四海而去，歸期不定。」

「弟子知道了。」廣真抬眼，看著無常露出的表情，雖然疑惑叢生，但還是忍住了沒有多問。

「廣真，你可知為何姬氏家族要在每一代的子孫中挑出一人來做龍興寺的方丈嗎？」

突然地，無常提起了這個廣真一直以來都想要問卻不敢問的話題。

三歲那年，廣真就被人從王府帶出來，給他剃度，安排他做了龍興寺的一個和尚。那時候他還小，幾乎不記事。可看著深山中古樸幽靜的寺院，卻覺得好像很熟悉似的，好過那個冰冷的王府，整日要提心弔膽怕被「母親」找藉口數落。

身為庶子，即便是姬家血脈，最後的結果也不過是在夾縫中求生存罷了。越是長大，廣真就越覺得當初能夠被無常選中出家為僧，對自己來說是一件多麼幸運的事情。更何況，將來自己還會繼承龍興寺方丈之位。

這樣的歸宿，比起做個尷尬的王孫要好太多太多了……

「怎麼？想什麼這麼出神？」

無常見廣真的眼神有些飄遠了，開口打斷了他的思緒。「都說佛性是一個很微妙的東西，但我在你身上卻看見了佛性。雖然那時你才三歲，可面對複雜的王府環境你能表現得那樣堅強，已是不易。這樣的心性，就適合身在佛門，耐得住寂寞，明白自己真正想要的是什麼。」

「方丈……」廣真從來都是淡然如一汪清水的臉上終於有了觸動。「弟子雖然沒有說過，但對您的知遇之恩一直心存感念。」

「身為姬家血脈，有些時候是身不由己的。」無常嘆了一口氣。「你是個好孩子，所以我不想對你隱瞞什麼。你今年已經十四歲了，有些事情也該知道一些了。」

「弟子謹遵方丈教誨。」廣真沒來由有些緊張，暗自唱了聲「阿彌陀佛」，勉強讓自己靜下心來。

「龍興寺貴為鎮國大寺卻藏於深山之中，為的，就是看護保姬家三百年來能君臨天下的龍脈。」無常的聲音有些虛無，帶著幾分旁觀者的淡漠，可一字一句聽在廣真的耳朵裡，卻猶如一連串的巨石投入心湖，激起了千層不絕的巨浪來。

「姬家之所以能保住江山長達三百年，除了每一代的君王都兼具智慧和仁德之外，用姬家子孫的血脈來鎮壓龍脈之眼，也是極為重要的一環。」

無常起身來到窗邊，看著窗外深達百丈的懸崖。「身為姬家人，被選中入寺，可以說是命運的一個轉折。雖然不能享盡世間繁華，可一代又一代的龍興寺方丈卻都獲得了旁人無法企及的好處。那就是先知！」

「先知？」廣真抬眼看著無常的背影，有些不敢相信他剛才最後的那句話。

「並不是絕對的知曉未來，而是能感受到一個人身上所散發出來的『氣』。」無常轉回頭，神色慎重。「比如，那天我看到了那位柳小姐，我就知道她的來歷非同尋常。而且與姬家人似乎有著萬般的牽扯和糾纏。但具體是什麼，我卻不能看得清楚明白。」

廣真聽無常這麼一比喻，立刻就明白了。「原來如此，所以方丈您才出言提醒，卻又沒法說得太過仔細，只讓她自己琢磨。」

「另外……」無常看了看廣真，又道：「你也別和裕親王走得太近。我在他身上，始終感覺到了一種緊張。就好像時刻有人拿著一張弓箭對著我，雖然不至於利箭穿心，但那種威脅感卻無時無刻都揮之不去。」

「可是裕王殿下為人極溫和，弟子與他也一見如故相談甚歡。我們以朋友相處，難道不行嗎？」廣真倒是覺得無常有些過於敏感了。

「唉……」無常突然笑了起來，甩甩頭。「一飲一啄，莫非前定。既然命運如此安排，恐怕你我都逃不過的。罷了，你且以平常心對待他吧，將來一切自有定數。」

「那柳小姐呢？」廣真不知為何，一想到柳芙那張笑容若桃李綻放的小臉，就不由自主地想要對她坦白一切，不忍欺騙。

「她也是我看不透的一個人。」無常蹙了蹙眉。「我無法給她答案，所以也沒有辦法面對她。你若是有時間，倒是可以多和她相處，畢竟她的未來牽扯到了姬家，弄清楚到底會發生什麼事兒，也能防患於未然。」

「好了，你先下去吧，我該打坐了。」無常回到蒲墊上盤膝坐下，五心朝天，緩緩閉上了雙眼。

廣真雖然還有疑問，但顯然從無常身上也無法找到答案，只好起身來悄悄離開。

柳芙看著廣真臉色有些不好，伸手拉了拉他的衣袖。「你剛才告訴我方丈出門雲遊去了，歸期未定。那若是他回來，你能不能帶個口信給我？我真的有很重要的事情想問他。」

廣真收回神思，不再細想先前和無常的一番交談，只笑道：「對不起，方丈向來去往無蹤，有時出去一、兩年就回來了，有時三、五年都不歸，所以小僧不敢保證什麼。」

雖然很不願意欺騙柳芙，可無常的話廣真不敢不聽，只好顧左右而言他。「小施主，妳剛才說會在九華山中修建別院，可小僧知道九華山地界乃是文家祖產。難道小施主和文家有什麼關係不成？」

柳芙倒也不相瞞，點頭道：「文從征是我的乾爺爺，他把那塊山地過給我。所以我想修一座莊子，讓母親住在裡面，既可禮佛，也能在盛夏避避暑，養養生。可惜我現在沒錢，也不知道多久才能如願。」

廣真卻笑著搖搖頭。「小施主守著寶山卻不自知，真是可惜了。」

「寶山？」柳芙心頭一跳，暗道難不成這廣真已經發現了「女神之眼」的溫泉不成？忙故作不知地打探道：「那山地除了幾畝出產酸澀的核桃林，就全是些無用的樹材。哪裡能稱得上是寶山呢？若真是有寶，文爺爺就不會這麼容易將地過給我了呢。」

擺手，廣真解釋道：「妳是不知，我多年在九華山上行走，曾發現有一處山坳裡長滿了鳳眼蓮。」

「鳳眼蓮？」柳芙眼中閃出一抹驚喜。「聽說鳳眼蓮的根莖多汁且甘甜如蜜，夏日食之可生津解渴，消暑清心。而且鳳眼蓮極好生長，再艱難的環境，只要有水……」

說到此，柳芙已經完全明白了。

這鳳眼蓮的確是個好東西！可她一直覺得九華山的地下水因為有溫泉的緣故所以無法出產，事實也是這樣，所以文從征也沒管過這塊地。但鳳眼蓮不一樣，它就是喜歡植根在複雜的水環境中，反而長得更加茂密。也正是因為如此，九華山反而極為適合栽種鳳眼蓮這種植物。

「小師父，你可有空？改日不如帶我去看看你說的那個山坳！」柳芙有些興奮，難掩其眼中閃爍的光彩。

對於柳芙年僅八歲卻知曉鳳眼蓮的用處和價值，廣真雖有些意外，但也很願意幫助她。「舉手之勞而已，小僧隨時恭候。」

「若是賺了錢，我一定捐出一大筆香油錢給龍興寺，嘿嘿，你也能記個首功。」柳芙有些忘形，伸出手來拍了拍廣真肩膀。

廣真卻被柳芙的笑容所感，耳根泛出一抹紅暈，只覺得對方身上透出一股奇異幽香，久久不散，縈繞不斷。

第二十五章　美人蛇蠍心

京城柳宅，和風閣。

「老爺，您這幾日都宿在書房，不是妾身多嘴，國事再重要，也不及一個好的身體來得要緊啊。」

一身水紅繡牡丹花開富貴團圓花樣的錦服，胡清漪步步而來，手中托著蜜糖蓮子羹，妖嬈的身姿隨著燭火搖曳，看得柳冠傑一愣。

八年了，柳冠傑仍舊清晰地記得八年前的那一個夜晚。自己落榜後失意地漫步在皇城之前，突然一輛錦繡精緻的馬車從皇宮中飛奔而出，差些將自己掀翻在地。

馬伕的謾罵和侍衛的包圍，讓他只想就此死在那蹦踏不停的馬蹄之下。可當一個柔和的聲音在耳邊響起，讓一切吵嚷和疼痛都歸於平靜。

玲瓏白皙的臉龐，極致豔麗的神態，雖然頭頂上只有一輪明月，但在柳冠傑眼裡，面前的這個女子卻彷彿散發著無盡的光彩。

之後的一切似乎都順理成章起來。

救了他的女子是國丈胡蒙之的女兒，排行第五，閨名清漪。在胡府住下後，他每日都能與五小姐偶遇，或是花園，或是茶室，或是書房……雖然內院外院並不是那麼容易相通，但有了胡蒙之的睜一隻眼閉一隻眼，他和五小姐之間漸漸從只有眼神的交流到偶爾交談幾句，再後來，他收了一只繡著並蒂蓮的荷包，裡面滿滿裝的都是相思紅豆。

再後來，皇帝賜婚的前一夜，他被單獨召見在御書房。殿試時不敢輕易抬頭窺見的君王此時離得自己不過三尺距離。當天子御口親言要他娶了胡清漪之時，他雖然憧憬嚮往這個繁華的京城，但腦子裡卻始終放不下蜀中山村身懷六甲的髮妻。

當他還未曾說出拒絕的話，天子已然踱步而進，來到了他的身前，低首，只在耳邊輕聲說出了一串字字如驚雷般的話。

最後，他隱瞞了自己的從前，隱瞞了沈氏，隱瞞了所有的一切，帶著一個幸福新郎官該有的笑容，和胡家五小姐拜堂成親，結為夫妻。

「老爺，你怎麼了，看得妾身好難為情。」

一抹紅暈悄然爬上了胡清漪的雙頰，透出淡淡的光澤，讓她看起來就像是一個情竇初開的少女般，誘人採擷。

「清漪，這是妳父親交辦的差事，若是我做好了，吏部尚書之位便指日可待。」

柳冠傑收起了過往的神思，放下手中的毛筆，走到胡清漪的面前，抬手托起了她的臉。

「對不起，這些日子冷落妳了。還有……」

「還有你欠我一個解釋。」胡清漪眨眨眼，臉上絲毫看不到外人面前的那種犀利和鋒芒，就像個嬌羞的小婦人。「就算你我成親之前在外面有了女人和孩子，為什麼不早些告訴我呢？難道在你眼中，我就是個愛吃醋不顧大局的女人嗎？」

「清漪，我沒和妳說是因為……」柳冠傑一時臉上神色有些尷尬和複雜。

三個月前他就該告訴胡清漪一聲，可是沈氏帶著女兒突然出現在門口，雖然他提前收到了消息，但還是有些措手不及。之後送沈氏母女去別院暫居，他就思索著到底該如何告訴胡氏沈氏母女的身分。畢竟沈氏是跟著他吃過苦的原配髮妻，她的地位如何確定，還有自己的嫡長女柳芙，他都不想讓她們受任何委屈。

可後來沈氏母女突然搬離別院，雖然還是居住在天泉鎮上，可也給了他一個可以喘氣的機會。但日子又過了一個月，他始終還是無法面對胡清漪，這個在自己生命中第二有所虧欠的女子。

「是因為你怕我受委屈嗎？」胡清漪強忍著心裡的一絲嫉恨，面上表情含著幾分撒嬌的賭氣。「我是沒有給你納妾，也沒有給你留個通房，可這並非是我犯了妒忌，而是老爺你反覆說不需要。其實老爺若是有喜歡的女子，和妾身商量著納了進府便是，何必偷偷摸摸養在外面。若是被御史知道，參上你一本，這尚書的位置就別想了。」

「沈氏和芙兒不是外室……」柳冠傑趁著胡清漪喘氣，有些急切地想要解釋。

「不是嗎？」胡清漪故作驚疑。「聽說那小姑娘今年八歲，算起來那個時候老爺應該還未娶妾身呢。若非如此，那老爺豈不是罪犯欺君！」

「我……」柳冠傑有口難言，猶如一塊大石壓在了喉頭。

「好了好了，老爺也別不好意思。這件事兒妾身作主，改明兒個就接了她們母女回府，好好養著，萬萬不會再讓老爺憂心費神了。」胡清漪說著，將手中的蜜糖水奉上。「老爺快些趁熱飲了吧，今夜就別再宿在這裡了。妾身先回常盈院準備好熱水，等老爺回來沐浴更衣，一起歇息。」

說著，唇邊揚起一抹媚如絲的笑容，冉冉一個轉身，只留下香風一縷，人便已經步出了和風閣之外，沒有留給柳冠傑任何再開口的餘地。

常盈院的氣氛頗有些異樣，丫鬟婆子們都埋著頭，一句閒話也不敢多說。燒水的燒水，準備宵夜的準備宵夜，都鬧不準為何冷戰了近三個月的老爺夫人今夜突然就要合房了。

「夫人，您冷靜些。」

悠香見胡氏一進門就將擺在手邊的一個青花小瓷擺件摔在地上，趕緊遣退了左右，上前扶了她坐下，遞上杯蔘茶。「既然已經有了決斷，就萬萬不能讓老爺看出來您心裡頭的怨氣。老爺那邊，您得好好安撫著，將來有的是時間讓那對母女吃苦頭的。」

側眼看著悠香，胡清漪發覺她不知不覺已經長成了個有著成熟風韻和少女嫵媚的大姑娘了，眼梢一挑，冷冷一笑。「妳說得對，將來把氣都撒在那對母女身上便是，我又何須生氣呢。若是讓老爺不高興了，吃虧的豈不是自己？不過悠香……妳已經快滿二十歲了吧？」

沒想到胡清漪話鋒一轉提及自己的年齡，悠香一愣，趕緊道：「奴婢伺候夫人是第十個年頭了，記得那年奴婢被賣進胡府正好十歲呢。」

「二十歲了。」胡清漪伸手，將悠香的下巴略微抬起，看著她豐潤白皙猶如滿月般的臉龐，嘖嘖嘆道：「好一個美人胚子。不過，我還沒讓妳嫁人，妳心裡不會怨我吧？」

悠香神色一凜，只覺得背後汗毛都豎了起來，忙解釋道：「奴婢不嫁，奴婢願一輩子守在夫人身邊，伺候夫人，為夫人分憂解難。」

「一輩子？」胡氏勾起唇角，冷漠的笑容好像一朵妖冶綻放的毒玫瑰。「原來妳是想伺候老爺啊。」

「奴婢沒有，奴婢絕沒有這等背主的心思！」悠香雙膝跪地，忍住額上的刺痛，不停地磕著頭。

「好了好了，我不過開玩笑罷了，妳緊張個什麼勁兒。」胡氏話雖如此，卻用著懷疑的眼神看著悠香。「放心，我還捨不得妳這個貼心人嫁出去。不過最多再等兩年罷了，兩年之後，我一定為妳挑一個又年輕又有本事的管事嫁了。到時候妳也當個管事嬤嬤，仍舊伺候在我身邊，好處少不了的。」

「奴婢多謝夫人惦記，多謝夫人。」悠香被胡氏扶了起來，也不敢抬眼，只埋頭道：「奴婢去整理一下，免得被老爺看到衝撞了老爺。」

「去吧。」

隨意抬抬手，任悠香退出了正屋，胡清漪冷冷地看了一眼她的背影，只覺得那凹凸有致的腰身很是刺眼，一把關上了房門。

第二十六章　美若年華來

從龍興寺回來之後，沈氏就有些不舒服。柳芙拜託馮嬤介紹了個相熟的老大夫，卻看不出沈氏有什麼病，只吩咐要好生休養，秋收冬藏，能不出門還是不要出去，免得吹了邪風衝撞身子，老病又犯出來。

柳芙有些緊張，整日的陪著沈氏，生怕她有個閃失。不過聽了大夫的說法，柳芙又覺得很奇怪，以她對母親的瞭解，多半並非是身子上不舒服，而是心裡頭擱了事兒。

自己並非真正的八歲女童，雖然沈氏不會和自己傾訴分憂，但以她如今的心智，主動瞭解後想辦法幫忙總是可以的。於是讓劉婆子教她熬了碗粥，柳芙親手端去正屋。

「芙兒，我沒什麼，大夫都說了無礙的，妳也別忙前忙後了。」沈氏笑著接過熱粥，抬手捋了一下額前的髮絲，整個人除了看起來精神不太好的樣子，其餘並無異色。

「娘，您是不是在龍興寺遇到什麼心煩的事兒了？」柳芙小心翼翼地問了起來。

「都說了沒什麼……」臉上閃過一抹異樣的紅暈，沈氏咬咬牙，表情彆扭得很，轉移了話題。「今天妳不是要去文府作客嗎？東西記得帶好，見了文老先生要謹守晚輩之禮，別把自己真當文家孫女，反而顯得失了家教。」

「文爺爺專程讓文來管家帶了信，讓我去用晚飯，說是有個人要讓我見見。這個時候還早呢！」柳芙看出了沈氏的不妥，很是擔心，話又繞了回來。「娘，我是您的女兒呢，有什麼話不能告訴我的嗎？您若是不說，自個兒放在心裡頭，久而久之會憋出病來的。」

沈氏臉色忽紅忽白，似乎還帶了幾分氣憤的感覺。「其實也沒什麼，就遇到了個……登徒子。只是芙兒妳還小，娘不想妳接觸這些骯髒的事兒。」

「是誰！」柳芙心裡那個氣啊，當場就脹紅了臉跳起來。「龍興寺乃是鎮國大寺，寺中戒備森嚴，香客也不敢隨意鬧事，怎麼會有人敢做出那等違禮之舉！我這就去找他們理論去！」

「芙兒。」沈氏尷尬地擺擺手。「妳別嚷嚷，大不了以後我們不去或者少去就行了。那人看起來氣派十足，定非普通香客。再說，他除了言語上有些失禮之外，倒並未真正做出什麼過分之舉。只是為娘不喜他那等紈袴子弟的做派，心中厭惡罷了。再說，咱們人生地不熟，還是避開些的好，妳又何必主動尋麻煩呢。」

柳芙忍不住眼淚花兒已經溢出來了，上前抱住了母親。「娘，芙兒發誓，以後絕對不會再讓您受那些委屈，絕不會！」

「好孩子，娘知道妳孝順，只要妳好好的，再大的委屈為娘都能受的。」沈氏揉了揉柳芙的腦袋，只覺得入京之後的女兒大不一樣了，以前在蜀中的時候雖然也乖巧得很，但卻不會像現在這樣，既懂事又貼心，讓人很是欣慰。

緊咬著唇瓣，柳芙可不願意就此甘休，她蹙了蹙眉，已經有了決斷，遂掩住了心底的情緒，低聲道：「看著娘受委屈，芙兒會覺得心疼的。所以娘要答應芙兒，以後也不能讓自己受了任何委屈，不然芙兒可不依。」

沈氏原本抑鬱的心情已經好了很多，輕輕拍著柳芙的後背。「乖孩子，娘有了妳這個貼心的小棉襖，什麼難關過不去，什麼坎兒邁不過去呢。好了，妳該去準備了，既然要見客人，那就打扮得隆重些，也別給妳家文爺爺丟臉。」

「娘，不如我們一起去吧！」柳芙揚起頭，臉上有些興奮。「一起去散散心，也好過您一個人關在屋子裡東想西想。文爺爺早就說過想見見您呢，這次機會正好，走吧走吧！」

「大夫都說了讓我不要多走動，怕吹了風呢。」

其實沈氏對這個文從征也有幾分好奇，況且他現在是柳芙的乾爺爺，又送了那麼重的一份厚禮給自己母女倆，於情於理都應該帶著禮物去正式拜訪的。只不過前些日子自己忙著繡五福屏風和張羅著擴建扶柳院的事兒，一直沒機會抽出時間來罷了。柳芙如今提議，又說文從征想見見自己，沈氏覺得倒不失為一個機會。畢竟對方是男子，總不好主動求見的。她去登門拜訪，既符合晚輩之禮，也顯得順理成章些。

見沈氏有些意動，柳芙抓緊機會，上前伸出小手將她拉了起來。「擇日不如撞日，咱們今日就去。讓芙兒好生為母親打扮一下，咱們娘兒倆都美美的出門！」

說著，柳芙已經興奮起來了，拉著沈氏到了衣櫥前面，看樣子是要為其挑衣服。

「好了好了，娘去還不成嗎！」沈氏被柳芙這一打鬧，龍興寺的不快之事都拋到了腦後，臉上洋溢著溫和的笑容，氣色也恢復了幾分紅潤。「娘這兒會自個兒收拾，倒是妳，要換衣裳還得梳頭，再不快些可就來不及了。乖乖回屋去，讓暖兒幫著妳穿那件蔥綠色夾襖，外頭記得再罩上件薄棉的披風，咱們去赴晚宴，回來已經夜裡了，風大，冷的！」

柳芙見沈氏已經完全沒有了異色，也放心地點點頭。「那母親換好衣裳等我，我會快快的。」

說完，柳芙已經拉開門顧自跑回到隔壁屋子，身後跟著守在門邊的暖兒。眼看日頭都已經西斜，兩人慌了，趕緊開始梳頭更衣。

按照沈氏的吩咐，柳芙穿上扶柳楊花的蔥綠色夾襖，配鵝黃色的細水紋素裙，外罩一件領口鑲了碧竹刺繡的薄棉披風，便趕緊出了屋子。來到前頭的庭院，遠遠看到沈氏站在門口正在張羅著出門的馬車，一時愣在了當場。

沈氏著了件秋香色繡紫玉蘭花樣的錦繡幅裙，外罩月白色灰鼠毛邊兒的坎肩，整個人看起來膚色如玉，姿態如歌，宛若秋風中徐徐而來的仙子，溫暖中帶著一絲平和恬靜。

「娘，您好美！」柳芙傻傻的看著沈氏，發覺記憶中的母親從未曾這樣精心地打扮過自己。重生前，母女倆被胡氏日夜折磨，哪裡曾有過認真生活的時候，哪怕是穿得規整些都不可能。如今看著母親精神清爽、神色嬌豔的樣子，不知怎麼的，柳芙只覺得眼睛濕潤起來。

「娘今兒個去拜見文老先生，自然不能失禮的。」沈氏自然不會知道柳芙是感慨而有淚，以為風沙迷了女兒的眼，趕緊上前一把將她抱住。「快些上車，怕是迷了眼，要是紅了腫了，可就不好看了。」

照例是暖兒、劉婆子陪同，張老頭駕車，馮嬤留著守屋子。沈氏母女一行不過兩炷香的時間就到了文府的門口。

文來遣了個機靈的小廝在門口迎接，先是讓人安置了張老頭去餵馬，然後報給了文來，由他親自領了沈氏母女去往養心堂。

養心堂其實是文從征的書房，離得文府花園極近，所以文從征一般在此設宴招待至交好友。

一路走來，雖然沒幾個下人，但見了沈氏母女都恭敬地分來兩邊頷首福禮。沈氏也一手牽著柳芙，一邊含笑回禮。那模樣在文來看來，絕非一個普通山村農婦所能有的姿態。

按下心中疑惑，文來一路恭敬地問候了沈氏幾句話，等來到養心堂門口，福禮道：「夫人、孫小姐，老爺在裡頭候著呢。」

「多謝管家。」沈氏對文來微微一笑，劉婆子適時的上前和文來一左一右撩開垂簾，沈氏便帶著柳芙進入了堂內。

「是你！」

剛進屋，沈氏就呆在了當場，臉色羞紅地看著眼前的男子，若非一旁柳芙和文從征都在場，恐怕當場就要掉頭離開了。

第二十七章　唐突佳人面

養心堂不愧是文從征這個一代大儒的書房，齊天花板高度的沈黑楠木書架上，略微凌亂地碼放著各類書籍，一看就知主人經常翻閱它們。不似有些人用來裝模作樣的書房，一切都整齊得過分。

文從征身邊立著一位三十多歲的男子，一身暗藍金線的錦袍雖然看起來莊重沈穩，卻難掩其面上一副風流如玉的輕浮感。

此時他正有些失神地望著沈慧娘，一時間臉上的表情可謂精彩變幻萬分！

「小娘子，龍興寺一別，沒想到今日竟能再見。真是天大的緣分啊！」

柳芙一看沈氏的表情和眼前這個花癡的男子就什麼都明白了，上前用著小小的身子擋住母親，狠狠地道：「爺爺，此人是誰，看著人模人樣，怎地行事如此苟且？」

沒料到小小年紀的柳芙罵人連髒字兒也不帶，卻「一語中的」毫不留情，文從征愣了愣，看著身邊男子也是同樣一副不可思議的表情，連連甩頭，很是尷尬。「夫人，都是老夫的錯，知道淮王是個習慣了玩笑人生的，卻不提前給他打聲招呼。唐突了夫人，還請見諒。」

沈氏氣得臉色脹紅，偏生在文從征面前又不好表現，更不能不顧禮節地轉身就走，只好咬著唇不吭聲。

「淮王？」這下子，輪到柳芙愣在了當場。

「淮王」二字在柳芙的印象中並不陌生，甚至還有幾分熟悉。但前生的柳芙並未見過此人，只是經常聽得庶妹柳嫻提及罷了。他的身分乃是大周朝姬氏家族旁支留下來的唯一血脈。

外人都知道他生性風流，喜好美人，畫得一手絕妙丹青。對於朝中之事，則是不聞不問，全然不感興趣。

不過在前生，柳芙並沒有見過這個淮王罷了。

見女兒臉色有異，沈氏以為柳芙聽見對方是淮王就怕了，反過來上前將其護在身後。「是王爺就能張口說出此等違禮不矩之言嗎？還請自重！」

文從征見狀，趕緊上前打圓場。「夫人千萬別生氣，以老夫對淮王的瞭解，他一定是想將夫人入畫而已，並無其他意思。」

「入畫？」柳芙仔細打量著姬無塵，發覺他雖然一臉的風流相，眼神卻十分清透，並不像是個猥瑣下流之人。再說既然對方能成為文從征的座上賓客，其人品肯定不會太差，便輕輕拉了拉沈氏的手，小聲道：「娘，這個淮王第一次見您時是不是說了要給您描畫丹青之類的話？」

沈氏臉一紅，隨即咬著唇點點頭。「前天在龍興寺遇上，他便攔住我，說什麼要為我描畫丹青入什麼百美圖。我又不是青樓女子，怎會隨意給人作畫。還百美圖呢，真是莫名其妙！」

「這事兒就真的要怪老夫沒有說清楚了。」文從征忙拉了淮王來到沈氏面前，自己則趕緊拱手躬身道：「京中人士對淮王都十分熟悉，可夫人來自蜀中，不清楚淮王的為人也是應該的。老夫敢以人品擔保，淮王絕對只是想要為夫人作畫而已，並無其他心思。還請夫人見諒之前淮王的唐突行為，老夫在此代淮王謝罪了！」

「文老先生！」沈氏可不敢受文從征的禮，忙上前虛扶了他一下。

文從征順而起身，身邊的淮王卻仍舊一副笑容滿面的樣子看著沈氏。「京中名媛，哪個不以能入本王的百美圖為榮，夫人不如考慮一下。」

柳芙看這個淮王倒沒了先前的厭惡，反倒覺得其真性情頗有些難得，但沈氏既然不喜，身為女兒自然要維護。「王爺，並非人人都願意讓您描畫的。先前您在龍興寺唐突了我娘，再見非但不道歉，反而又出言輕薄，可見您為人就是個不通人情，不理世故，不曉常禮的。雖然您身分尊貴，可也要尊重他人的意見和選擇。我娘已經說過了不願意，還請不要再多說其他什麼了。」

或許活在世上三十來年，姬無塵還從來沒有遇到過這樣和自己說話的人，更何況對方還是個年紀比自己女兒還小的小丫頭，也不生氣，只嘖嘖嘆道：「難怪文兄要收了妳為乾孫女兒，單是這張嘴就和妳乾爺爺一模一樣，得理不饒人啊！」

臉上明顯閃過一絲驕傲，文從征捋了捋唇下幾綹白鬚，語氣得意。「這是自然，可不是隨便一個小姑娘都能惹動老夫認親的念頭。」

沈氏也趁此機會悄悄打量了一下這個淮王，見他的確只是想要為自己作畫，並無其他不軌之圖，心境也平復了許多，主動開口道：「其實妾身行事也有不妥，之前未曾送上拜帖就突然來訪。如今這裡有淮王在，那妾身就不方便多留了，下次有機會再來拜望文老先生。」

「等等！」

「娘！」

這次淮王和柳芙倒是齊齊出了聲，想讓沈氏留下。

「說來，淮王也不算是外人。」文從征也趕忙留客。「他乃是老夫的義弟，算起來也是芙兒的半個爺爺了。而且夫人既然已經來了，豈有不留飯就讓客人離開的道理。眼看夜幕將至，夫人不如賣老夫一個面子，用過晚膳再回吧。」

既然文從征也開了口，沈氏再難繃住臉，只好勉強點點頭，表示同意留下。

「好好好，時候差不多了，下人已經將晚宴準備妥當，咱們入席吧！」

文從征也鬆了口氣，畢竟沈氏乃是柳芙的母親，姬無塵則是自己的義弟，若是大家第一次見面就鬧得不愉快，自己這個主人家也尷尬。以後面對兩人也會不自在。

柳芙則抬眼，狠狠地瞪了姬無塵一眼，似乎是在告誡讓他規矩些。

第二十八章　細雨伴殘荷

初冬的荷塘夜色有種凋零殘缺的美，臨湖飲宴，卻給原本寂寞的氣氛點染出幾分溫暖來。

文從征舉杯，遙敬著眼前一池枯荷，有感而發道：「紅將褪盡，香漸殘枯，殘荷之美在於其給人的無限遐思。」

「文兒，今日可是你和乾孫女兒一家團聚的好日子，何必傷春悲秋。罰酒一杯！」姬無塵用手指指文從征，眼神卻飄向了對座的沈慧娘。

睫羽低垂，只不疾不徐不緊不慢地用著盤中佳餚，沈慧娘哪裡不知道姬無塵一直在關注自己，一直按捺著心中不豫，怕給女兒和文從征造成不必要的麻煩罷了。

「爺爺，都說『細雨伴殘荷』，若是有雨，此景才更美呢！」柳芙也發現了姬無塵似有若無飄向母親的眼神，但看其並無什麼下流的心思，眼中除了好奇也只是欣賞罷了，便也沒放在心上，繼續和文從征討論起景色來。

姬無塵本來放在沈慧娘身上的心思卻被柳芙一句話給拉了回來。「文兒，芙兒小小年紀卻機敏聰慧，不輸你這個當年的神童啊！身為皇家書院的執事，你也應該想想怎麼培養你這個乖孫女兒才是。」

「咦，爺爺，什麼是皇家書院？執事又是什麼？」柳芙笑咪咪地望著文從征，一臉疑惑，心裡卻清楚明白得很。

要說與文從征攀親，眼前能給柳芙最大的便利就是他在皇家書院的位置了。作為執事，他有著挑選學生的權力，若不能過他那一關，就算是皇親貴戚也別想進入書院讀書。

重生前，柳芙記得很清楚，柳嫺到了十歲就被胡氏送入了皇家書院讀書，來往皆是王孫公子、豪門千金。這些人都將她視作為柳家的嫡長女，哪裡曉得世上還有柳芙這號人！雖然母親嘴上說不想再和柳冠傑有什麼牽扯，但女人嫁夫，一輩子就已經注定是夫家的人了。柳冠傑應該給沈氏的一切，作為女兒，柳芙計劃著都要在重生後一一討回來！

如何讓世人知道母女倆的存在，而不會誤會她們母女只是身分卑微的外室，或許自己以柳家小姐的身分踏入皇家書院就是最好的第一步！畢竟她比柳嫺大了一歲多，皇家書院只收年滿十歲的學生，這點也是她唯一能夠壓制住柳嫺的籌碼了。

沒注意到柳芙眼底的複雜情緒，文從征捋鬚一笑。「不過是閒職罷了。」

姬無塵則替他斟滿了酒杯。「你這個爺爺可別推辭，身為皇家書院的執事，權力可大著呢。就連我這個王爺也得悄悄帶了美酒來賄賂你，好讓我那個刁蠻女兒能順利通過書院的考核。」

「我可不管你那寶貝女兒是否得罪了尚福公主，只要她熟讀詩書、通達仁禮，我這兒就絕不會刻意為難。」文從征擺擺手，一副公事公辦的樣子，倒讓姬無塵有些尷尬。

「若非王妃催得緊，我還不來賣這張老臉呢。既然文兄你都這樣說了，那我就放心了！」姬無塵立馬就聽懂了文從征話中之意，連連致謝，絲毫沒有一丁點兒身為王爺的高傲，反倒顯得其直率爽朗，毫不做作。

沈氏聽見兩人對話，終於來了興趣，緩緩抬眼，語氣裡有一絲激動。「文老先生，若真如王爺所言，那等芙兒年滿十歲，也能入書院學習嗎？」

文從征含笑點點頭。「雖然書院是皇家所有，但卻面向大周皇朝所有百姓。但凡符合條件者都能成為書院的學生。這點，老夫可以保證。」

「太好了！」沈氏眼中閃出熠熠光彩。「芙兒過了年就滿九歲，之前是否需要準備些什麼，還請文老先生示下。」

「芙兒讀了哪些書，可否告訴爺爺？」文從征挑挑眉，轉而問向柳芙，眼底也有著幾分期待。

「《千字文》和《詩經》，還有《幼學》也剛開始讀。」柳芙將平日裡沈氏指導她讀的書報了出來。

「師從何人？」文從征再問。

「都是娘在教我呢。」柳芙並未隱瞞，直言道：「在蜀中的時候，娘每天都抽出時間來教芙兒習字和唸書的。」

「夫人也讀過書？」文從征好奇地看向沈氏。

「妾身自小讀過些書，但能教給芙兒的卻是太少了。」沈氏話中並未說明，只轉而道：「所以想讓芙兒在嫁人之前能好生學習一下，收收她那跳脫的心性也好。」

姬無塵插言道：「夫人真是開明，其他地方我不清楚，但京中許多人家都會讓女兒入書院學習。一來可修身養性，二來，書院中與同窗之間的交往，也可明人情知世故。」

沈氏側過眼並未與姬無塵交流，只用著期待的眼神看向文從征。「那就煩勞文老先生將此事記在心中，妾身在此先謝過了。」

文從征笑咪咪地點點頭。「既然明年開春芙兒就滿九歲，那現在開始就要準備準備了。詩書畫、琴棋禮，皆是入學考試的科目。芙兒，過了年妳隔三日來爺爺這兒，爺爺親自教妳，可好？」最後一句則是向著柳芙說的。

「太好了！」柳芙就差沒蹦起來跳兩圈了，臉上的興奮勁兒別提多精彩了。能成為文從征的弟子，這可比進入皇家書院學習還要讓柳芙驚喜。

「夫人，妳可願意將芙兒交給老夫親自教導？」文從征照例還是要問一問沈慧娘，徵得她的同意。

沈氏聽了文從征這番話，早就強掩住心中的激動，徐徐起身來，鄭重其事地朝著文從征行了一禮。「芙兒能得老先生厚愛收為親徒，妾身求之不得，哪裡會不願意！」

有了沈氏這句話，文從征捋捋鬍鬚，揚揚眉，笑容滿面地看著柳芙。「好好好，芙兒，老夫可不會因為妳是乾孫女兒就通融，要知道，作為老夫的弟子，雖不至於『頭懸樑錐刺股』，但日子絕不輕鬆啊，妳可想好了？」

「當然想好了。」柳芙也起身來站到母親身邊，牽了裙襬笑咪咪地行了個禮之後起身來，俏皮地撓撓頭。「只是今後我稱呼您為文爺爺，還是文師傅呢？」

「妳個小鬼頭！」文從征仰頭哈哈一笑，沈慧娘和姬無塵也和著輕笑起來，使得席間氣氛其樂融融，也趕走了初冬深夜的寒冷。

回到扶柳院已是亥初，一如柳芙戲言，天上果然下起了濛濛細雨。

馮嬤守在門口，臉色有些古怪。見張老頭揮鞭停車，趕緊上前幫助劉婆子扶了沈氏下車。

「夫人，怎麼這麼晚？」馮嬤為沈氏撐了傘，順勢將另一把油紙傘遞給了暖兒讓她幫柳芙撐起。「有位夫人酉時就來了，等了您兩個時辰，說是有要事相告。」

「馮嬤，來人是誰？」沈氏蹙蹙眉，她可不知道這天泉鎮會有誰是自己認識的。

「她沒說，只堅持要等您回來。」馮嬤搖搖頭，臉上似乎有些不好。「但我看她的樣子，應該是高門大戶裡頭的少奶奶才對，派頭十足，一身的富貴相。」

帶著疑惑，沈氏已經進了前院堂屋，卸下肩頭的披風，含笑迎了上去。「對不起，讓您久等了。」

快步跟在後面的柳芙聽到馮嬤這樣形容，不知為何心中突然一緊，抬眼望向屋中那個背對著自己的身影，突然地，眼底流露出一抹難以磨滅的恨意來。

第二十九章　欺人莫太甚

天空下著濛濛細雨，卻聽不到任何雨聲，只有屬於冬夜的寂靜在悄然蔓延著。

柳芙半垂著頭，乖乖立在沈氏的身邊，不知為何心中掠過一絲恐懼。

「不請自來，主人家可別見怪！」

燈燭之下，那個窈窕的身影緩緩轉過來，一抹絕豔冶麗的微笑綻放在她的臉上。「只是，妳這個主人恐怕還不知道我是誰吧。」

「您是？」沈氏只覺眼前女子美豔逼人，那勾起的紅唇和挑高的黛眉都讓人感到一種深深的威脅之感。

一抹輕蔑從胡清漪的眼中掠過，顧自端坐在了屋中的主位之上。「妾身夫家姓柳，妳稱呼我一聲柳夫人就行了。」

「柳夫人？」沈氏不知為何，覺得在這個女子面前自己有種無法呼吸的憋悶感，乍聞她自稱柳夫人，蹙了蹙眉。「我好像與夫人並不相識？」

「別這麼說。」胡清漪勾起一抹冷笑。「妳我可是共事一夫的好姊妹，怎的當面而不相識呢！」

「妳！」這下沈氏總算明白為何自己面對這個女子有種無法言語的難受感覺了，原來她就是柳冠傑在京中另娶的嬌妻。

果然美豔逼人妖冶若花！

沈氏白皙的臉上浮起淡淡的紅暈，胸口也隨之起伏不定。「妳離開，我這裡不歡迎妳！」

感覺到了沈氏身子的顫抖，柳芙咬咬唇，伸手拽緊了她的胳膊，強迫自己緩緩抬起頭來。「妳就是我爹新納的姨娘嗎？」

「姨娘？」胡清漪看著眼前半人高的小姑娘，那張小臉雖然稚嫩，卻已經透出幾分絕色來。

「大膽，竟稱呼夫人為姨娘！」胡清漪身邊一直立著沒有說話的中年女子突然發難，兩步走過去一把捏住了柳芙的下巴。

「啪啪」，隨著她手掌落下，清脆的兩聲在柳芙幼嫩的面頰上響起，完全讓屋中所有人都驚呆了。

最先回過神來的是沈氏，她上前一把推開了那中年婦人，將睜大眼不知所措的柳芙緊緊護在了懷中。「不許傷害我的芙兒！」

在屋外守著的暖兒和劉婆子見此狀況都紛紛抬腳進了門，齊齊跪在地上。暖兒更是哆哆嗦嗦地不停磕著頭。「求夫人饒了小姐，求夫人饒了小姐……」

「小姐？」胡清漪冷冷一笑。「一個外室生的野種也配叫小姐嗎？」

被母親死死護在懷裡的柳芙小心地抬眼看向前方，只覺得胡清漪那鋒利的眼神甚至不需要掃過自己的臉，就已經讓她覺得比那婦人的兩巴掌還要刺痛。

為什麼會一模一樣！為什麼重生後和胡氏的第一次見面還是和前生一模一樣？寒冷的雨夜、昏黃的燈燭、刺痛的臉頰，還有胡清漪那輕賤蔑視的目光……這一切，全都一模一樣。

仇恨瞬間被一股恐懼所替代，蔓延在柳芙的心底，讓她根本不敢再睜眼看著眼前這個一手造成自己母女悲劇一生的女人。原本以為有機會去重新改寫自己命運的心思，也好像隨著那兩個耳光被瞬間給澆滅了。

「妳……」胸口起伏著，沈氏只覺得自己終其一生也從未如此憤怒過。可面對眼前這個身材高眺，眼神狠辣的女子，卻怎麼也無法鼓起勇氣上前回敬她兩個耳光。

看到這對母女被自己嚇得抱作一團的可憐樣兒，胡清漪悶聲又是一陣冷笑。「好了好了，老爺又不在這裡，妳們裝什麼可憐呢？也罷，今夜我親自過來，就是要告訴妳們一聲，明天把東西準備好，府裡會派車過來接妳們回去。就算是外室和野種，無論生死也是柳家的人柳家的鬼。妳們以為能夠就此逍遙在外，真是作夢！」

說罷，胡清漪在隨行婦人的攙扶之下起了身，連正眼也沒有再瞧過沈氏母女，就那樣昂著頭含笑離開了。

死一般的寂靜在屋中蔓延，卻又有此起彼伏的喘氣聲連綿不絕。

不知道過了多久，還是馮嬤上前去扶了沈氏。「夫人，天冷，還是先讓小姐梳洗更衣休息吧。有什麼，明天再說。」

「不！」臉色煞白的柳芙突然抬起了頭。「娘，那個女人說明天要接我們回柳府！不行，我們不能回去！那裡是她的天下，她會對我們怎麼樣沒有人能干涉！娘，我們連夜離開吧！」

柳芙顫抖的身子混合著嘶啞的嗓音終於讓沈氏徹底地清醒了過來。再軟弱可欺的女人一旦有人敢傷害她的骨血，也會變得異常堅強和冷靜。

此時的沈慧娘就是這樣。在屈辱和恐懼緩緩褪去之後，她開始了思索！

「劉婆子，妳去找到陳果，告訴他我要見柳冠傑。」沈氏抬眼望著還跪在地上的劉婆子，語氣中透出一抹無法質疑的冷靜來。

劉婆子全身哆嗦了一下。「夫人，奴婢不知……」

「別說妳不知道怎麼和陳果聯繫。」沈氏深吸了口氣，強迫自己語氣平靜下來。「我知道妳是柳冠傑安排給我的人。」

「奴婢不敢！」劉婆子也是個聰明人，否則就不會被柳冠傑看中了，趕緊磕了個頭，拔腿就往外跑去。

「娘……」柳芙聲音有些細弱，眼淚也不自覺地往下落。「您為什麼要見那個人，他對我們這樣狠，您為什麼還要見他？」

「因為這是他欠我們的。」沈氏輕輕替柳芙拭去了眼淚。「他不能給我們一個完整的家，至少要給我們一個可以生存下去的地方。那個女人狠辣如此，就算我們連夜離開京城，誰又能保證我們能平安到達蜀中？現在唯一能箝制那女人的人，也只有柳冠傑了。」

柳芙呆呆地點了點頭，模糊的記憶逐漸在腦中變得清晰起來。

前生，自己母女被胡清漪強行從別院接回了京中柳宅。從那天開始，幾乎日日夜夜都是酷刑般的折磨。母親整日的以淚洗面，自己整日地躲避胡氏和柳嫻的奚落謾罵，同時還要忍受府中下人對母女倆的冷言冷語……雖然這樣的日子持續了不到半年，胡清漪就煩了，打發了她們母女又回到別院，不聞不問，棄如敝屣。但暫居在柳府的那半年的時間，簡直是度日如年。

而母親的話，彷彿一盆涼水當頭澆下來，喚醒了柳芙的神智。

是的，初次和胡氏的見面的確和前生一模一樣，可有一點卻完全不同——

那就是沈氏的態度！

重生前，沈氏從來只是畏畏縮縮，期待著柳冠傑施捨一丁點兒關心。雖然心疼女兒被胡清漪言語謾罵，但除了抱著女兒痛哭之外根本不敢反抗。

可今夜，此時此刻的沈氏卻說出了這樣的一番話。根本不敢面對丈夫欺騙和拋棄的她竟然為了自己要去見柳冠傑，和他攤牌！生性柔弱的她竟然會想要和胡氏正面對抗！這讓柳芙突然意識到，或許命運真的已經朝著不同的軌跡開始發展了。

自己怎能輕易被胡氏給嚇怕？怎能輕易放棄老天爺給自己重來一次的機會？

閉上眼，柳芙在腦中默默地、飛快地思索了起來。

現在還不是和胡氏正面相爭的時候，她們毫無憑藉，更不能寄望於那個已經遺棄過她們一次的男人。為今之計，只有先避開胡氏的鋒芒，韜光養晦，等自己有足夠籌碼與其周旋之時，再回到柳宅，奪回屬於她們母女的一切！

想到此，柳芙立即伸手拉住了沈氏。「娘，我們不回蜀中，也不去柳府，我們暫時去文爺爺那兒住一陣子。就算那個女人想做什麼，也斷然不敢到文府囂張。等我們拿到了錦鴻記的酬金，就開始著手修建九華山的莊子。到時候多請幾個家丁守著莊子，誰要是敢來撒野，就報官府！」

「芙兒……」沈氏有些遲疑地看著柳芙，眼中是無盡的心疼。「娘沒用，不能給妳一個完整的家，甚至連這方小小的扶柳院也不能守住。」

雖然下定決心要和柳冠傑挑明一切，但在沈氏心裡也清楚明白得很，柳冠傑能對她們母女不聞不問八年，就能再一次對母女倆被胡氏壓制選擇沈默。要不然，剛入京之時他就該選擇跟胡氏挑明一切，留下她們母女，補償八年來所有的虧欠。

所以當女兒這樣說的時候，沈氏也知道這是目前她們唯一的、也是最好的選擇。畢竟京中沒有人知道她們母女才是柳冠傑的嫡妻和嫡女，無論怎麼辯解，都敵不過胡氏一句話罷了。

看母親的神色，柳芙已經知道她同意了自己的建議，趕緊向著暖兒一招手。「妳先去收拾東西，只揀了急用的細軟。」

隨即又看向了馮嬤，柳芙懇請道：「馮嬤，我和娘暫時離開，從明天起妳緊閉大門，不讓任何人進來。如果那瘋女人再來，就讓她上文府尋人便是。」

馮嬤勉強點了點頭，有些欲言又止。但看著沈氏母女已經下定決心，勸阻的話也通通又吞了回去，不再多言，只默默扶了沈氏回後面的正屋，開始動手幫忙收拾包袱起來。

第三十章　人心難猜度

文從征對於沈氏母女深夜投奔並未多問一句，只將她們安置在了內院的流月百匯堂。此處靠近養心堂，正面臨湖，挑空的閣樓能在任何時候仰頭賞月，所以文從征為其賜名「流月百匯」。他希望沈氏母女能在這樣一處清靜的地方好生放鬆心境，至少不要像敲開門的那一刻，兩人臉上都帶著還未卸下的悲苦。

而此時此刻，在和風閣，胡清漪正一臉怒色對著柳冠傑。

「你要保護她們母女，我能理解。可背著我將她們送到別人的家裡頭藏著，這算什麼？」

面對胡清漪的指責，柳冠傑臉上掛著淡漠的表情。「是妳說要接了她們母女入府，怎麼到頭來人沒接著又找我鬧？」

心底鬆了一口氣，沈氏母女突然消失正是柳冠傑樂見的。

還好劉婆子連夜來送信，說是沈氏要見自己。

說實話，雖然他匆匆趕到扶柳院發現大門緊閉，除了那個原主人留下的老婆子之外，此處已經人去樓空，但心裡頭莫名地感到了一絲慶幸。

自己愧對她們母女這麼多年，唯有繼續錯下去，此時對她們是最好的。

「你愣著幹什麼？告訴我，是不是你讓文從征收了那丫頭為乾孫女，不然以文氏族人的驕傲，怎麼可能容忍一個來路不明的野丫頭入宗祠名冊？更別說文從征那個向來挑剔油鹽不進的老頭，竟接納了她們登堂入室！」

胡清漪被柳冠傑的沈默給徹底挑動了心底的妒火，氣急的臉色中含了幾分猙獰。「她們可是你的女人和女兒，這樣不明不白地住進文府，你以為我就沒有辦法將她們帶走嗎？我只要告到官府，誰敢阻攔？」

「妳不是一向聰明嗎？」柳冠傑搖搖頭。「芙兒可是文從征宴請好友宣佈的乾孫女兒。讓乾孫女兒和其母暫住家中，就算是官府又能如何？我勸妳還是別再多想她們母女的事兒了，我不止一次告訴妳，我從來就不曾想過要認回她們，妳為什麼就不相信呢？」

「我相信你……」胡清漪氣急之後突然仰頭笑了起來。「你讓我怎麼相信你？七年夫妻，我竟然一直都不知道你還藏了一個女人和女兒在老家。這麼多年，你可曾想過告訴我事實？而非讓我選擇被動的接受？那個野丫頭已經八歲，比嫻兒大了整整一歲，證明你早就娶妻生子，卻還接受皇上賜婚娶了我。我要怎麼去相信你？你告訴我啊！」

「對不起。」被胡清漪這樣指責，柳冠傑只覺得心中好像有人拿了一把利刃在挖自己的肉，疼得漸漸失去了知覺，更失去了任何辯解反駁的力氣，只不停地說著「對不起」三個字。

「既然你不願意出面，我去找父親來解決這件事。」胡清漪並非是個能被輕易打敗的人，一旦她認定某件事情，絕對會傾盡全力去完成它。

「妳又何必對她們母女逼得這樣緊，她們並沒有想要拿走妳現在擁有的一切，她們只是想在京城安安穩穩地生活下去罷了。」無力感充斥著柳冠傑的全身，聽見胡清漪提及胡蒙之，心中沒來由地一緊。「算我求妳好嗎，放過她們吧。」

「我胡清漪絕不是一個可以容忍威脅存在的人。」胡清漪冷冷一笑。「她們即便什麼都不做，對我來說也是一種威脅。只有將她們看住，我才能保證一切都如常，我才能睡得安穩。」

說著，胡清漪輕輕踱步來到柳冠傑的面前，抬手輕輕撫摸著他的下巴，鮮紅的蔻丹尖利得彷彿是剪刀，流連在柳冠傑的喉頸處。「不過你也別那副樣子，我不會對她們怎麼樣的，我會讓她們好好活著，只是必須活在我眼皮子底下罷了。」

一把將胡清漪的手扯下，柳冠傑咬著牙，死死頂住眼前這個容貌豔麗逼人的女子，恨恨地道：「到底為什麼妳會這樣？我柳冠傑到底娶了一個什麼樣的女人！」

「你不知道嗎？」胡清漪掙脫開了柳冠傑並不緊的箝制，捏著有些生疼的手腕。「問問你自己吧！」說完，便頭也不回地甩門離開了。

或許是受了胡清漪的刺激，反而將沈氏心底僅存的那一抹堅毅給逼了出來。在文府的這些日子，她整日埋頭繡那面五福屏風，終於提前完成了。

拒絕了柳芙親自跑一趟錦鴻記送貨的提議，沈氏讓人請了文府管家文來，託他走一趟錦鴻記，務必要讓大掌櫃親自來驗收貨品。

柳芙有些忐忑地守在沈氏身邊，總覺得母親和從前有些不一樣了，生怕她被胡清漪那個女人給嚇到了，做出什麼不智的事情來。

而事實證明，沈氏不但沒有衝動行事，反而在與陳妙生會面後，又接下了一個單子，要繡一件「萬古朝陽」的帽冠。價格也相當令人咋舌，陳妙生當即就預付了兩千兩銀子的訂金，只是要求沈氏必須在十五日之內完成，因為買主趕著要給丈母娘送禮，耽誤不得。

接了新的活計，沈慧娘更是整日埋頭做繡，連流月百匯堂的院門也不出一步，看在柳芙眼裡，除了心疼地勸她別傷了眼睛，便是暗暗地見了李墨，準備將計劃中的事情提前開始進行了！

之前找了個機會，柳芙將李墨引薦給了文從征。

雖然文從征只答應收李墨為外室弟子，但李墨已經知足了。因為他相信，以他的文采才智，通過文從征的考驗一年後被收為入室弟子應是水到渠成之事。

當他得了信知道柳芙要見他後，一點兒沒耽擱就從側門入了文府。先是依禮拜見了文從征，受了幾句教誨之後，他被下人帶到了文府後院的花園中。

同樣是假山上的涼亭，柳芙看著從臺階下步步而上的李墨，不知怎麼的，她突然想起了那張滿含微笑，卻掩不住犀利冷酷眼神的臉。

重生後再見姬無殤，帶給自己的除了一連串的疑惑之外，還有幾分好奇和幾分不解。她很想知道，現在人人口中親和仁厚的裕親王，到底是如何越俎代庖，將親哥哥取而代之成為大周皇朝未來君王的。

而他冷酷殘暴的本性，這些人又會在什麼時候才能看清楚呢？

「小姐？」李墨看著眼前目光有些飄遠的柳芙，發覺她精緻柔滑的小臉上竟浮現出一抹連成人都不曾有過的深深思慮。

被李墨拉回了飄遠的神思，柳芙只覺得奇怪，自己怎麼會把那個男人放在心裡這樣揣摩，只揚起頭朝李墨一笑，啟唇道：「李墨，我要你向文爺爺主動請求入皇家書院做教習師傅。」

第三十一章 何以解惑之

冬至，冷意漸濃。

在文府暫居的日子極為平靜，沈氏每日除了埋頭繡花，偶爾也會到花園透透氣，拾掇拾掇花草，頤養性情。或者用流月百滙堂的小廚房，親手為柳芙和文從征燉些補身子的湯。

柳芙則因為已經住進來，便提前開始跟隨文從征讀書，隔三日就上半天課，但學的並非四書五經，而是史書和地理雜記等偏科，另外就是每日一個時辰雷打不動的習字了。

文從征對弟子的字極為看重。按他的話來說，寫得一手好字的人，品性一定也不會差。當初裕親王姬無殤能被他看重，並通過層層考驗收為入室弟子，就是因為他的字蒼勁有力，脈絡清奇，有種含蓄內斂的王者之氣。而太子的字虛浮無力，下筆之處過於乾澀，且匠氣太重，偏柔而不夠大氣，根本入不了文從征的眼，所以一直未曾點頭同意收徒。

還好這番話只是文從征私下給柳芙談及的，並讓她保密。要不然讓太子知道他的字被文從征評為不夠大氣，而自己弟弟的字竟然有種王者之氣，面子事小，恐怕會因此而恨上文從征也說不定。

從這點來看，柳芙覺得文從征「以字識人」倒是有幾分準確的。畢竟只有她才知道將來皇儲易位，真正登上金龍寶座的正是姬無殤，而非現在的太子姬無淵。

所以柳芙倒是對太子生出了幾分同情，暗嘆世事無常，即便是尊貴如皇室子孫，未來也並非是捏在自己手中的，一樣要聽從命運的擺布吧。

看得出文從征對柳芙這個女弟子是用了心的，除了每三日單獨教課半日，也讓她旁聽每個月給親傳弟子的授課。

柳芙本不願露面，可想著姬無殤也會來，就莫名地覺得自己應該出現。至少混個臉熟，以後要是真的面臨被和親的絕境，也不至於對著他連口都不敢開。

今日正好是每月一次的親自授課，柳芙換上文從征讓文來專門為她準備的弟子服。青灰色常服，腰間一縷巴掌寬的繡千字文緞帶，再加上黑髮高束，只一支流雲木簪，讓柳芙看起來就像個小男孩。

不過這樣清秀素淨的裝扮，倒是讓柳芙與生俱來的靈氣顯露無遺，使得她剛隨著文從征一走進養心堂，就惹來眾弟子齊齊目光注視。

坐在頭排的姬無殤自然也看到了柳芙，對她報以微微一笑，看起來文質彬彬，態度謙和。

柳芙卻下意識地躲開了姬無殤的目光，只乖乖地跟在文從征後面，亦步亦趨，顯得乖巧懂事。

「大家坐下吧。」文從征先是抬手示意眾位弟子落坐，這才點了點身邊的柳芙。「這是你們的小師妹，同時也是為師的乾孫女兒，相信在座各位都不陌生。以後她會參與每次的授課旁聽，順帶替為師磨墨端茶，好了，開始授課！先由姬無殤誦唸一段上次為師讓你們熟悉的辭賦。」

姬無殤被點名後立即起身來，顯得很是恭敬，絲毫沒有擺任何王爺的架子，只像是一個普通的學生，翻開了書，開始朗聲誦唸起來。

柳芙也打開了文從征給她的書，開始認真聽起來。

授課一直持續了整兩個時辰的時間，中間幾乎都是文從征讓學生們主動提問，他來解惑。

師者，所以傳道授業解惑也。為師的最高境界並非單一地灌輸知識給學生，或者手把手地教學生學習技能，而是解答學生的疑惑，啟發他自我思考問題的能力。

單從這一點，柳芙就能看出來，為什麼每個月只一次授課都能吸引大周皇朝幾乎頂尖的學子們聚集一堂了。

而讓柳芙這個旁觀者意外的是，身為裕親王的姬無殤，竟然是其中最為活躍的弟子之一。他每每提出的問題都直切關鍵，讓文從征回答的時候都帶著幾分激動。

結束了整整兩個時辰的授課，下午便是文從征在花園裡的宴請。弟子們幾乎都會留下來，三五成群，或繼續討論上午未有結果的問題，或現場賽詩，或命題作畫，或彈琴品評等等。這也得益於文從征的為師之道，要他門下的弟子不能迂腐地只知道讀書，還要兼修人品，無論任何一方面，都成為出類拔萃的天之驕子。

柳芙當然也參加了下午的飲宴，她發現文從征的弟子除了姬無殤這樣的皇族子弟之外，還有好些家境清貧的普通學子。年齡跨度也極大，上自四十多歲和文從征一樣的同齡人，下至比自己大不了幾歲的少年人，有男有女，可算是濟濟一堂了。

將這一切看在眼裡，柳芙漸漸揣摩出了一些道理來。

難怪文從征只是翰林院四品侍讀學士，卻能讓朝中文武百官都趨之若鶩地想要與其交好了。除了他是文氏家族的嫡系之外，他所掌握的這些弟子人脈，恐怕才是最為讓人心動的。就算是身為大周皇朝君王的姬奉天，除了睜一隻眼閉一隻眼，也沒有更好的辦法。畢竟連自己的兒子都是文從征的首席弟子，需要借勢立名，為今後的大業打基礎做準備。

看著柳芙有些拘謹地獨自在一旁端著茶杯靜坐，姬無殤揚了揚唇角，主動走了過去。「妳別怪同門們晾著妳在一旁，只因妳身分特殊，不但是師傅的乾孫女，還是師傅的小徒弟。若是被師傅看到他們討好妳，恐怕會惹惱了師傅。」

抬眼看著姬無殤，柳芙總覺得他笑咪咪的樣子很像是一頭窺伺食物的狼，陰森森地讓人恐懼，便不由自主地退後了兩步。「難道裕王殿下就不怕惹惱文爺爺嗎？」

「小師妹，這種場合我不是王爺，妳直接稱呼我師兄就行了。」

姬無殤瞇了瞇眼，看著像隻小白兔一樣身子有些微微顫抖的柳芙，突然轉而問道：「不過……妳為什麼要怕我？」

「我不明白裕王……師兄的意思。」柳芙知道自己不應該在姬無殤面前表現得如此拘謹和不安，但不知為何，就是無法讓自己坦然地面對他，當作前生的一切都不曾發生過那樣。

姬無殤收起了笑容，用著只有柳芙才能聽見的聲音淡淡道：「小妮子，我不想招惹妳什麼，而妳，以後也別再用那樣的眼神看我了。」

說完，姬無殤又恢復了如常的笑容，轉身遠離，只是腦子裡始終無法忘記第一次兩人在假山上初見時，柳芙那彷彿透過自己皮肉而直達他內心的那種眼神。

而剛才，她面對自己時所流露出來的恐懼，彷彿他這麼多年來在人前練就的偽裝，在她面前根本無法起到任何掩飾的作用一樣。

第三十二章　驚為天人色

暫時逃離了胡清漪的魔爪，又如願得了九華山那塊地，現在柳芙面對的最大問題就是如何找到銀子來修建溫泉莊子了。

而修建溫泉莊子之前必須得把「女神之眼」找到，不然何來溫泉山莊的說法？又如何能讓自己憑藉九華山的地財源廣進呢？

且現在母親沈氏雖然在接錦鴻記的活計，但並非是長久之計，區區兩、三千兩銀子，對於修建一個溫泉莊子來說無異於杯水車薪。再說，每年柳芙還得拿出一千兩銀子去龍興寺續長明燈呢，若沒個穩當的進項，一切都只能是空談而已。

就在她這幾日蹙著眉發愁的時候，李墨又給了她一個好建議，那就是賣茶。

當初柳芙曾經請李墨飲過「白牡丹」。此茶原產福建，屬於白茶系列，北方極少見。就算有，也只出現在宮廷或者少數富貴人家的桌上。李墨建議，若柳芙能把扶柳院後面林子裡的「白牡丹」好生培育種植，來年多出產一些，他可以幫忙聯繫專供茶葉的皇商來收購，定然獲利頗豐。

柳芙好生斟酌了一番，覺得此行可以嘗試，便回頭讓文來幫忙，借用文府的馬車回了一趟扶柳院，並讓馮嬤請了個經年的茶農幫忙估算一下若是大面積種植有沒有成功可能。

老農看過，說扶柳院後面這塊地有些蹊蹺，可能連接著地下水，不然也不可能存活下來

「白牡丹」這樣的茶種。因為就算是在福建產地，白牡丹也多是臨水種植的。老農還說，白茶中有白牡丹、貢眉、壽眉等花色，其中白牡丹品質最好。而扶柳院所生長的正是頂級的白牡丹，其葉自然舒展，二葉抱芯，色澤灰綠，真真酷似了枯萎的牡丹花，所以得名。若按照這樣的品相，炒出來的茶僅一兩就可賣到上千兩白銀。

但扶柳院後面只有二十來株茶樹，而且此時又是寒冬，老農要確定能不能擴大種植，只有等來年發了春芽，再試種一下才能確定。不過老農說了，既然這二十株能存活下來，並且品相極好，擴種應該是沒有什麼問題的。

當柳芙詢問老農是否有興趣幫忙種植，老農當即就答應了，臉色極為興奮。畢竟身為北方茶農，能伺弄南方珍貴的白茶是一種求都求不來的寶貴經歷，哪裡還會推辭。第二天老農帶著小徒弟只攜了兩個包袱就搬入了已經修建好的扶柳院後院，開始著手擴建茶園。

擴建茶園要待來年開春再說，柳芙只得先放著。想著之前廣真曾提及九華山中那片鳳眼蓮的事兒，便也不耽擱，以為馬夫人續長明燈的理由，讓沈氏同意她去一趟龍興寺打探情況。

為了方便爬山去尋找那片鳳眼蓮，柳芙特意換上了一身文從征為她準備的騎馬裝。鮮紅的裙衣貼身包裹，將柳芙小小的身子凸顯得越發纖弱小巧，遠遠看去，單薄輕靈得好像一片從天空翩然而下的紅葉，讓人忍不住想要托在手心裡好好呵護保護。

陪伴著柳芙進入九華山尋找鳳眼蓮的廣真，此時此刻腦中就突然迸發出了這樣的念頭，臉一紅，暗自默唸著「阿彌陀佛」，不明白自己為什麼會對一個八歲的小姑娘產生這樣莫名其妙的想法來。

「廣真，你不是說那片鳳眼蓮不遠嗎？為什麼咱們都在山裡走了快一個時辰還見不到呢！」

邁著小腿兒穿梭在林中，柳芙擦了擦額上的汗，並未發覺身後片刻失神的廣真正盯著自己看。她找了藉口將跟隨的劉婆子和暖兒都留在了寺中，若是回去晚了，難免被發現，所以咬牙堅持著，到現在才喊累。

「芙兒，望山跑死馬。雖然我說不遠，那可是比照著整片山來的。」

廣真和柳芙一來二去已經十分熟悉了，私下無人時，兩人都並不忌諱地以名諱相稱。見柳芙回過頭來，小臉上翹鼻皺起，稚氣十足地朝自己撒嬌，廣真咧嘴一笑，露出整齊的白齒。「妳若累了，我揹妳吧，再走一炷香的時間應該就到那個山坳了。」

「這……」柳芙並非真正的八歲小姑娘，在廣真面前露出了害羞的模樣。

廣真則一副坦蕩之色，跨上兩步來到柳芙面前，笑道：「當初是妳說私下我們以本名相稱、做朋友的。還用『佛本無相，何須執迷』來點醒我。再說，妳不過是個小孩子，我揹起來也不費什麼力氣的，妳別不好意思。」

暗暗翻了翻白眼，柳芙知道廣真以為自己不好意思麻煩他，卻又不好拿男女大防來說事兒。畢竟自己的身子才八歲，對方已經是個十四歲的少年了，論理並無太大的禁忌。

於是柳芙只好點點頭，為了自己快要斷掉的小腿兒，想著還有回路要走，只得爬上廣真的背，紅著臉任他揹了自己往前行去。

果然最多行了一炷香左右的時間，廣真臉色興奮地指了指前頭的一處林子。「我沒記錯，就是那裡了。外頭看起來普普通通，繞過這片密林就能看到了。」

或許要接近目的地了，廣真的步子加快起來，揹著柳芙弱弱小小的身子也不費勁兒，不一會兒就穿過了這片雖然茂盛但並不深邃的林子。

天哪！真美！

這是伏在廣真肩頭的柳芙第一眼看到這片山坳後的最直接感受。

一抹斜陽在山間露出妖冶豔麗的赤紅顏色，將原本那接天蓮葉無窮碧的鳳眼蓮渲染得彷彿鍍上了一層金濛濛的光暈。

「怎麼樣，美吧！」廣真小心地放下背後的柳芙，雖然曾經來過一次，卻並不是在傍晚，所以當他看到這片粉紫的鳳眼蓮猶若浴火鳳凰般耀眼時，也呆住了。

「何止美，簡直就是驚為天人啊！」柳芙完全不敢相信眼前的絕美景致竟是真實，想著或許女神之眼就藏在這片鳳眼蓮後面時，心裡頭的激動已經無法用言語來形容了。

第三十三章　山雨欲來前

自從上山看過那片鳳眼蓮之後，柳芙就下定了決心，暫時不打那裡的主意。

雖然挖了鳳眼蓮可以賣上一筆好價錢，可柳芙總覺得，若是因為眼前利益就破壞那片山坳絕美的景致，這絕對是得不償失之舉。

況且有鳳眼蓮的掩飾，才不會有人發現那片山坳真正的珍貴之處。

「女神之眼」在自己有足夠銀子可以發掘之前，一定要把它藏得好好的。不然天知道會發生什麼意想不到的事兒。

最遲再等上兩、三個月，茶園能不能擴建就能有消息，柳芙便按捺住性子，開始乖乖的收了掙錢的心思。反正住在文府，文從征對自己母女也是極好，一應用度都開了口不讓她們操心，說這點兒銀子他還負擔得起。

就這樣，柳芙開始了標準大家閨秀的生活，每日早起先是去給文從征請安，之後便是跟隨母親學刺繡，到了晌午，若是文從征在，三人會偶爾聚在一起用午膳，下午便是習字和讀書了。

因為重生後的過目不忘之本領，柳芙每三日的授課後都能一字不差地背誦出文從征所佈置的功課。加上前生的一些經驗，舉一反三也是常有的事兒。這樣機靈聰明又才思敏捷的弟子在文從征眼裡，簡直就像個稀世珍寶。

文從征不但每個月的講學授課帶了她在身邊，就連前往皇家書院處理事務或者去朝中好友那裡作客，他都會把柳芙一併叫上。

漸漸地，京中文人圈開始流出一個關於才女的傳聞來，大家將文從征身邊那個梳著單髻，穿著青色布袍，扮作小書僮打扮的絕妙小佳人，說得是天上有地下無。

一個不到十歲的小姑娘竟得了才女的稱號，這讓胡清漪在京中柳宅很是坐立不安。她花盡心思培養柳嫻，都只能在京中同齡的閨秀中小有些名氣罷了。

這個柳芙，入京才多久，還只是蝸居在天泉鎮那方小小的天地之內，若非她有個「文人之師」稱號的文家後人做乾爺爺，又怎麼可能在短短三個多月時間裡就獲得了自己女兒長久以來都夢寐以求的閨譽呢？

想到這兒，胡清漪的心如萬刃切割，那種又嫉妒又忿恨的感覺好像一汪不見底的深潭，牢牢將自己給困住，掙扎著，只想要破水而出，擺脫那種無力的窒息感！

「夫人，淮王妃送來『拈花會』的帖子了。」

說話間，悠香撩開珠簾進入屋內，見胡清漪臉色鐵青，心下有些發虛，忙掩住緊張，笑著迎了過去。「雖然咱們小姐年紀還小，但最好準備準備。聽說這次素妃娘娘受皇后娘娘的委託要帶著所有公主都親臨現場。若是讓皇后娘娘最信任的素妃娘娘傳了信入宮，替大小姐說兩句好話，皇后娘娘才會記得胡家還有咱們小姐這個人選可以當太子妃呢！」

「帖子給我。」胡清漪伸手接過花帖，翻開一看，內容無非年年一樣。

這「拈花會」是專屬京中閨秀們的「文會」，每年都是皇后委託淮王妃在張羅舉辦。大家聚集一堂，賞梅、行令、吟詩、作畫、撫琴……誰要是能在拈花會上脫穎而出，不但能贏得才女的美譽，附帶的，其親事也能容易許多。

不過每年總是那幾位皇族公主或者貴門千金輪著出彩，其餘人家的女兒想要留下深刻印象，還真是極不容易的。

唇邊揚起一絲冷笑，胡清漪看了一眼悠香，從腕上褪下個碧玉手釧。「妳去打聽清楚，是否素妃娘娘要來。若是真的，那這次就得讓嫻兒好生表現表現，給所有人留下深刻的印象才行！」

「是，奴婢謝夫人賞賜，這就去確認清楚。」悠香得了手釧，心裡頗有些驚訝，按住欣喜便悄然退了出去。

「哼！才女知名又如何？一個上不得檯面的野丫頭，化身書僮和文從征四處拋頭露面，被人恥笑還差不多！哪裡比得上我們嫻兒，端莊高貴、淑雅嫻麗呢？」

胡清漪忍不住仰頭笑了起來，正好自己憋悶著找不到法子，這拈花會的帖子就送來了。只要嫻兒在拈花會上討好了素妃娘娘，那對沈氏母女再怎麼努力，終究只能流於下乘罷了。等自己的女兒站在那巔峰之處時，文從征又算什麼，能保得住她們幾時？

文府，養心堂。

淮王姬無塵輕輕捏著青花的薄胎瓷杯，半瞇著眼享受地呷著杯中的香茶。「你別說，這『白牡丹』我還只是在皇上私下在御書房與我會談時嚐過，卻沒想你這兒竟然也有，好個清廉無慾的『文人之師』啊，恐怕這也是你學生孝敬的吧！」

文從征笑笑，並未解釋。

其實這茶是柳芙專門弄給文從征的，讓他拿來待客，但又囑咐半天千萬不能說出是扶柳院出產。文從征又一向不是刨根問底之人，不過是待客的香茗罷了，也就答應了柳芙的請求。

「文兄，這是今年拈花會的帖子，你讓我幫你找一張，不是想讓你那寶貝孫女兒也去吧？」姬無塵也並非是個拘泥於世俗之禮的人，見文從征不答，也不深究了，從懷裡掏出一張燙金的花帖。

文從征伸手接過來，也不打開看。「您也知道，芙兒雖然年紀小，但卻是塊堪琢的美玉。無論正經野史、雜記旁文，她都讀得進去，還能一字不漏地背下來。更別說舉一反三，引經據典了。一手字也寫得疏朗通透，靈秀鍾毓。老夫教書育人這麼多年，已經很久沒有看到過這樣的好苗子了。最可惜，她和慧娘始終都不願意說明來歷。我卻知道，多半她們入京是尋著芙兒父親來了，可她的父親卻選擇了拋棄她們。」

「所以，你想給柳芙造勢？」姬無塵睜開了眼，笑道：「若是柳芙打出了名聲，她的老爹說不定會看在這分上，重新接納她們母女？」

「目前為止，恐怕只有這一個辦法能引出芙兒的生父來了。」文從征點點頭，伸出手指扣著身前書桌上擺放的花帖。

「其實你大可讓人去查一查她們母女的底細。」姬無塵撇撇嘴。「當時文氏族人難道就沒有懷疑過她們母女身分？」

「查過，除了知道她們母女來自蜀中山村，其餘並無線索。」文從征搖搖頭。「可你看看沈慧娘的談吐，還有她親手教出來的女兒，怎麼可能是普通山村農婦？」

「按說，有名有姓，應該能追溯源頭的。」姬無塵蹙著眉。「除非，有人在後面抹去了她們母女的來歷！說不定……這個人就是柳芙的生父！」

文從征嘆了口氣。「這也是我想讓芙兒早些出名的緣故。她們母女那一夜突然造訪請求暫住時我就看出來，肯定是有人找上門了。我想，多半和柳芙的生父有些關係。若是讓芙兒在京中閨秀圈贏得美譽，至少她的那個爹就不敢輕易下手了。」

「文兄，你這麼為她們母女著想，實在令人敬佩啊！」姬無塵臉色嚴肅，揚了揚手中的瓷盞。「以茶代酒，我敬你。」

第三十四章　狹路且相逢

「世尊在靈山會上，拈花示眾，是時眾皆默然，唯迦葉尊者破顏微笑……」

在去往淮王府的路上，柳芙一直在默唸這一段關於「拈花一笑」的典故出處。

初時接到「拈花會」請帖之時，柳芙傻乎乎地揉了揉眼睛，這才敢相信文從征真的為自己討來了一張通往「京中名門閨秀圈」的路引。

前生的自己，無數次倚在京中柳宅後院的門邊，目送著柳嫻盛裝打扮，言笑晏晏地在胡氏的親自陪同下出門赴會。

柳嫻偶爾回來也會在自己面前故意提及她在拈花會上的所見所聞。譬如誰誰家的千金拚了命在頭一年的文會中拔得頭籌，隨即便被一位尚書夫人看重其文采和閨譽，娶回家做了兒媳婦。另外又有哪家千金和某公主極為談得來，頻頻受邀入宮作客，一來二去竟被極為受寵的素妃娘娘看中，收在了身邊親自調教，做了五品女官……

重生後的柳芙原本已經不再像前生那般，對柳嫻的生活充滿了羨慕，也不再對她口中所描述的那些同齡女子們的境遇充滿了同樣的嚮往。

可既然機會來到了自己身邊，柳芙就不得不將其牢牢抓緊！

現在京城裡根本無人知曉自己母女的來歷。沈氏曾經找柳芙細說過，她不願再和柳冠傑有任何牽扯，就這樣讓人以為她是寡婦地過下去，也比做一個背負恥辱身分的外室強。

自己更是這樣的想法！

前生的經歷對柳芙來說已經是足夠深刻的教訓了。柳宅中胡氏一手遮天，一邊在柳冠傑耳邊花言巧語說她會好好對待自己母女，一邊用盡心計，讓京城的人以為她們母女只是柳冠傑年輕時風流的錯誤。

尷尬的身分拖垮了自尊心極強卻又柔弱的母親，更是讓柳芙成為了柳嫻的替代品，走上一條自我結束生命的不歸路。

所以重生後的柳芙有著極為堅定的念頭，那就是一定不能讓胡清漪掌控整個局面。而這次的拈花會，雖然自己年紀還不到十歲，只能做一個旁觀者，但卻是個絕好的機會讓自己能攔在柳嫻之前，先聲奪人！

「小姐，淮王府到了。」

耳邊傳來暖兒的一聲喚，柳芙收回了深思，臉上露出了鄭重的表情，略微深吸了口氣，這才在暖兒的攙扶下下了車。

劉婆子遞上帖子，負責迎客的管事嬤嬤極為迅速地掃了一眼柳芙，見其神態嫻雅，氣度不凡，再加上帖子上所書「文氏第三十六代孫——柳芙」這幾個字，以為她是南方文氏家族的千金小姐，趕緊讓身邊負責接引的婢女過來伺候柳芙。

「熟門熟路，我帶了嫻兒自己進去就是，不用丫鬟伺候了。」

胡清漪擺擺手，謝絕了管事嬤嬤的殷勤，見前頭那個小小的身影有些眼熟，略蹙了蹙眉，卻並未多想，只牽了柳嫺，緩緩踱步向前。「記得，這次素妃娘娘親臨，她喜什麼，不喜什麼，之前為娘都一一告訴了妳。妳可得記清楚了！」

「娘，您說素妃娘娘為什麼那麼受寵，卻無一子半女傍身呢？」柳嫺是個小人精，當即就八卦了起來。「按理皇上那麼寵愛她，至少也該讓她生個兒子，將來也能有個靠山呀。」

「這就是她的巧妙之處了。」胡清漪唇邊勾起一抹嬌笑。「若非如此，她又怎麼能在皇后娘娘眼皮子底下受寵多年而安然無恙呢？嫺兒，妳記住，有時候皇宮裡的事兒不能以常理度之，要透過其表面，深掘其內涵，才能真正看清楚妳自己所處的局面。妳也知道，雖然妳還不到年紀，但娘平日裡把後宮的事情說給妳聽，就是為妳做太子妃而準備的。要是琢磨不透這些道理，到時候妳一個人深處皇宮內院，母親可就幫不了妳了。」

「嫺兒知道，嫺兒身為胡家的外孫女兒，可不能因為年紀小就懵懂不知世故情理。太子妃也不是任何一個沒有準備的人都能當的！」

小小年紀的柳嫺臉上流露出了與年齡十分不符的成熟和犀利，甚至有股子戾氣從她本該清澈無邪的眼中透出來。

走在前頭的柳芙不準備那麼早就讓胡清漪發現自己的到來，不然有可能還未一鳴驚人就提前被她找到機會給阻攔。還好今天的場合，即便是在她姊姊胡清涵的地盤上，當著京中那麼多名門閨秀和公主郡主等人的面，她也無法一手控制。不然，柳芙還真不願意單槍匹馬就和胡清漪母女對上。

淮王府萬華堂的門口專門有個聲音清亮高遠的女子在負責報賓客的名字，接過接引婢女遞上的花帖，全場的人便能聽到誰又到了，主人家也好過來招待。

「文氏第三十六代孫——柳芙。」

當柳芙的名號被曝出來之後，幾乎所有到場的賓客都暫時止住了進行中的談話和寒暄，齊齊望向了萬華堂的院門口。好奇近幾個月來在父親叔伯兄弟們口中常提及的那個才女到底是何方神聖？竟能女扮男裝跟在文從征身邊出入京中各地！

一襲柔綠色的繡柳絮蹁躚錦裙，外罩白狐毛裘披風，不施粉黛卻唇紅齒白、黑眸如杏的柳芙施施然踱步而進，渾身上下都帶著江南閨秀的從容和婉約，更不用提那眼梢唇角隨時都含著的淺淺笑意，好似寒冬中一抹暖陽，讓人忍不住對她第一眼就生出無端的好感來。

而走在柳芙後面十幾步的胡清漪也清晰地聽見了柳芙的名字，一抹訝色劃過臉上的同時，眼底深深刻印的恨意和厭惡也難以掩藏地隨之流露而出。

第三十五章 各懷鬼心思

拈花會一年一度，最開始是姬氏皇族在後宮舉辦。但近年來皇后喜靜，身子也不如以前康健，所以三年前便交給了母家妹妹，也就是淮王妃胡清涵來全權負責。

除了受邀的閨秀，下人隨侍一律不得進入會場，於是劉婆子和暖兒都被歸到了萬華堂旁邊的一處暖閣等候，柳芙獨自一人進入了萬華堂的大廳之內。

「妳便是文大人的乾孫女兒？」

迎面而來一個高眺的小美人兒，尖尖的下巴，年紀雖然看起來不大，可眼中卻透出一抹渾然天成的貴氣。

柳芙福了福禮，抬眼好奇地看著她。「我就是柳芙，請問姊姊是？」

「呵呵，到王府來作客，竟然連主人家都不識得，看來也並不是咱們父兄口裡說的那麼心思玲瓏剔透嘛！」

說話間，三、五個年紀約莫相等的女孩子紛紛朝著柳芙這邊圍攏過來，神色間除了好奇，便是明顯的不屑和輕視了。

「原來是敏慧郡主，恕我有眼不識泰山。」

柳芙笑著點了點頭，並未將對方身後的幾個人放在眼裡，只繼續笑著對敏慧郡主道：

「都說來者是客，不知淮王府的待客之道是『言語奚落』為席，還是『冷眼不禮』為茶呢？」

「好一張利嘴！」敏慧郡主倒是對眼前這個小小嬌弱的人兒產生了幾分興趣，突然笑了起來，上前挽起了柳芙的手腕，對身後的幾個「跟屁蟲」瞪了瞪眼讓她們散開。「不過我喜歡！妳不知道，那些所謂的閨秀們，就知道裝樣子。能像妳這樣一見面就敢和我對峙的，還真沒幾個人！」

「君子坦蕩蕩，小人長戚戚。郡主是君子，眼裡容不得沙子也是常理所在。只是柳芙年幼，性子急，有時難免管不住自己。剛才若是失言得罪，還請郡主莫要見怪。」柳芙一邊微笑著應對，一邊暗暗鬆了口氣。

前生，她可沒少和這個暴躁脾氣的郡主打交道。在皇家書院裡，就她敢挑公主們的刺兒，而且和柳嫻是勢同水火的太子妃競爭者。若是自己通過要踩在柳嫻頭上來打擊胡清漪最快的法子就是贏得這個郡主的喜歡，讓她帶領自己進入京中閨秀圈的核心。

印象中，她雖然脾氣不好，但為人倒是個俐落爽快不喜歡彎彎繞繞的，典型北方女孩子的習氣。自己這招「棋」走得有些險，但卻極為有效。投其胃口，一下子就讓她對自己產生了好感。

「人家柳小姐是第一次來，所以遲了點兒。五姨母，七妹妹，妳們可是常來作客的，怎麼也這麼磨蹭呢？」

敏慧剛攬住柳芙，轉身就看到了相攜而來的胡清漪和柳嫻，眼底閃過一絲厭惡，有意拉了柳芙一起上前。

柳嫻在進入萬華堂之前被母親在耳邊提點了一下，自然也就看到了剛才那一幕。按住對柳芙的不喜，假裝沒看到她，忍住心裡頭的不悅，笑著迎上去福了福禮。「見過六姊姊，三姨母呢？門房那裡的管事嬤嬤說姨母幾次派人到前頭看我們來了沒有呢。真是讓姨母和姊姊久等了，只因為出門的時候有些事兒給耽擱了。」

因為敏慧是小輩，所以胡清漪只立在女兒身後，讓她去交涉。自己則將眼神落在了柳芙的身上。

嬌顏若花，姿容絕豔，即便她只是一個不到九歲的小丫頭，胡清漪也在她臉上看到了「禍水」兩個字。

這樣的容貌，加上點兒小聰明……胡清漪暗暗地咬了咬牙，告誡自己不可輕易放棄對沈氏母女的箝制，必須找機會將她們接回柳宅，牢牢看住。若是再任由這柳芙顯露人前，那到時候的結果恐怕不會是自己能夠承受的。

想到此，胡清漪輕輕將柳嫻拉回到身邊，上前一步，低首看著柳芙。「這位小姐很眼熟，我們見過吧？」

「夫人恐怕認錯人了，我印象中，好像未曾與夫人謀過面。」柳芙笑著搖搖頭，隨即向敏慧道：「郡主，既然是妳的姨母和妹妹來了，我就不打擾了，自會尋到座席先喝口茶。回頭咱們再慢慢說話好了。」

話畢，柳芙略微頷首算是別過三人，便顧自轉身離開了，直奔人多的地方，免得胡清漪突然發難，不顧身分再說出什麼難以招架的話來。

「清漪，妳怎麼才來。敏慧，快些帶妳七妹妹入席了！」這時候，淮王妃胡清涵也看到了胡清漪母女，趕緊招呼了客人脫身過來。見兩個小的走開了，這才用著幾分不耐的語氣道：「素妃娘娘馬上就要到了，妳若是比娘娘到得還晚，我就讓張嬤嬤關門謝客了！」

「實在是走之前有事兒耽誤了，真是對不住三姊姊。」胡清漪語氣乖巧，見胡清涵並未多說，這才上前挽住她。「姊姊面子真大，第一年請了尚隆公主親臨，第二年又邀了尚福公主，這第三年，竟能把素妃娘娘請到！真真是天大的面子呢。」

「妳知道什麼！」胡清涵見門邊並無其他人，臉上堆著笑，語氣卻十分不悅。「之前皇后娘娘可是答應了出席做評判的，結果三天前宮裡頭來了位公公，說到時候素妃娘娘會賞光親臨拈花會，讓我好生準備迎接。我看後宮裡頭恐怕生出了什麼變化，今日特意讓妳和我一起陪著素妃娘娘，看能不能從她嘴裡套出些什麼！」

「哦？」胡清漪眼珠一轉，鳳眼中流露出一抹訝色。「按說皇后娘娘若不來，應該會親自讓貼身女官秀姑過來帶信才對。怎麼會這麼突然？」

「妳從小就是個心眼兒多的，幫我好生看看是不是後宮裡頭有什麼大事兒發生了，我們卻被蒙在鼓裡。」胡清涵神色有些憂慮，偏生又不好表現出來，臉上仍舊堆著笑，防止讓人看出來些什麼。「上次我回家，娘告訴我她入宮竟沒能見到皇后娘娘。關於敏慧入皇家學院的事兒，皇后娘娘只讓人捎話來說會放在心上，讓我不用擔憂。算起來加上上一次中秋和這次拈花會，咱們已經足足有好幾個月未曾和皇后娘娘見過面了。我總覺得有什麼不妥，妳好生記在心上，幫我看著點兒。」

「另外……」胡清涵好像下定了什麼決心，湊到胡清漪耳邊悄聲道：「若是敏慧順利坐上太子妃之位，我保證，一定讓太子也納了嫻兒為良娣。到時候她們姊妹倆都在宮裡相扶相持，咱們姊妹在宮外頭也沒那麼操心了。」

驚喜的表情顯露在臉上，胡清漪高興地點了點頭。「三姊如此信任，妹妹真是不知該怎麼說。姊妹同心，其力斷金，妳放心，我會傾盡全力的。」

「妳知道我的心就成。」胡清涵擺擺手。「再說，這不光是幫我，也是幫咱們的娘家，更是幫妳的女兒和妳的丈夫，國丈爺可不是誰都能做的。咱們胡家可不能輸在敏慧她們這一代身上！」

「知道，知道。」胡清漪挽著胡清涵的手，表面笑意盈盈，心裡頭卻冷笑不斷。

因胡清涵嫁了個閒散王爺，父親已經將其棄用了。胡家的大計，胡清涵根本就什麼都不知道，只一門心思想要女兒成為太子妃，還對自己說什麼讓嫻兒做良娣的話，簡直就是一巴掌搧在自己的臉上。

要做，嫻兒也會是正室，怎麼可能屈居那個敏慧之下！而且這樣，即便父親的大計不成，至少將來太子登基，柳嫻還會是皇后，一切都會對自己有利。靠柳冠傑看來是不可能了，那個男人竟敢瞞著自己藏了一對母女八年時間，以後說不定還會做出其他超過自己掌控的事兒。如今，還是讓嫻兒獲得素妃娘娘青眼比較重要，其他的，讓胡清涵自己操心去吧！

只可憐了胡清漪身邊的胡清涵，臉上笑容優雅地和客人打著招呼，還以為身邊的妹妹與自己一條心。

卻沒想，越是親近的人，就越會成為最大的敵人，還是最瞭解自己、最危險的那種敵人。

第三十六章　安之若素來

「素妃娘娘到——」

隨著一聲高喊，萬華堂內瞬間變得寂靜起來，眾人均屏住了呼吸，齊齊往門口望去，心情不一的期待著親眼見一見這位傳聞中容貌絕勝天下女，卻性情平淡至清至柔的女子。

「各位不用拘謹，若是因我的緣故讓大家緊張，那還不如推了皇命，避宮不出的好！」

如黃鶯出谷般的美妙嗓音，使得氣氛驟然變得輕鬆了不少。這裡站著的哪個不是經過好生調教的大家閨秀，於是紛紛抬起頭，帶著微笑望向徐徐踱步而進的那個曼妙身影。受邀的幾個公主更是對素妃熟悉無比，主動上前迎了過去。

櫻桃色繡繽紛花雨的錦緞長裙，外罩孔雀藍繡金絲元寶花樣的薄錦披風，雲髻上簪著一支仙鶴吐珠的金步搖……雖然其裝扮足夠耀眼，卻還是讓人一眼就被她臉上那一抹輕含淺笑的神情給深深吸引住了。

清澈的眼眸中所包含的淡然絕非假裝，更不用提那唇邊抑或是眉梢眼角邊流露出的愉悅表情……這位素妃娘娘身上彷彿有股濃郁的幸福在蔓延，可以不斷地感染周圍人，漸漸向其靠攏，忘卻憂傷和悲憤，只剩下平靜和安逸。

安之若素，微笑向暖！這便是柳芙再次見到這位寵冠後宮的麗人時的清晰感受。

前生中有幸與其打過幾次照面，卻總是太過匆匆，如驚鴻一瞥，讓人抱憾。柳芙記得很清楚，那年自己被迫披上華麗的嫁衣，宮裡人人都帶著幾分或同情或不屑表情的時候，只有這位素妃娘娘對自己報以一個柔和的微笑，似乎是在安慰自己。

雖然對其有著足夠的好感，但真正讓柳芙上心的，卻並非僅僅是因為這位素妃娘娘的美好。

姬無殤取代原本的太子登上龍位之後，原本的皇后胡氏還未來得及成為太后，就突然一夜暴斃，香魂散盡。令大家都極為不解的是，姬無殤竟拿出了先皇遺旨，尊素妃娘娘為太后，並入主慈寧宮掌管皇家內院。

前生的柳芙只是一個旁觀者，看著這一切發生，以為這都和她毫無關係。可重生後的柳芙卻在回憶裡找到了一些蛛絲馬跡。

至少，這位素妃娘娘並非表面看起來的那樣溫柔單純，她的背後，或許和姬無殤的上位有著密不可分、千絲萬縷的聯繫。不然那個冷面君王又怎麼可能在自己生母去世之後尊一個庶妃為太后呢？這實在是令人不可思議至極。

「見過素妃娘娘——」

正當柳芙被萬千思緒纏繞不斷之時，在胡清涵的帶領下，好幾十個柔曼圓潤的女聲齊齊向著素妃福禮，這場面還真有幾分鮮見的特別。

柳芙也趕緊頷首隨了禮，按捺住了心裡的驚喜。

原本接了拈花會的帖子，柳芙只想藉機在京中的名門閨秀圈兒裡露露臉罷了。哪知道素妃娘娘竟會親臨！

柳芙暗想，一定得抓住這次機會讓素妃娘娘對自己留下印象，即便不深刻，也至少要讓其對自己產生幾分好感才行。

「恭請素妃娘娘上座。」淮王妃含笑迎了上去，親自伸手接過了素妃卸下的披風交給身邊婢女，再挽著素妃娘娘的柔腕。「娘娘能親臨，使得這萬華堂蓬華生輝。妾身代拈花會的一眾小姐們向娘娘道聲謝，這可是求也求不來的好事兒啊！」

人群隨著素妃娘娘的經過而自動散開到兩邊，待其落坐，各人才埋頭回到屬於自己的位置上端坐好。

環視了下面眾人，素妃含笑點了點頭，啟唇道：「原本應淮王妃之邀，這次皇后娘娘準備親自過來和大家見面的。可遇上前幾天的夜霜寒重，皇后娘娘不小心染了風寒。雖然並無大礙，但卻不方便出宮。這不，我只好越俎代庖前來獻醜了。」

「素妃娘娘可別推辭，您肯賞光前來，咱們歡迎還來不及呢。」胡清漪也笑著奉迎了起來。「再說了，娘娘才名遠播，做拈花會的評判真真是再合適不過的，待會兒還要煩勞娘娘給咱們的小姐們多指點指點呢。」

「柳夫人，妳這張嘴可真是甜，難怪柳大人每每下了朝會都趕緊回家不願在外流連。要是我，也捨不得讓這樣一個貼心人久等呢！」

素妃順著胡清漪的話就開了個玩笑，令得各位小姐都不禁「格格」隨之笑出了聲，氣氛瞬間變得異常融洽和熱鬧起來。

本來，這拈花會就只有十六歲以下的京中閨秀參與，沒了家長在，本該就是女孩子們嘰嘰喳喳好玩好鬧的時候。淮王妃和其妹妹胡清漪不算，兩人算是主人家。一開始大家或許還對素妃謹守著幾分規矩，表現得有些拘束，可在素妃主動的調侃玩笑之下，自然氣氛就漸漸輕鬆了。

「聽說這拈花會是京中閨秀的『文會』，我倒是帶著滿滿的期待而來的，希望大家別讓我失望。我可是領了皇后娘娘懿旨的，回頭可得一字不漏地將今日盛會的場面講給娘娘聽呢。」

見眾人隨著又笑了起來，素妃也不耽誤，朗聲向胡清涵問道：「淮王妃，聽說這拈花會並無特別的規矩，大家皆可上場展示才藝。只是第一個上場之人需要由主評人，也就是我來親點，可正確？」

「對對對，這是拈花會的老規矩了。誰要是獲得娘娘親點第一個出場，那可是莫大的榮幸呢！」胡清涵忙在一旁隨之附和，順手輕輕推了推身邊端坐的敏慧郡主。

大家聽了淮王妃的這句話，都挺直了脊背，抬眼充滿期待地望向了素妃，只希望幸運能落在自己的頭上，成為這屆拈花會的首位登場之人。

不過年紀未到和只受邀旁觀的小姐們和公主們倒是輕鬆得很，或左顧右盼看誰會被點重，或頷首不語，想給素妃留下一個沈著穩重的好印象。

柳芙就是其中之一，不過她並不好奇，只抬眼看著素妃，清澈的目光中含著幾分莫名的期待。

一一掠過在下首端坐的小姐們，當素妃看到含笑直視自己的一張精緻童顏的時候，停頓了下來，唸著她身前的一張花帖名牌。「柳芙……不知這位小姐可否願意做第一個登場的？」

素妃話音剛啟，幾乎所有的目光都唰唰地齊齊射向了柳芙的位置，有驚訝，有羨慕，當然也有被掩飾得極好的嫉妒。

「素妃娘娘，這位柳小姐未滿十歲，只是受邀前來旁觀而已。」胡清涵正要開口，卻沒想對面的妹妹卻搶著道：「還請娘娘重新挑一位年紀夠的小姐吧。」

「按理，柳小姐不用展示才藝的，她今年還不到九歲呢。」胡清涵雖然不滿被胡清漪搶了話，但卻附和著點了點頭。要知道今年自己的女兒敏慧郡主好不容易滿了十歲，就算是給自己一個面子，胡清涵想著素妃娘娘也應該點了敏慧才對。畢竟幾位公主也都不用參加才藝展示的，這些閨秀裡，也以女兒這個郡主為大的。

「哦，難道拈花會有此規矩？」素妃卻並未就此改口，反問道：「我怎麼沒聽說過呢？」

「這……」胡清涵有些愣住了，要說還真沒有明文規定不許十歲以下的閨秀作為第一人來登場。

「這樣吧，讓柳小姐自己決定好了。」素妃見胡清涵如此反應，自然知道是沒有這個規矩的，便笑著向柳芙道：「不知柳小姐可否願意？」

胡清漪鋒利的目光像刀一樣投向了下首端坐的柳芙，眼中警告的意味是那樣的明顯。只是大家都去注意柳芙的反應了，並未察覺到不妥。

正對面的淮王妃卻恰好將自己妹妹的異樣神色收入了眼底，帶著幾分疑惑地將目光也投向了柳芙小小的身子。卻看到她徐徐起身，動作優雅而自然，彷彿周身並不存在這些飽含壓力的目光一般，只朝著素妃福了一禮，啟唇道：「芙兒當然願意！」

第三十七章　一枝且獨秀

頂住來自周圍近百雙眼射來的各種目光，柳芙將小小的身子挺得異常筆直，略含著下巴，臉上的表情恰到好處地帶著幾分緊張，卻並不影響她給人一種充滿自信和沈穩的感覺。

素妃在高處微笑著看向柳芙，暗暗點了點頭。「柳小姐年紀雖小卻從容不迫，頗具大家之風。看來我這『無心插柳』，卻點出來『一枝獨秀』啊！」

「柳小姐來自江南文家，自然有百年世家的沈穩之風的。」胡清涵之前對柳芙倒沒什麼印象，但自己親自書帖請的客人，自然都是瞭解的。雖然知道她只是文從征的乾孫女兒，並非正兒八經的文氏族人，但順著素妃的話捧這小姑娘兩句也算不得什麼。

況且，此時此刻，胡清涵看向對面的胡清漪，自己這個妹妹向來將情緒掩飾得極好，此時卻有些如坐針氈的樣子……胡清涵心底的疑惑更濃，有意褒揚這柳芙幾句，也好借此試探一番。

胡清漪卻並不想就此放過柳芙，看了一眼對面的姊姊，接話道：「柳小姐年紀雖小卻勇氣可嘉，就是不知這琴棋書畫，妳擅長哪一樣呢？」

「不如，我講個故事吧。」柳芙的聲音軟軟的、脆脆的，雖然含著屬於女童的稚嫩，但讓人感覺並不弱小，反而帶著幾分親切和溫暖。

「講故事？」胡清漪有些不合時宜地冷笑了一下，只是此時心裡被厭惡充斥的她並未察覺到罷了。

素妃和胡清涵倒是極有默契地對望一眼，都覺得胡清漪有些過了，畢竟面對的是個八、九歲的稚童罷了，如此計較，反而顯得其心胸狹窄。於是前者當即便開了口。「這倒新鮮了！要是故事講得好，當然也算是一項才藝。」

好整以暇，柳芙牽了裙襬行了一禮，這才笑咪咪地啟唇講起了故事。

「從前，有一個年輕的女孩子，她很美麗。可不知為何，媒婆把門檻兒都給踏破了，她也不願意嫁人，因為她一直都沒有找到她真正想嫁的那個人。」

柳芙甫一開口，就立馬吸引住了場中所有人的注意。原因無他，這裡坐著的都是未婚嫁的小姐們，對於她們來說，人生最重大的事情莫過於尋一門好親事，之後相夫教子幸福地生活。而柳芙的故事，講的恰好是和她們息息相關的內容，自然都豎起了耳朵，將原本的懷疑和輕視拋開，認真聽了起來。

「有一天，女孩子去逛廟會，迎面而來一個年輕男子。男子生得儒雅英俊，臉上帶著燦爛無比的笑容，讓人一見就覺得心生歡喜。女孩子覺得，他就是自己想要嫁的人。」柳芙講著，還伸出小小如青蔥般的指頭在空中比劃著，樣子看起來既生動又有趣，讓人絲毫不覺得她這樣一個姑娘家言及「婚嫁」之事有什麼不妥。當然，這也是因為柳芙實在年紀太小的緣故。再說大周皇朝民風並不算封閉，對於年輕男女的婚事也不是完全禁忌而不可提的。

見大家都仔細地傾聽自己，柳芙心裡更加有了底，清了清嗓，繼續道：「可惜，廟會人太多，太擠了，女孩子只能眼睜睜的看著那個男子走遠，消失不見了。」

「啊……好可惜！」

也不知是哪家的閨秀，竟突然嘆了一句，甚是突兀的聲音在萬華堂中響起。若是以前，這樣的舉動是相當失禮的。可當大家都帶著同樣疑惑又期待著故事下文的時候，便也無人追究了。

柳芙笑笑，擺擺手，用著嘆息的語氣道：「後來，女孩每天都向佛祖祈禱，希望能再見到那個男子。終於有一天，她的誠心打動了佛祖，佛祖顯靈了。佛祖問：『妳想再看到那個男子嗎？』女孩說：『是的，我只想再看他一眼。』佛祖說：『妳願放棄妳現在的一切，修練五百年道行，才能見他一面。妳不後悔嗎？』女孩點頭說：『我不後悔！』」

環顧了周圍人，柳芙有意停頓了一會兒，確定已經挑起了大家足夠的胃口，這才輕輕挪動了下步子，往首席的素妃娘娘面前靠近了些，故意用著唏噓的語氣道：「於是，女孩被佛祖變成了一塊大石頭，躺在荒郊野外，經過了五百年的風吹日曬，苦不堪言。但女孩都覺得沒什麼，因為終於在五百年的最後一天，女孩看見了那個她等了五百年的男人！」

「然後呢？」

「對啊！」

「……」

喜色在眾人臉上露出來，彷佛自己就是柳芙故事裡的那個女孩子，感同身受。

「故事還遠沒有結束呢。」柳芙卻嘆了一口氣，故作老成地甩甩頭。「因為那個男子只匆匆掠過了女孩的身邊，根本就沒有覺得一塊普通的石頭有什麼特別，不足以為之駐足。於是佛祖又出現了，問女孩：『妳再見了他一面，可滿意了？』女孩卻爭辯道：『為什麼他眼裡沒有我，為什麼我只能見他一面，而不能靠近他？』佛祖便說：『妳若想靠近他，還得再修練五百年，妳可願意？』女孩又一次堅決地點頭說：『我願意！』

「又一個五百年啊，女孩被佛祖變成了一棵大樹，立在人來人往的官道上，每天都有好多人經過。可女孩每每滿懷希望看向前方時，來的人卻總不是她心中的那個他。」

柳芙講到這兒，眾人的嘆息聲很快也此起彼伏的響了起來，卻並不顯得突兀，反倒將她口中的故事烘托得更加哀怨迷離，宛若置身其中，心意難平。

「若非有了前五百年的修練，女孩早就耐不住這彷彿永恆的寂寞了。」柳芙的嗓音也漸漸低沈了下來。「終於，在這後五百年的最後一天，女孩知道她將會再見到那個男子。可此時此刻，她的心竟然平靜如斯，竟然不再激動了……」

「為什麼不再激動？」又有一個小姐按捺不住，脫口問了出來。

素妃卻含笑著伸出手示意大家稍安勿躁。「我知道咱們每個人都很想知道結果，讓芙兒繼續講下去吧，別再打斷。」說完又笑著朝柳芙點點頭。

聽見素妃稱呼自己為「芙兒」，柳芙心裡頭很是欣喜，面上卻並未表現出來，只接過乖巧丫鬟遞上的茶碗輕啜了一口，復又朗聲道：「男子迎面而來，女孩癡癡地望著他，這一次，他並未匆匆而過，他注意到了路邊的那棵大樹。蔭萌誘人，他便走到樹下，靠著樹幹微微閉上了眼，睡了過去。」

「呼——」吁氣聲在萬華堂中響起，大家似乎都鬆了口氣，以為故事到這兒就應該圓滿了，結束了。

可柳芙卻笑著望了望周圍的人，語氣一變，嗓音中彷彿蘊含了許多的輕愁哀怨般，婉轉得讓人聽著心疼無比。「女孩終於和男子靠近了，她就靠在他的身邊啊！可是，她卻無法告訴他這千年的相思是多麼深重，她只能盡力把葉面聚攏在男子頭頂，為他擋住陽光。這千年的柔情只在這一刻化為了清涼無比，卻難以觸摸的一片蔭萌。但是，當男子睡一覺醒來後，卻還是和上兩次一樣，頭也不回地往前而去，離開了女孩的視線。」

聽到這兒，有些心氣兒小的竟嚶嚶哭了起來，大氣些的也絞緊了手中絲帕，連呼吸也屏住了，彷佛已經不敢往下再聽。

「佛祖這時又出現了！」柳芙有意將聲音增大了些，帶著脆生生甜絲絲的韻律，讓大家原本跟著頹廢下來的情緒轉而又變得萌動了些。「佛祖問女孩：『妳還想做他的妻子嗎？』女孩想了想，卻搖頭道：『愛他，並不一定要做他的妻子。』」

說到「妻子」二字時，柳芙有意將目光掃到了胡清漪的臉上，發現她原本晦暗的狠辣眼神正被一抹異色所代替，雙頰也微微有些紅，彷佛憋了很大的怨氣和怒氣在心裡，沒有機會發洩。

並未理會胡清漪，柳芙樂得她聽懂了自己的意思，繼續講著。「佛祖聽見女孩這樣說，終於鬆了口氣，嘆了聲『太好了』。女孩詫異地問佛祖：『祢也有心事嗎？』佛祖微微一笑說：『因為有個男子為了看妳一眼，已經修練了兩千年。』」

隨著柳芙話音落下，此時的萬華堂卻極為安靜。幾乎所有人都略微垂首，含著茫茫的思緒，在仔細咀嚼柳芙這個故事當中所蘊含的深刻道理。

這個時候，只有胡清漪，帶著譏諷和質疑的嗓音開口道：「什麼亂七八糟的，妳個姑娘家，滿腦子竟全都是這些情情愛愛、卿卿我我。真是不知輕重，不明廉恥！」

「咳咳！」胡清涵只覺得妹妹今日表現得有些太過明顯了，咳了咳打斷對方的說話，笑道：「話不是這樣說的，柳小姐，不如妳給大家解釋解釋妳為何要講這個故事，好嗎？」

柳芙只當胡清漪冰冷刺眼的目光不存在似地，只嫣然一笑，頗具幾分「拈花一笑」的佛韻，張口用著無比自然毫不做作的聲音道：「既然是受邀來拈花會，我便挑了個和佛祖有關的故事。若聽故事之人只看到男女之情，那便俗了。」

對於柳芙拐著彎兒地說胡清漪「俗」，在座的除了柳嫻很是不服，咬牙切齒地想要反擊之外，其餘人都只會心一笑，覺得有趣。

特別是素妃，抬手掩口甚至輕笑了一聲，讓身為主人，同樣又是胡清漪親姊姊的胡清涵也覺得很是尷尬，順而用著幾分不解和質問的眼神望向了柳芙。

第三十八章　為老若不尊

柳芙看著眼前的情形，很是慶幸自己能參加這「聞名不如見面」的拈花會。且不說自己一舉博得了素妃娘娘的喜歡，被她招在身邊陪坐，羨煞一眾京城閨秀。單是明中暗裡和胡清漪的這番較勁兒，就讓柳芙完全顛覆了前生裡帶來對這個女人的一絲恐懼。也讓自己明白了一個道理，沒有人是天生就強大的，即便是聰明又狠辣的胡清漪，也有被自己捏住而無可奈何的時候。

「妳說我『俗』？」冷靜下來的胡清漪這才恢復了原本的端莊模樣，耐住想要衝過去抽柳芙一巴掌的想法，起身來朝上首認真恭敬地道：「素妃娘娘，您看看，這柳小姐說得好聽可是江南文氏的乾親，說得不好聽便是來歷不明的寡婦之女而已。就算是沾了文大人的光，怎麼著也該連帶有幾分讀書人的寬仁厚德才是。可她除了一張小嘴兒厲害些，行事風度未免落了下乘，竟對長輩話中帶刺明嘲暗諷。以妾身看，娘娘莫要被她無辜的外表所矇騙，應該將她攆了出去才對。」

說著，胡清漪藏不住的鋒利眼神掃過了素妃身邊端立的柳芙。

面對胡清漪的嚴詞指責，柳芙只頷首垂目而立，唇瓣緊咬，臉上有意流露出了一絲委屈的表情，卻一言不發。楚楚可憐含冤受屈的弱小模樣，和先前那個伶俐機敏的快嘴兒形象簡直是千差萬別。

可這樣一對比，卻使得胡清漪的一番話聽起來有些可笑，其指責也猶若帶了幾分刻意的針對，讓人很是覺得反感。

但胡清漪好歹是三品侍郎的夫人，又是淮王妃的親妹妹，除了素妃和淮王妃本人，在座的無不是她的晚輩，大家自然都不會吭聲，只靜觀其變，看先前出盡風頭的這個柳芙如何招架這京中素有「嗆娘子」之稱的國丈愛女。

素妃是個心軟的，側眼見身邊小小人兒身子都在發抖，不由得瞪了胡清漪一眼，卻也不好當眾訓斥，便主動開口打了個圓場。「咱們的芙兒倒是個有佛緣佛性的，普通人自然比不得。小小年紀，不但故事講得好，還乖巧伶俐。柳夫人，妳們都姓柳，算起來五百年前也是出自一家，也別斤斤計較了。童言無忌，看芙兒的樣子也並非是針對妳有意說的，來，芙兒，給柳夫人福個禮。咱們就此甘休，如何？」

後一句話，素妃則是對著胡清涵說的，暗示她這個主人家也出面協調協調。

看著自己的妹妹竟浮躁至此，和一個不到十歲的小姑娘過意不去，胡清涵正覺蹊蹺呢，此時聽見素妃點醒自己，趕忙回神，起身含笑親自上前將柳芙挽住帶到了胡清漪的面前。「妹妹，這場合可不是較真兒的時候，可不許再掃興說那些話了。來來來，柳小姐親自過來給妳行了禮，這拈花會還得接著進行下去呢。」

胡清漪眼梢睨著眼前的柳芙，暗想，能讓她在這麼多人面前給自己行禮道歉，這面子上至少自己扳回一局了，而且能壓一壓這小丫頭囂張的氣焰。於是點了點頭，胡清漪笑意嫣然地道：「瞧我，這個時候說這些不合時宜的話真是不該不該！既然柳小姐願意行禮致歉，我又怎能那麼不識時務呢。」說著，嘴角微微上翹，只等柳芙向自己低頭。

被胡清涵在身後輕輕推了一下，柳芙知道她是在催促暗示自己快些了結了這個關於拈花會的小小「插曲」，可轉念一想——若是自己就此向胡清漪妥協，用腳趾頭也能想得到，之後自己必然會被其冠以「無禮刁鑽」之名讓胡清漪拿捏住來大肆宣揚，也等於是默認了自己剛才的言行不妥，有失禮數。

於是柳芙當即便揚起了頭，直視著胡清漪，開口脆生生地道：「芙兒所講故事的確非男女之情，若只看到男女之情，那聽故事之人便是少了一絲佛性，多了一點兒俗氣。芙兒並未特指柳夫人，但若是柳夫人自己要對號入座，難道這還是芙兒的錯嗎？素妃娘娘，芙兒不明白。」

說著，一雙晶亮的大眼睛含著濛濛的水霧，半疑惑半委屈地轉而望向了首座的素妃，聲音裡帶著讓人心疼的軟糯和不解。「芙兒拜文爺爺親自教導，知道『為幼不敬』非良行，但若是有人先『為老不尊』，誣衊芙兒母親的清譽，敢問娘娘，難道芙兒不該反過來要求其賠禮道歉嗎？」

之前胡清漪的確言語之間提及了柳芙是「孤兒寡母」，且「來路不明」。素妃當然也聽得清楚明白。

顧及前者的身分，後者又只是一個年幼稚童罷了，素妃本想大事化小，一筆帶過，卻不曾想這柳芙卻是個比成人還要心如明鏡的。轉念間，眼中帶著幾分讚賞和喜歡，素妃只略微沈默了一下，便起身來，走到首席前端，面向眾人，朗聲道：「所謂『有教無類，有理者為師』。剛才柳芙一番話，真真是如警言一般說到了我心裡。世人只道尊卑有別，長幼有序，可若是站在一個『理』字上頭，的確不應該是芙兒向柳夫人道歉，而是柳夫人主動賠禮才對。」

說著，素妃看向胡清漪，用著鼓勵的眼神點點頭。「若是柳夫人願意，回宮我必定報向皇上皇后，相信天下人也會對妳知曉大義之理的行為充滿敬佩的。」

素妃的話都說到了這個地步，若胡清漪不動，則最後落人笑柄的只會是她自己而已。心裡的怨氣再大，她也不是個傻瓜，只得咬著牙，臉上故意揚起如常的微笑，緩緩起了身。

「等等！」

就在胡清漪只得就範準備向柳芙行禮致歉時，她身邊一直如坐針氈的女兒柳嫻卻突然開了口，小小的身子擋在了其母面前，惹得大家又將目光齊齊聚在了她的身上。

「母親言語觸犯，的確應該向這位柳小姐賠禮道歉。」柳嫻一身湖藍色挑粉紅櫻花圖案錦繡幅裙，雖然身量不高，可富家千金與生俱來的從容和貴氣卻是無法忽視的。只見她臉色嚴肅，略帶了幾分不忍，啟唇道：「母親始終是長輩，長幼尊卑豈能亂了常倫。素妃娘娘，不如由嫻兒代替母親向柳小姐施禮吧。」

話音還未落，柳嫻已經邁開步子來到了柳芙的身前，捏住裙角，半屈膝地認真福了個禮。

這突如其來的一幕，讓眾人都有些愣住了。

柳芙卻心如明鏡，知道這一次柳嫻的出場著實為胡清漪解決了一個大麻煩。

雖然自己才九歲不到，可眼前屈膝福禮的柳嫻卻比自己還要年幼，個頭也矮了半截。之前若說柳芙給了大家胡清漪「以大欺小」的印象，那現在這個情況，「大小」就得反過來了。柳嫻此舉，不但化解了胡清漪要給一個小孩子賠禮道歉承認錯誤的尷尬，更是將她本人乖巧懂事的可人兒形象給凸顯了出來。反觀自己，卻顯得有些小家子氣和過於鑽牛角尖了些。

說到底，明面上自己雖然占了勢，最後卻讓柳嫻給撿了個大便宜，讓人留下了深刻的印象。

柳芙不禁暗嘆——看來重生後自己要面對的最大敵人不應該僅僅是胡清漪，這個小了自己一歲，卻心智成熟才思敏捷的「妹妹」，恐怕才是自己最應該上心的。

第三十九章　琴音何等閒

「好！看來今日我真是不虛此行啊。一個柳小姐聰慧機敏、另一個柳小姐至孝仁和，這算不算是給咱們拈花會開了一個好頭啊！」

首座的素妃娘娘含著笑意的嗓音打破了這尷尬的局面，於是眾人也紛紛開口稱讚起了兩個「柳小姐」，似乎先前那一場不愉快根本就沒發生過一樣。

柳芙看著眼前的柳嫻，腦子裡不由自主地就想起了前生時和她相處的情形。

那時的自己在她面前只能卑微地低著頭，何曾如今日一般，她反過來向自己低頭呢？雖然嚴格說來，柳嫻和自己前生悲苦的命運並無多大關係，但她畢竟是胡清漪的女兒。每每胡清漪刁難自己母女的時候，她總是冷漠地立在一旁，用著超乎年齡的淡然眼神看著一切，未曾有過半句相勸的話。

或許，有一種人天生就是這樣。自私，為達目的不會在乎任何人任何事。前生裡，自己母女對柳嫻來說，根本就毫無輕重，所以才沒能激起她一丁半點的同情吧。

若是自己要反抗胡清漪，是否應該先從眼前的這個小人兒開始下手呢？她一心只想做太子妃，旁人旁物似乎都不能成為阻礙她成為未來皇后的心願。

可惜……現在的太子，不過是將來的「廢王」罷了。

這個結果，自己知道，其他人並不知道。當然，眼前的柳嫻和胡清漪也不知道。

想到此，柳芙腦子裡已經有了一個無比清晰的思路。柳嫻要什麼，她個人去爭取便好，必要的時候，自己甚至還可以幫她一把，成全她坐上太子妃寶座的心願。眼看著那誘人的后位近在眼前，卻失之交臂成為廢王的王妃，那種滋味，應該不太好受吧……

而胡清漪，她女兒的夢想不就是她自己的唯一願望嗎？憑藉皇后的庇護讓胡家始終興旺發達，地位超然。若是柳嫻沒能做到，她還有什麼可期可盼的呢？

思緒至此，柳芙突然對著柳嫻露出一個大大的微笑，一對似有若無的梨渦彷彿灌滿了甜酒，讓人看著不禁心生醉意。好整以暇，這才啟唇道：「柳小姐，妳我都姓柳，且我癡長妳一歲，就叫妳一聲嫻妹妹吧。妹妹能代母致歉，可見妳乃是個至孝仁厚之人。身為姊姊，真是汗顏呢，我還要多向妹妹學習才對。」

大家聽見柳芙這樣說話，表情又坦然間毫無芥蒂之色，暗暗對她的印象越發好了起來。素妃更是微笑著點頭，卻抬手招了招。「芙兒、嫻兒，來來來，妳們都過來挨著我坐吧。下面若是有人的才藝無趣，妳們兩姊妹陪我說話，也好解乏祛悶兒！」

素妃調笑似的打趣讓整個場面立即又輕鬆了，雖然大家都對柳芙和柳嫻能被素妃召到身側又是羨慕又是嫉妒，但等會兒各人還得要登場獻藝，馬虎不得，也只好趕緊收回心思，好生琢磨自己的事兒。

而胡清漪眼見自己的寶貝女兒也得以隨侍在素妃左右，雖然還有個礙眼的柳芙在旁邊，但至少此行的目的達成，也就安心坐下了。只有胡清涵眼看著柳嫻和柳芙兩個玉人兒哄得素妃如此高興，斜眼看了看自己身邊一副漠不關己表情的敏慧郡主，咬了咬牙，心底很是有些不痛快。

插曲過去，接下來，各家名門千金、世家閨秀們輪番登場，有賦詩的、有作畫的、有撫琴弄簫的，甚至還有耍劍起舞的……雖然花樣各異，但比起柳芙一開場所講的那個故事，未免顯得單調無趣了些。

不過這些人裡頭，柳芙對那位彈奏古琴的公孫小姐倒是印象十分深刻。

那位公孫小姐也是上場獻藝之人中，唯一一個得到了素妃娘娘親自開口點評的。

素妃在聽完她撫琴之後，面上竟露出了一抹驚色。「技乎超群，琴藝高絕，這一曲《懷春》彈奏出來，還真真讓人在寒冬之中感受到了春意萌動的暖融融，妙哉！妙哉！只可惜，妳的技法純熟，卻少了一點兒隨心的自在。不過以妳小小的年紀，已經是十分不易，將來隨著年紀的增長，心性成熟之後，相信妳的琴藝一定能達到另一個高度。」

聽罷素妃這番先揚後抑的點評，這公孫小姐同樣面露欣喜之色，隨即便起身，柔柔地施了一禮。「謝娘娘指正。環兒師從文驀然先生，卻只習得其琴藝皮毛而已，未得精髓。若有機會，娘娘一年之後再來拈花會，環兒一定不會讓娘娘失望而歸的。」

「文驀然？」素妃挑了挑眉。「身為大學士公孫弘之女，妳竟然拜了有著『琴壇怪才』之稱的文驀然為師！怪不得妳敢許諾一年之期呢，有他教妳，恐怕公孫小姐不到十六歲，就能成為大周皇朝女子中的琴藝第一人啊！」

「娘娘，文驀然是誰？他很有名嗎？」柳芙感興趣地仰著頭，發問道：「為什麼我沒聽過他的名號呢？」

「他可是妳乾爺爺的侄孫，怎麼，芙兒也沒聽說過他嗎？算起來，他應該是妳的堂哥呢。」素妃掩口笑笑，隨即又自己解答起來。「對對對，他長年居於司教坊，平日裡並不出宮。而且他還是被你們文家給逐出了族譜的不孝子，想來文老先生也不會在妳面前提他的。不過此人雖然脾性有些不好，卻是個琴藝大家，其技法神乎其神不說，所彈奏琴曲的意境更是能直達聞者之肺腑，感染力非同一般啊。不過我卻好奇了，公孫小姐，妳父親乃是一品大學士，再正統不過的，怎會同意妳師從文驀然那個傢伙呢？」

公孫環只笑笑，便道：「父親同娘娘一樣，深知文先生大才。親自去司教坊請文先生過府，每月為我和哥哥授課三次。授課的時候，他若在家便會在一旁守候，他若不在，我哥哥便擔任監督。『只學琴，不言其他』，這可是父親對我和文先生都說明白了的。」

「看不出來公孫大人還是個開明之士，知曉分辨用人之道。」胡清涵則點頭附和了起來。「也難怪妳父親能官拜一品內閣大學士，單是知人善用這點，就足以讓許多人自愧不如啊。」

胡清漪也湊趣地讚道：「公孫小姐是有真本事的，不然，再好的老師也帶不出這樣出色的徒弟來。」

臉上微微有些羞赧的紅暈，公孫環不好意思地向胡清涵和胡清漪福了福。「多謝王妃和柳夫人稱讚，環兒這點兒技藝真是貽笑大方得很。若是大家能聽一聽我哥哥彈琴，才知道文師傅真正的徒弟是什麼水準呢。環兒不過是獻醜而已。」

「公孫止那小子不提也罷！」素妃倒是樂得輕聲掩口笑了起來。「有一次皇上召他入宮奏樂，他卻來了一曲胡人調，氣得皇上丟茶杯讓他走人。這些日子過去了，想來皇上也已消氣。既然他也拜了文驀然為師，那改日要給皇上說說，召他來再聽聽是否真的長進了才是！」

素妃這話說得輕鬆愉悅，大家也都跟著笑了起來，一時間萬華堂內氣氛融融，將那外間凜冽逼人的冬日寒氣也驅散了大半。

第四十章　巧手弄墨蘭

拈花會說是京中名門閨秀們的專屬「文會」，還不如說是一年一度各家小姐顯露才藝博得矚目的「相親會」。

來時，跟隨的夫人們都被請到了淮王府的臨花閣，一邊賞著在溫室房子裡頭搬出來的各色鮮花，一邊打著葉子牌相互套問女兒家的親事可有著落，順便再推銷一下自己家的女兒多麼溫柔多麼有才，自己家的兒子多麼俊美多麼前途無量。若是雙方對其條件都很滿意，等拈花會結束時，未來婆婆在宴席上再親自相看一下準媳婦兒，要是看上了，那接下來便是請媒人下聘禮定日子的瑣事兒了。

暖兒跟在身側，劉婆子被請到了後院廚房用飯，柳芙隨著素妃步入臨花閣的宴請花廳，頓時被眼前瀰漫著的滿室馨香給震住了。

大朵開得正豔的各色牡丹、香蘭、玫瑰、月季等等竟然被整整齊齊地碼放在了大廳四周，散發出濃郁的幽香氣味。再加上四角各放置的盤絲琺瑯鑲金鏤銀的薰爐，將空氣中的每一絲香甜都帶上了暖烘烘的感覺，讓人根本感覺不到外間的寒冬冷意，只覺愜意放鬆，恍若置身於春日美景之中。

「小姐，請將披風卸下吧。」

素妃已在胡氏姊妹的簇擁下入內，柳芙正要跟上，一旁負責接引的婢女便迎了上來，態度恭敬地準備伸手幫其脫掉外罩的薄棉披風。

「稍等！」柳芙當即將婢女的手擋開，見對方有些意外之色，便甜甜一笑。「這位姊姊，這裡可有暖閣偏殿，我想讓丫鬟幫我更衣之後再過來。」

這婢女只當柳芙是那些嬌氣的千金閨秀，習慣外出赴宴的時候更衣，當即便領了她來到大廳西面的一個抱廈內。「小姐，原本更衣的暖閣裡面已經有了一位客人，只有委屈您多走這兩步，在此更衣了。」

「多謝了。」柳芙點點頭，身邊的暖兒便上前塞了個碎銀子給引路的婢女。

關上門，暖兒這才開口問道：「小姐，咱們沒有帶換的衣裳來啊，您為什麼要過來更衣呢？」

也不說話，柳芙將外罩的薄棉披風解開來。「妳看看，我這身裙衫雖然好看，但卻是厚緞所裁製的，在那樣的廳堂裡頭，坐不了一時三刻肯定會額上背上都冒汗的。也難怪妳沒發覺，先前妳不在萬華堂，看不見裡頭的情形。我還奇怪這樣的天氣裡，那些小姐們卸了外面的披風一個個都是薄綢細紗的裝扮，難道不冷嗎？就算穿得和我差不多的小姐們，這時候都去更衣了。唉！我現在才知道，她們都曉得這會兒要在臨花閣裡頭飲宴，特意那樣穿的。可我這身衣裳，在萬華堂的時候還不覺得有什麼，此時若真箇就這樣走進臨花閣，豈不被人看了笑話！」

「那怎麼辦！」暖兒也急了起來，她圍著柳芙團團轉了兩圈。「奴婢是下人，反正等送了小姐進去就會被安置在一邊。可小姐得與素妃娘娘同席的，若是被人笑話，豈不丟臉丟到宮裡了！」

「別慌，讓我好好想想。」柳芙環顧了這抱廈一眼，發覺此處被打掃得極為乾淨，像是常有人在此歇腳似的。想到此，她便仔細瞧了起來，果然發覺角落處有兩口箱籠，而且並未落鎖。

柳芙走過去，伸手將箱籠打開，一個裡面裝滿了書，另一個裡面則整齊地碼放了一些衣物。可等柳芙將這些衣服拿在手上展開一看，才發覺竟然全是男子的！

暖兒也湊攏上前，幫著挑開衣裳一一看了過去。「小姐，若是我就不會打這些衣裳的主意。妳看看，不是繡的竹葉兒就是繡的流雲，不是一水兒的雨過天青色，就是一水兒的碧池湖水色，實在太過素淨和寒磣了些。」

「咦，這件倒是極好。」柳芙在箱底翻出了一件薄綢的月白色衫子，是大周朝男子在家中常穿的那種，整件衣裳並無盤扣，廣袖長襬，只襟前有繫帶，用作只是夏季夜間起床時披在中衣的外面擋擋風罷了。這寒冬臘月的，也難怪被人放在了壓箱底的位置。

抬眼，柳芙見屋中一角有書案，便將這衫子提了過去，讓暖兒幫忙磨墨，捏著筆，只略微思忖了一下，便毫不猶豫地落了筆。

而一旁的暖兒眼看著柳芙竟直接將墨筆畫在了這件衫子上，睜大了眼，表情也漸漸地從驚訝到了驚嘆！

一朵悠然綻放的墨蘭斜斜從裙角間吐露芬芳，雖然只是墨色，但在月白裙衫上所勾勒出的那種濃淡相宜，卻越發讓整件衣裳透出幾分別致和韻味來。

吐氣吹了吹作畫之處，柳芙抬眼對暖兒一笑。「還愣著幹什麼，快來幫我更衣啊！」

「是，小姐！」暖兒一臉的興奮，似乎在做一件自己從未做過的事情。「小姐真是妙手啊，完全就是畫龍點睛錦上添花呢。這件衣裳原本普普通通，沒想到只在裙角點了一朵墨蘭就完全有了不一樣的感覺！只是，會不會太過素淨了些呢？」

「單是這件衫子當然未免太過清淡了些，來，幫我把這條裙子上的翠色繡緞取下來勒在腰間，再把我頸間母親親手戴上的珍珠串兒也取下來……」

柳芙一邊說，一邊自己動手，不一會兒，一件全新的裙衫就已經穿在身上了。

月白色流水暗紋的薄綢衫子，裙角一朵墨蘭悠然綻放，黑白分明間一抹濃烈的翠色將細腰輕攏。走動間，繫在腰際的珍珠花串兒隨著步子輕搖擺動，與那搖曳萌動的墨蘭花兒交相呼應，將柳芙嬌小細弱的身子襯托得越發柔軟如楊柳春枝，惹人憐愛。

「小姐，您……這莫非就是書上說的『鬼斧神工』嗎？」

眼看柳芙在自己面前，空手將一件男子的居家長衫變成一件既別致又不失體面的裙衫，暖兒已經完全呆住了，只覺得有些不可思議。

「妳呆著做什麼，還不快把披風給我罩著，這抱廈裡頭冷得慌呢。」柳芙雖然沒有照鏡子，但暖兒的表情已經說明了一切，也不耽擱，當即便披上了白狐毛裘的披風，匆匆回到了臨花閣的宴會大廳內。

只是柳芙匆忙間並未發覺，自己更衣時竟將母親親手插在自己頭上的那支紫玉蘭花簪子遺落在了那箱籠裡頭。這無疑等於留下了自己在此「順手牽羊」的犯罪證據。

就是不知，這箱籠的主人到底會不會發現自己的長衫已經變作了佳人身上的一抹婀娜風景呢？

第四十一章　玉兔來攬席

當柳芙卸下白狐毛裘披風出現在臨花閣的宴會大廳之時，周圍立馬射來了不少關注的目光。

之前在萬華堂，柳芙一身柔綠色的錦服在百花爭豔的京中閨秀裡已經十分出挑。卻沒想，她搖身一變，換上的這件帶著幾分悠然閒趣的裙衫，卻是將其襯托得更加靈動逼人，宛若一幅活過來的水墨丹青。

雖然柳芙只是一個不滿十歲的小姑娘，可是在那些個夫人們眼裡，卻能看到其三、五年後會蛻變成何等絕色俏麗的佳人。於是大家開始交頭接耳起來，都在打聽柳芙家門出身如何，可否婚配一類的。可惜柳芙今日乃是獨身而來，並無長輩伴行。所有關於她的疑問，也僅僅只能是疑問而已。一時半會兒，那些帶著找未來媳婦兒目的的夫人們也只能作罷了。但精明的並未就此放過，紛紛暗地指使著自己的女兒，想讓她們去邀請這個柳芙過來同席。

還好身在首席的胡清漪正一心和素妃套著近乎，順帶十句話裡頭夾雜三、五句對女兒柳嫻的誇讚，並未察覺到柳芙的出現。不然，讓她知道自己眼中的孽種竟搖身一變成為京中貴夫人們所關注的焦點，豈不氣得內傷不治！

身為主人的胡清涵倒是一直注意著廳內的情況，看到柳芙入內，見其神情雖然夾雜著些許的茫然和緊張，但臉上卻始終掛著從容的微笑，心中對這個小姑娘又多了幾分好感。再側眼看看身邊不停和素妃說話的妹妹，心中一轉念，便給身邊立著伺候的婢女低聲吩咐了幾句。

婢女領了吩咐就退下了，直直向柳芙迎了過去。「柳小姐，這邊請。」說著，躬身側開，露出了後面的正坐首席。

柳芙順著望去，見席間除了素妃，便是胡氏姊妹還有敏慧郡主和柳嫺。另外，因為得了這次拈花會的頭名，公孫環和其母冷氏也在席間。除了這些人，還有一個模樣十分精緻的小姑娘也在席間，看年紀，應該只有七、八歲的樣子。

她似乎和素妃十分親密，不但挨著其坐，而且說話間還不時地拉一拉素妃的手臂，揚起小臉或撒嬌或討好，惹得素妃頻頻失笑。

雖然有些意外自己能獲邀落坐首席，但柳芙並未表現出太多的興奮或者驕傲，只含笑點了點頭，越過婢女踱步而去。

看到淮王妃的貼身丫鬟親自去請了柳芙同席，廳中的這些夫人們自然也歇了邀請她入座打聽消息的心思，小姐們則大多數心情複雜，暗嘆這個突然冒出來的文氏乾孫真是好運，第一次受邀參加拈花會，還只是旁觀而已，不但先前在萬華堂出盡了風頭，這會兒來了臨花閣，還能夠和素妃同席而飲，真真是又羨慕又嫉妒。

「見過素妃娘娘、王妃……柳夫人。」

柳芙來到席間，先是一一行了禮，這才直接踱步來到敏慧郡主旁邊的空位，準備坐下。

「妳就是柳芙嗎？過來挨著我坐吧。」

那模樣精緻可人的小姑娘竟主動開了口。「我陪四表哥作畫，來得晚了些，錯過了萬華堂的文會。等會兒妳得再講一遍姨母說的那個故事，聽說有趣得很呢！」

柳芙有些意外，下意識的望向了素妃。

「妳這小兔子，人家柳小姐可不像妳，整天亂蹦沒個正經！」素妃先是用寵溺無比的疼愛口吻說了身邊小姑娘兩句，這才笑著向柳芙介紹道：「芙兒，這是我小甥女兒，妳別介意她的無禮，想坐哪兒就坐哪兒好了。」

柳芙卻笑著直接走到了小姑娘的身邊，有些認真地道：「難道妳是玉兔下凡？若不是，那人間怎麼可能有如此標緻的小兔子呢？」

「我可不叫小兔子。」小姑娘朝素妃做了個鬼臉，趕緊上前拉了柳芙到身邊坐下來。

「芙姊姊，妳喚我一聲玉兒吧！」

柳芙見其一張小臉晶瑩若玉，粉嘟嘟的極為惹人喜歡，也禁不住開起了玩笑來。「玉兔兒，月宮裡搗藥的，豈不還是兔子嗎？」

「呵呵！看來芙兒這張嘴還真是厲害呢！玉琅，妳知道姨母沒騙妳了吧。」素妃「格格」直笑，同席的眾人除了胡清漪和柳嫻表情有些不自然之外，都齊齊笑開了懷。

「玉兔兒？」這玉兒一雙大眼睛滴溜溜直轉，表情是又機靈又可愛。「我喜歡這個名字，回頭我讓大家都叫我玉兔兒！姨母，妳可不准再叫我小兔子了！芙姊姊，玉兔兒喜歡妳！」

柳芙面對這樣一張洋溢著無比甜美燦爛笑容的臉，只覺得心都要化了，更別說她還直言喜歡自己，趕緊反手輕輕拉住了她，點點頭。「玉兔兒，姊姊也喜歡妳。」

胡清漪看在眼裡，心裡很不是滋味。這玉琅郡主可不是普通人，其父乃軍功顯赫的鎮國公鄭武長，其母又是素妃的親妹妹，身分地位在京中閨秀裡可算是排第一的。雖然這郡主模樣十分好看，但性格很是「特別」，一般的千金小姐沒一個能入她的眼，平日裡都和一眾皇子們在一起玩耍。先前自己還想讓柳嫻乘機和她套套近乎都被晾在一邊，沒想到這柳芙一來就被她這麼親熱的叫上了「芙姊姊」，還說「喜歡她」！

想到這兒，胡清漪氣不打一處來，礙於素妃和其他人在場，只好壓著不悅，只略微用著有幾分嚴厲的語氣道：「鄭小姐可是堂堂郡主，鎮國公府的千金。柳芙，妳乃白身，竟如此稱呼郡主，未免也太不知禮數了吧。」

聽見胡清漪的話，當事人玉琅郡主幾乎跳了起來，脆生生地叫嚷道：「柳夫人，我高興讓芙姊姊喚我玉兔兒，干妳什麼事兒？再說，芙姊姊也不知道我是什麼人，哪來的『不知禮數』一說！」

胡清漪卻不疾不徐，微笑著道：「鄭小姐，您稱呼素妃娘娘為姨母，再笨的人也應該知道您就是鎮國公的千金玉琅郡主。而這位柳小姐……」說著，眼神又飄向了柳芙，語氣更帶了幾分刻薄。「先前在萬華堂聽妳講那個故事，應該是個極機靈的人才對。怎麼現在又裝傻充愣起來了？難不成，那故事是妳死記硬背來的？」

玉琅郡主還要再說，卻被身邊的柳芙伸手攔住。「柳夫人，東西可以亂吃，但話可不能亂說的。」

「亂說？那妳告訴我，話又該怎麼說呢？」胡清漪冷笑一聲，丹鳳眼睨著對面的小人兒，心底卻閃過一絲異樣。畢竟她在柳芙那張雖然年幼卻容顏絕麗的臉上，始終能看到幾分熟悉。

眼看兩人一大一小剛見面就僵持了起來，席間在座的素妃卻只是含笑看著柳芙，隱隱有些期待她會怎麼應對這出了名的「嗆娘子」胡清漪。而淮王妃胡清涵見身為玉琅郡主長輩的素妃都沒有說什麼，自己也不好表態，只疑惑為什麼胡清漪會刻意三番地刁難一個稚齡的小姑娘？

坐在母親旁邊的柳嫻卻蹙起了眉，死死盯著柳芙的臉，表情有些沈沈地與年齡很是不符。

而席間另一個事不關己的敏慧郡主則點點頭，看著這柳芙，只覺得她的脾性越來越對自己的胃口。

至於公孫環母女，則雙雙選擇了埋頭吃茶，只當什麼都沒看見，充分領會了「非禮勿視非禮勿聞」的奧義。

第四十二章　見面不若親

以柳芙重生後經歷過生死的堅毅心性，面對屢屢在拈花會中為難自己的胡清漪，聰明地選擇了將厭惡和仇恨藏在了心中。畢竟此時此刻，同席的還有素妃、淮王妃、兩位郡主和公孫環母女……在柳芙看來，比起私仇，她還有更重要的事情要做。

於是柳芙臉上始終掛著從容和恬然溫暖的微笑，時而逗趣素妃，時而和玉琅郡主笑鬧，時而恭維兩句淮王妃母女將拈花會辦得如此成功，時而又與公孫環聊起了琴曲奧義……惹得滿桌人除了胡清漪母女之外，都對柳芙完全的心生好感，打心眼裡喜歡這位乖巧懂事又嘴甜的小姑娘。

這廂，因為有了素妃的存在，胡清漪即便心中對柳芙怎麼看不順眼，端然也不敢太過囂張。

心中原本的計劃屢屢被眼前這個看似無害卻機靈得像個小狐狸的丫頭給打亂，胡清漪也只有打落牙齒和血吞。

一開始，自己沒能按照父親的指示將她們母女接到京中柳宅看在眼皮底下，這就失了先機。後來，被柳芙和沈氏抓住機會，不知怎麼拉上了那個有名的硬骨頭文從征做靠山，這就讓她更加不好下手了。再後來，這柳芙竟抓住機會在拈花會上一舉得了素妃的喜歡……這讓胡清漪心中很不是滋味。

畢竟當初停妻另娶的人是自己的丈夫，雖然不願意承認，但從前後順序上來講，沈氏和柳芙才應該是柳家的夫人和大小姐。就算當初是皇帝賜婚，可流言蜚語一旦傳出，哪怕十個人中有一個人相信，也將會是對柳家最大的打擊。更何況在這個節骨眼，嫻兒要爭取成為太子妃，柳冠傑要取代老尚書成為吏部第一人，自己還要輔佐父親成全胡家百年來的籌謀……如此家醜，是絕不能外揚的！

想到此，胡清漪也歇了和柳芙針鋒相對的心思。至少現在看來，沈氏母女根本就不想和柳冠傑扯上任何關係。只要她們好好地閉緊嘴巴，暫時，饒了她們也不算什麼。

所以，胡清漪只偶爾言語間挑釁一番，拿了她們母女的出身明嘲暗諷兩句罷了，僅此而已。

和柳芙抱著同樣的目的，胡清漪還得為自己的女兒柳嫻多去拍拍素妃的馬屁。要知道這個素妃娘娘可是宮中地位僅次胡皇后的第一人，若單從皇帝的寵愛來講，甚至可以說她的意見比皇后還更有說服力些。

「咦，表哥怎麼來了？」

說話間，玉琅郡主像箭似地突然就從席間蹦躂了起來，直奔大廳門口。

與此同時，幾乎所有的人也齊齊將目光聚攏在了那個一襲絳紅錦服、頭戴額冠的玉面男子身上。

溫暖如春卻帶著幾分疏離的微笑緩緩掃過全場，姬無殤行走間頻頻用目光和席間的夫人小姐們打招呼，一舉一動都顯出皇家子弟與生俱來的傲然貴氣和謙謙風度。

「裕親王！」

「見過裕親王！」

「給裕親王請安了！」

此起彼伏的問候聲在臨花閣的大廳中響起，無論是席間在座的貴夫人們，還是千金小姐們，目光中都含著滿滿的殷切和歡喜，眼神緊緊追隨著姬無殤走過身旁。

對於夫人們來說，裕親王如此年輕就能執掌皇家核心親衛影閣，除了深獲皇寵之外，足以駕馭一眾大內高手，自然也顯出其不俗能力來。作為王爺，什麼最重要？自然就是這「能力」二字了。若沒有輔佐皇帝的才能，將來新皇登基，必然只有棄為閒王的下場，毫無前途可言。若能得了這樣一個女婿，娘家未來的興旺發達豈不是也有了個大大的保障？

而對小姐們來說，姬無殤無疑是京中未婚男子裡最讓人垂涎的了。

做太子妃？那只是可望而不可即的夢想罷了！但眼前的裕親王卻不一樣，至少成為裕王妃或者裕王殿下的女人，並不是不可能的。

姬無殤年十五，尚未娶妻納妾，一心只說明為皇帝管理宮內事務。除卻身為皇長子的太子，他堪稱天子身邊最寵愛的兒子。手握重權，卻又謙恭如許，待人溫和友善，上自朝中重臣，下至平頭百姓都對其頗具好感；長相俊美，卻又謹守仁禮，聽聞胡皇后曾多次為其張羅婚事，都被他以年紀尚小，需要學習如何輔佐治國為由給拒絕了。王府中也不乏有人送來美女，可他除了嚴詞拒絕外，連一個眼神都不會留戀在那些女人的身上。

所以，當京中夫人小姐們心目中最合適的女婿和夫君人選出現時，大家行過禮之後都屏住了呼吸，腦子裡也開始轉了起來，務必想要抓住這難得機會，在裕王殿下面前留下個深刻的印象才行！

姬無殤當然也接收到了圍繞在身邊縈繞不斷的熱切目光，但他也只是一如既往地含笑踱步而已，並未覺得有絲毫的困擾。

「四表哥！四表哥！」

在眾人羨慕的目光中，玉琅郡主放肆地笑著直直衝向了姬無殤。

「玉琅！」

姬無殤被衝過來的玉琅郡主撞個滿懷，臉上卻露出了極為柔和的微笑。「這麼冒失，難怪素妃娘娘稱呼妳為小兔子呢！」說著，下意識地伸出手，輕輕揉了揉懷中粉妝玉琢的小女娃的頭。

「四表哥，以後別叫我小兔子了，我有新名字了，叫我玉兔兒吧！」玉琅郡主立馬就將姬無殤的手臂給牢牢抱住，那架勢，顯然私下與其十分親密。

「哦？玉兔兒！」姬無殤脫口笑了起來。「這名字倒是好，極含了妳的『玉』字封號，又一語點出了妳這撒潑的野性子！快告訴我，是哪個那麼有才，竟賜了這名兒給妳？」

「來來來，我正要給表哥介紹呢。」玉琅郡主說著已經拖了姬無殤來到首席。

「見過裕王殿下！」

見姬無殤竟親臨，淮王妃、胡清漪母女和公孫氏母女首先起了身，齊齊向其行禮。素妃因為身為長輩，並未行禮，只是笑著向姬無殤點頭算是打過招呼。

而敏慧郡主先是無意間掃過了玉琅郡主掛在姬無殤胳膊上的手臂，這才起身來施施然向著他福了一禮，用著和平日俐落爽快有些不一樣的柔和嗓音道：「您怎麼有空過來拈花會？先前母親呈了帖子，太子哥哥那邊說有事不能來。我還以為您也不會來了呢。」

「我有兩箱子東西暫放在府上，今日特意過來拿。聽說玉琅這丫頭也在，便想過來看看，別給淮王府添什麼麻煩才是。」

微笑著向敏慧郡主解釋了一番，姬無殤又看向了素妃。「沒想到這次拈花會竟請得娘娘親臨，早知道，我便早些來看熱鬧了。」

素妃笑著擺擺手。「我不過是代皇后娘娘過來履行職責罷了，倒是之前的拈花會的確有些值得一看之處呢。」說著，眼神落向了身邊的柳芙和對面的公孫環。

「四表哥，過來！」玉琅郡主見大家都打過招呼了，就柳芙只垂首立著一言不發，叫嚷道：「四表哥，這是芙姊姊，玉兔兒的名字就是她給我取的呢！」

死死地咬了咬唇，柳芙只覺得今天的好運氣恐怕到頭了。先前看到姬無殤走進大廳，她還巴望著他只過來首席和素妃還有淮王妃打聲招呼就離開。畢竟身為男子，留在這滿是京中閨秀的臨花閣怕是有些不妥。

可沒想到，玉琅郡主竟拖了他來到自己面前。這下，柳芙也不得不屈膝施了一禮，強壓著心頭對姬無殤無端的恐懼，用著柔和的聲音道：「民女柳芙，見過裕親王！」

「柳芙？」

姬無殤也有些意外，遠遠看過來，只看到一個形容嬌弱的小姑娘埋頭立在素妃旁邊罷了，卻沒想竟是有過幾面之緣的那個柳芙！

眼前的柳芙垂首而立，可姬無殤還是下意識地蹙了蹙眉。

印象中，這個小丫頭的眼神很是讓人不喜，彷彿布滿了哀怨和悲傷，總能讓他感到心底掠過一絲或疑惑或心疼的奇怪感覺。而且，她好像很怕自己似地，使得他多年來偽裝出的溫潤儒雅，在她面前顯得很是多餘而可笑。

第四十三章　針鋒相對

臨花閣裡溫暖如春，鮮花遍地，讓人感覺不到外間哪怕一絲半點的寒意。

宴席上，輪番端來的菜餚也俱是顏色青綠的蔬菜，抑或是魚蝦等，無一不是在北方的冬天裡價值千金的稀罕物兒。

雖然在普通老百姓餐桌上吃不到這些珍饈佳餚，但此地畢竟是淮王府，招待的又都是京中貴婦和小姐們，更別提席間還有宮裡的貴人，便也算不得奢侈了。

鋪著大紅絨布的圓桌中央，一個雕有仙鶴駕雲的鏤金炭爐裡煨著一壺從婺江流域快馬送來的金華酒。濃烈的酒香裹著溫熱的花香飄然而出，讓平日裡謹守本分仁禮的夫人小姐們都放鬆了心境，一杯接著一杯，很有幾分開懷暢飲的意思。

與這些人輕鬆放肆的吃酒笑鬧不同，坐在首席的柳芙只覺得後背發涼，一刻也不敢鬆懈下來。

之前，自己雖然有過一番籌謀，想要趁著姬無殤尚未登基之前與其攀上兩分交情，以備將來有事發生，也能托承兩分情面。

可想是一回事兒，做，卻是另一回事兒！自己只是和姬無殤同席飲宴罷了，都有些不敢抬眼看對方，連他說的每一句話，聽在耳裡都好像是寒冰落地，迸出絲絲冷意讓自己無法招架。

更別提當他笑意朗朗地和兩位郡主，還有柳嫻和公孫環說話時，柳芙更加覺得他像極了一頭盯住獵物的野狼，隨時一張嘴都會露出兩顆鋒利的尖牙……

「柳姑娘，玉琅說妳很會講故事，怎麼這會兒卻如此安靜呢？」

冷不防耳邊突然響起了一陣溫柔的男聲，緩緩的，帶著幾分魅惑和低沈，聽起來似乎極為悅耳，可是卻讓柳芙一驚，差些丟掉了手中的酒盞。「裕王殿下，民女……只是有些不勝酒力而已。」

「也難怪，咱們北方的女孩子從小就要喝烈酒來禦寒。芙兒來自南方，自然不習慣吃酒。」素妃伸手輕輕揉了揉柳芙的頭。「芙兒，要說南方女子，最會穿衣打扮了。先前妳在萬華堂的時候，一身綠裳就極為惹眼。到了這兒，又換了身看起來素淨卻極有水墨韻味的裙衫，可是萬花叢中一抹難以忽略的亮點呢。」

被素妃提起身上所穿的衣裳，柳芙微微有些臉紅。畢竟是她在這淮王府順手牽羊來的，又是屬於男子的房中睡袍。還好其式樣長度正合適自己的身量，又被大肆改造過，不然，柳芙哪敢身著「贓物」還端坐於此，等著被人發現呢。

「嗯，娘娘這麼一提，我倒也覺得這裙衫……」姬無殤說著，略瞇了瞇眼，暗想，這衣裳怎麼這麼眼熟呢？

「四表哥，你話說完啊，到底覺得這裙衫如何？」玉琅郡主伸手拉了拉有些走神的姬無殤，嬌嬌地問：「四表哥也覺得芙姊姊的衣裳好看嗎？回頭玉兔兒也做一件一模一樣的！」

看不慣柳芙成為席間話題的焦點，胡清漪笑著故作輕鬆地道：「人家柳小姐來自南方，那邊的女子最會穿衣打扮了。且不說普通人家的閨秀，單單看每年送到樂坊的那些揚州瘦馬，就可見一斑了。」

胡清漪將一個大家閨秀和揚州瘦馬那等煙花女子拿來做比較，明白人都聽得出此話不妥。可看她的樣子又只是玩笑而已，便也無人計較，只左耳進右耳出就罷了。

姬無殤卻蹙了蹙眉，抬眼望向對面的柳嫺。「柳小姐，怎麼，令尊難道也喜歡養些瘦馬在家中，閒時聽曲看舞賞那紅顏絕色不成？」

「啊……」柳嫺沒想到姬無殤會突然和自己說話，愣了愣。開玩笑，柳嫺可不是傻的！父親身為朝中三品吏部侍郎，最忌諱的就是酒色犬馬。況且母親平素裡治家十分嚴厲，身邊除開一個生了庶子卻一心禮佛的侍婢之外，連個妾或通房也沒有。朝中上下可是頗具清名的！隨即趕緊擺擺手。「沒有啊！」

「裕王殿下，您這是什麼意思？」胡清漪挑挑眉，對於這個裕王，其他貴夫人們當他作金龜婿地供著，自己卻沒有太放在心上。雖然他年紀輕輕就掌管影閣，的確值得稱讚，但能力再強，也不過是為他人作嫁衣罷了，和將來要登基稱帝的太子姬無淵相比，還真是差了不止一點兒半點兒。所以她語氣上也並未帶有太多的恭敬，只是略顯得客氣幾分罷了。

姬無殤則唇角一勾，眼底閃過一抹冷意，卻只是轉瞬而逝，話音平淡地道：「若非如此，以柳夫人閨閣婦人的身分，怎麼會見識過煙花場所出來的瘦馬呢？」

「我……」胡清漪被姬無殤一句話說得毫無招架之力，只睜大了眼，半晌沒能吐出一個字來。

「哦！」姬無殤卻並未就此放過她，伸出指頭輕輕敲著桌面，發出「咄咄」的悶響聲來。「本王倒是忘記了，柳夫人出身國丈府。國丈爺可是個閒不住的，閒暇時聽聽小曲兒放鬆放鬆也是常事。想來柳夫人未出嫁之時，沒有少和那些女子們打交道吧？不然，您這穿衣打扮的本事，難不成是從令堂那兒學來的？」

京中之人都知道胡蒙之喜好女色，雖然其妻早已一心向佛不問世事，但胡蒙之身為國丈，怎麼也不至於大膽到在家中豢養歌姬舞伎的地步。

姬無殤這話說得巧妙，明裡暗中帶著幾分挑釁，惹得胡清漪額上青筋直冒。「裕王殿下，怎麼說你也是胡皇后親生的兒子，難道我父親就不是你外公了嗎？你說這些話之前，可曾想過後果？」

「唉……」

眼看好戲就要上演，周圍桌席的注意力也都被胡清漪這一聲厲色飽含的話語給吸引了過來，姬無殤卻以手扶額，臉上露出了一絲疲累的表情來。「這金華酒雖好，溫過之後卻極易上頭，我還是喜歡冷著喝。看來，我還不如諸位夫人小姐們酒量好啊！」

說著，姬無殤彷彿根本就無視對面還脹紅著臉的胡清漪。直起身來，對著素妃拱了拱手。「娘娘，若我再喝下去，恐怕酒後失態。府裡還有些事需要我回去處理，這就告辭了吧！」

素妃當然知道姬無殤的用意，知道這個時候他離開是最好的方法，轉念一想，側眼看著身邊埋頭不語的柳芙，笑道：「芙兒，妳臉色不大好，恐怕也有些醉了。正好裕王要回府，不如，就讓他送妳一程吧。」

「不用！」趕緊抬起眼來，柳芙直擺手。她雖然不明白為何姬無殤要在言語上幫自己對付胡清漪，但要他送自己回去，豈不是羊入虎口！

姬無殤倒是對素妃的提議很感興趣，點點頭。「對啊，柳小姐可是住在天泉鎮的文家吧！此時已過宵禁，沒有權杖，禁衛軍是不會放行的。正好本王順路，倒是可以送小姐一程，幫妳向守城的官兵說明情況。」

「瞧我，竟忘了今日是十五！」身為主人的胡清涵這時插了話，對著柳芙抱歉一笑。「這席間的賓客俱是住在城內的，我倒忘記了柳小姐是從天泉鎮而來。每逢初一、十五，京城過了傍晚都要宵禁，若是沒有權杖，那些禁衛軍可不會隨便放行的。正好裕王在，柳小姐，妳若是拒絕了，可就得在京城裡住下，明兒個才能回家呢！」

柳芙聽得三人你一句我一句，知道若是不答應讓姬無殤送，一來會惹人生疑，二來，自己恐怕真的要困在這京中一夜，只好乖乖的點頭道：「那就煩勞裕王殿下了。」

「走吧！」

姬無殤咧嘴一笑，也不知為什麼，想著要和這個小妮子一塊兒走，心裡雖然彆扭，但卻帶著幾絲期待。對他來說，這柳芙就好像一個亟待解開的謎語，總是讓自己有種想要一探究竟的迫切感。

第四十四章　芒刺如在背

當夜晚肆虐的寒風夾雜著些許的潮濕拂過面頰時，柳芙只覺得腦子一陣轟鳴，原本就不勝酒力的自己更是差些嘔吐了起來。

比起立在寒風中醉意上頭的不舒服，這看似溫暖的車廂卻更加讓柳芙覺得難受。因為對面端坐著的，是正睜著一雙黑眸死死盯著自己上下打量的姬無殤。

柳芙實在不懂，他明明就是個親王，卻出門不乘車，還厚顏無恥地鳩占鵲巢！

當時剛從王府出來，姬無殤抬眼望了望天，只嘟囔了一句。「冷！」然後就讓隨行的侍衛牽了馬在後面跟著，本人則直接登上了文府的馬車。

最讓柳芙氣急的是，姬無殤另一個隨行的侍衛先是趕了張老頭下車，又把守在車邊的暖兒、劉婆子攆開，隨即還看了一眼車廂中的自己。虧得姬無殤搖頭，示意不用，不然她也得到外面吹冷風去。

忍下心中的不悅和對姬無殤的恐懼，柳芙只得閉上眼睛當他不存在。今晚還得靠著他幫忙通關出城，輕易得罪不得。自己除了將車上預備的一些衣物給了張老頭還有暖兒和劉婆子，讓他們裹得厚厚的禦寒之外，根本沒有能力再做什麼說什麼了。

於是，柳芙和姬無殤坐在馬車之中，張老頭還有暖兒和劉婆子則按照姬無殤的吩咐，與他帶來的另一個侍衛隔開十步的距離，一起跟著馬車在後面步行。

對！就是步行！

姬無殤上車之前就吩咐了代替張老頭駕車的侍衛，說他飲酒之後身子不適，切記不能將馬車跑起來，只能以步行的速度駕車前行。

感覺馬車輕微地搖晃著，彷彿沒有移動，柳芙估摸著以如此龜速，等自己回家恐怕天都亮了。雖然焦急，柳芙知道總比被困在京中好。這天寒地凍的，又是宵禁之夜，城裡的客棧酒肆都緊閉著大門，街上除了零星的幾個打更者，一個人也沒有。

要是今夜自己不能出城，恐怕連個落腳的地方都找不到。

想到此，柳芙也只好忍住酒意上頭的難受，暫時與姬無殤共處在這狹小的車廂內。

「小傢伙，妳能不能告訴我，妳為什麼要怕我？」

姬無殤可沒有打算就此放過柳芙，即便對面的小姑娘閉著眼睛倚在那兒的樣子十分乖巧可人，他也不能忽略她給自己帶來的困惑和疑慮。

無奈地睜開眼，柳芙小心翼翼地繼續垂著首，輕聲道：「王爺是尊貴的裕親王，民女心懷敬畏，難道不是應該的嗎？」

這樣的以問代答，姬無殤更加覺得此女不如表面那麼天真簡單，於是冷冷地笑了一聲。「那妳為什麼不敢抬眼看我？還渾身上下篩糠似地抖呢？」

「我……」柳芙只好抬眼，朝姬無殤咧嘴一笑。「民女只是先前飲了酒，這會兒酒意上頭，難受得很。」

「難受嗎？」姬無殤一邊說，一邊突然伸出了長臂將柳芙從車廂邊緣一把拽了過來。

「本王略懂醫術，幫妳把把脈吧。」

還未來得及驚呼，柳芙的肩頸和下巴已經被姬無殤的臂膀從背後給攏住，根本一點兒聲音也發不出來，只得下意識地揮動手臂想要逃開對方的箝制。

「別著急，我只是給妳把把脈而已。」感覺懷中的小人兒動得厲害，姬無殤低首在柳芙耳邊用著沈緩的聲音道：「妳若是乖乖的，本王就鬆開妳。」

眼淚在眼眶裡打著轉，柳芙勉強地點了點頭，感覺姬無殤果然放鬆了些，不知為什麼，柳芙只覺得心底一團火氣突然就衝上了頭。於是連想也沒想就張開了嘴，死死地咬住了眼前那隻還未來得及拿開的手。

「妳！」

姬無殤左手吃痛，右手趕緊一把又重新將柳芙抱住。「妳再鬧，本王就不客氣了！要是被人看到，吃虧的可不是我！」

柳芙是氣急，可卻並不笨。兩人如此情形，雖然自己還是個八、九歲的女童，但畢竟男女有別，要是被人看到，就算有理也說不清！再說，張老頭他們全是老弱婦孺，就算向他們求救也毫無用處，說不定還會連累無辜……無可奈何之際，柳芙只好鬆了口。

眼看著姬無殤細白纖長的手指上赫然印了幾顆齒痕，不知為何，柳芙竟覺得心裡頭很舒服，原本緊繃的情緒也隨之漸漸緩和了下來。

推開了姬無殤的箝制，抬起頭，柳芙似笑非笑，語氣中帶著幾分挑釁。「裕王殿下，您在京中百姓的口裡可是出了名的溫文爾雅謙和有禮，怎麼私下行事卻如此唐突，如此地不合時宜呢！」

「妳不是早就看得清清楚楚了嗎？」姬無殤微瞇了瞇眼。「難道我還需要在妳面前裝下去嗎？」

「你……」柳芙被姬無殤突然反問弄得有些措手不及，下意識地環住身體。「我沒有……王爺說什麼，民女聽不懂。」

「妳是真聽不懂，還是假裝糊塗，本王倒想剖開妳挖出心來看看。」姬無殤眼底閃過一抹決絕和殘忍，看樣子，並不像簡單的威脅或者玩笑。

冷意，從頭頂直貫而下！柳芙腦中閃過了前生中和姬無殤僅有過的幾次見面。那時候的他，根本毫無一丁點兒現在溫和親王的影子。

身為帝王，貴為天子，他總是高高在上，目光犀利，神情淡漠。即便是在笑，那薄唇微揚間的表情卻讓人如墜冰窟，有種無法呼吸的窒息感，令你不得不向他臣服……

「就是這種表情！」瞇起了眼，姬無殤向前傾了傾身子，鷹一般鋒利的眼神不放過柳芙臉上的每一寸肌膚。

感覺彷彿有一把利刃在臉上一片一片地剜著自己的肉，那種壓抑和刺痛感讓柳芙大氣也不敢喘一下，只能將視線聚在那張越來越靠近的俊顏之上，用著發顫的聲音，強迫自己解釋道：「王爺真的誤會民女了。」

幾乎將舌頭咬破，口中的腥甜也讓柳芙慢慢鎮靜了下來。

眼前的男子將來會是大周皇朝的天子，也是自己必須要示好的人。說不定，將來還得依靠他來改變命運。所以一定不能讓兩人以這樣的方式相處，一定要改變這樣難堪的局面！

於是，柳芙深吸了一口氣，藉著尚未褪去的酒意，大著膽子在臉上露出了一抹無辜的表情，淚滴也隨即滑下臉孔。「王爺這樣凶民女，民女當然害怕了。民女和母親從蜀中山村來京投親，是個沒見過世面的山村丫頭罷了，初見王爺這樣身分尊貴的人，自然會自卑，不敢直視。再見，更是覺得王爺氣勢如山，自己太過卑微，無法厚顏攀談。若是為此民女冒犯了王爺，那民女保證，下次再見，一定不會再那樣了。」

「蜀中山村的小姑娘，又怎麼會伶俐機敏如此？」姬無殤可不會被一個小丫頭的眼淚所蒙蔽心智，他從來都看人極準。

面對柳芙，他總覺得自己修練了近十年的假面孔好像不起作用似的。她那雙晶瑩的大眼睛中流露出來的神情，就像影閣大牢之內關押的那些被自己親自審問過的死囚一樣。同樣用著無比恐懼的眼神在看著自己，看著真實而不掩飾殘酷冷漠心性的自己。

面對姬無殤的步步逼近，柳芙已經無法再直視那雙如狼般的雙眸，只得別開眼，語帶哭腔地道：「王爺什麼意思，民女真的不懂。」

「妳不用懂，更不用辯解什麼。」

突然間，姬無殤竟收起了外露的鋒芒，隨即冷笑了起來，眼中卻仍舊帶著無法掩飾的陰寒。「那時在文府，本想放過妳。可惜，妳不願告訴我妳為什麼怕本王，本王又是個喜歡刨根問底的人。所以……將來妳我應該有的是機會再見面。終有一天，我會搞清楚妳這個小腦袋裡到底想的是什麼，然後再慢慢決定該怎麼處置妳。」

隨著姬無殤話音落下，柳芙幾乎已經癱軟在車中，垂著頭，根本無力再和他周旋，哪怕只是一句話。可理智卻告訴柳芙，不能就此任姬無殤對自己產生懷疑，只得再次緩緩抬起了雙眼，啟唇道：「若民女告訴王爺真正害怕您的原因呢？王爺可願意放過民女？」

微眯了瞇眼，姬無殤又靠回了原來的位置，略微思考了一下，淡淡道：「那要看妳的解釋是否能讓本王信服了。」說著，右手輕輕轉動著配戴在大拇指的白玉扳指，鋒利的眼神像一張大網，將柳芙死死地罩在了裡面，不放過她表情上任何最細微的變化。

第四十五章　對面不識君

冬天的夜晚極冷，也極靜。

除了車轂轆滾動在石地上發出的「轆轆」，便是打更人偶爾敲響的銅鑼聲，在一點一點地滲透進千家萬戶，渲染著宵禁之夜的緊張和不安。

「主人，到城西白虎門了。」

侍衛的聲音打破了夜間的沈默，卻同樣沒有絲毫溫度。「今日守城的乃是梅將軍，可能有些麻煩。」

「梅松武？」掀開車簾，姬無殤抬眼看了看白虎門上揚起的一幡軍旗，殷紅的錦緞上繡了一個黑色的「梅」字，正迎著夜風獵獵招展著。

「讓他過來。」姬無殤唇邊掠過一抹冷笑。「告訴他，本王要送人去趟龍興寺，趕緊打開城門。」

「屬下遵命！」

侍衛領了吩咐就轉身往立在城門下的守軍而去，亮出了身分。不一會兒，一陣重靴落地的聲音「噠噠」而來。

「末將梅松武，見過裕王殿下！」

來者的聲音渾厚有力，猶若老木落潭，直入人心。「今日乃是宵禁之夜，還請王爺就此返回。」

「裕王要護送一位重要客人去往龍興寺，梅將軍能否通融一二。」不用姬無殤出面，侍衛開始與梅松武交涉起來。

梅松武卻用著公事公辦的口氣道：「漠北戰事已起，北軍接獲密報，有不少的敵方探子企圖潛入京城。皇上下令每逢初一、十五為宵禁夜，城中百姓不得出城，城外之人更是不得入內。裕親王身為影閣主人，統管軍情探查，更應該知道此事的關係厲害。還請恕末將不敬之罪，不能破這個例。」

「你放本王出城而已，又不是放探子入城。梅將軍，這點淺顯的道理，不用本王教給你吧。」

姬無殤端坐在馬車之中，和陰冷表情的面孔不同，略帶笑意的溫和嗓音傳了出來。

「軍令如山，不敢違抗！」梅松武沒有就此妥協，只回了這八個字，當即就抱拳單膝跪在了地上。「還請裕王體諒，不要為難屬下。」

「小傢伙，妳說怎麼辦？」

姬無殤沒有理會梅松武，冷笑著看了看眼前神情忐忑的柳芙。「妳要本王送妳回文府之後才願意開口。可眼前這情況，怕是妳今夜回不去了。不如妳就此把答案告知本王，或許，本王可以讓妳在裕王府落落腳，住上一夜，明日再送妳回去。」

伸出小手撩開車簾，柳芙看了一眼跪在車前的梅松武，見其絲毫不動的樣子，知道即便依靠姬無殤也不可能出城了，只好洩氣地坐回車內，朝對方點點頭。「那就只有叨擾裕王一晚了，明日一早，民女走之前會把您要的答案告訴您的。」

「好吧，饒妳一夜也無妨。」姬無殤對柳芙耍的小心眼兒好像並不怎麼在意，轉而對著駕車的侍衛道：「讓梅將軍起來吧，既然無法送人出城，就只有煩勞梅將軍派人去一趟天泉鎮的文府。告訴文大人，他的乾孫女要在裕王府暫住一夜，明日本王會親自送了柳小姐回去的。」

跪在車外的梅松武自然將姬無殤的話聽得一清二楚，當即就拱手謝禮，起身道：「末將遵命！」說完，又踩著重靴，「噠噠」地轉身回到了城門之下的軍棧。

接下來，又是一路的沈默。

柳芙閉著眼，藉口酒意上頭斜斜地靠在車廂邊上，和姬無殤努力地保持著距離，不敢再多說一句、多看一眼，腦子裡卻轉得飛快，想著怎麼樣才能給姬無殤一個圓滿的解釋。

謊言，恐怕是不能再選擇了。姬無殤這樣心思通透的人，若自己撒了一個謊，必然要用更多的謊言來掩飾。到時候，破綻百出，姬無殤就絕不可能再放過自己。

想想她不過一個八、九歲的小女孩而已，身為親王的他都不願放過。若是被他發覺自己只是在糊弄他，恐怕迎接自己的不僅僅會是言語間的威脅，還會引上殺身之禍。

歷盡艱辛，死後重生，還好柳芙對姬無殤有著些許的瞭解，也知道他未來將會成為大周皇朝的天子。或許憑藉著這點對未來的預知，自己能夠打動姬無殤，讓他不要把自己看做敵人，而是看做能夠幫助他的朋友也說不定。

想到此，柳芙略微將眼皮打開了一絲縫隙。

或許真的是有些不勝酒力，姬無殤此時竟也閉著眼，仰頭靠在車廂壁上，並沒有發現自己正在被人小心翼翼地打量著。

借著掛在車簷上晃晃悠悠的馬燈，柳芙雙目微聚，帶著幾分忐忑地看向了自己從來不曾，也不敢正眼相看的他。

如果不是懷著對姬無殤深深的怨念和恐懼，或許柳芙就不會忽略他有著一張俊美容顏的事實。閉著眼的他鋒芒收斂，雖然緊抿的薄唇和唇角微微下垂的弧度還是洩漏了他本性的清冷淡漠，但這樣安靜沒有逼迫感的姬無殤，總算能讓柳芙可以正視了。

若說重生前，當自己面對二十多歲已是成年男子的姬無殤時，柳芙腦子裡只留下了那雙充滿狼性的嗜血和鋒利的眼神，還有他唇角弧度中含著的難以磨滅的冰冷和淡漠。此時此刻，那眼前不過是少年郎的姬無殤，卻給了她全然不同的感覺。

異常挺直的鼻梁，有些緊繃的下頜，略微蹙起的眉頭，勾勒出姬無殤稜角分明，卻又邪逸魅惑的側面……不自覺地，柳芙漸漸將眼睛睜大，目光也從姬無殤的眉眼開始移向全身，放開了顧忌，只仔細地、認真地看著眼前卸下一切偽裝和面具的男子。

與臉上難以掩飾的陰沈和冰冷相比，他的一雙手，卻完全呈現出另一種狀態來。

白皙的肌膚，纖長的手指，略微凸起的關節……即便是在如此晦暗不明的燈燭之下，柳芙也能看清他的指甲上帶著淡淡的粉紅顏色，極為乾淨，顯得一絲不苟。

而他的身量，即便是坐著，頭也已經幾乎碰到了車廂的頂篷，可見不是一般的修長和挺拔。但他卻不是那種北方男子普遍的魁梧和高壯。隔著衣裳，柳芙也能想見他有些偏瘦，卻極為結實的身子……若是穿上甲冑軍裝，應該會顯得英姿勃勃意氣風發吧！

看著看著，耳畔不禁微微揚起了一絲紅暈，柳芙咬著唇，使勁甩了甩頭。

她怎麼對著姬無殤幻想起那些莫名其妙的場景來！他可是沒有絲毫人情味兒的冷酷帝王，豈能任由自己去隨意地懷想！

「怎麼，看夠了嗎？」

突然間，原本還呼吸平穩看似睡著了的姬無殤毫無徵兆地睜開了眼，幽深的眸子透出一抹精光，將正在肆意打量自己的柳芙抓個正著。

「裕王恕罪，民女不是有意的。」

柳芙被姬無殤嚇了一跳，哪敢繼續將目光停留在他的身上，解釋著便趕緊別過眼，卻不小心將外罩的白狐毛裘披風給弄得滑落下來，露出了內裡極為輕薄的裙衫，還有那如玉般晶瑩的修長頸間。

半露的香肩和一抹玉色滑嫩的頸間肌膚……若非眼前的人兒太過年幼，姬無殤幾乎都要以為柳芙是在色誘自己了。

不過姬無殤倒是不難在柳芙稚嫩的面孔中看出，最多三、五年之內，她一定會出落得傾城絕色，讓人一眼難忘吧。

想到此，姬無殤竟有些啞然失笑起來，自嘲他堂堂一個裕親王竟會對一個年幼的小姑娘產生這些遐想，於是揚起手，指了指柳芙。「妳這個小腦袋瓜裡，到底想的什麼？本王真想像切西瓜那樣切開來，直接自己找答案，也免得被妳一個小丫頭耍得團團轉！」

言及「耍得團團轉」這幾個字之時，姬無殤收斂了笑容，略瞇著眼盯住柳芙，那模樣，像是威脅，又像是警告，讓柳芙不敢不正視。「先前裕王不是想讓民女說出答案嗎？民女想通了，與其拖延，不如現在趁著有空閒悉數告知，尚能博得裕王殿下您的一絲諒解。」

「哦？」姬無殤斜睨著柳芙。「妳想通了？」

點頭，柳芙小心翼翼地回答道：「不是想通了，是不敢再對裕王您有所隱瞞。」

姬無殤雙手抱胸，略動了動換成更加舒服的姿勢。「好吧，若妳的話能讓本王信服，本王就饒過妳。」

一抹柔和的笑意綻放在柳芙的臉上，雖然內心忐忑，但她卻努力保持著面上如常的表情。「裕王殿下，您相信先知嗎？」

「先知？」姬無殤露出了難得的愣然表情，一愣之後，隨即仰頭大笑起來。「小丫頭，妳不會告訴我妳就是先知吧？」

「我不是。」柳芙搖搖頭，露出了欲言又止的樣子，看起來倒是不像假裝。

姬無殤一字一句，不帶任何情感。「那妳最好下一句話給本王一個合理的解釋。否則，就永遠也不用再開口了。」

第四十六章　僥倖來周旋

三刻鐘之後，文府的馬車來到了裕王府邸的大門口。

姬無殤讓王府管家安排了文府隨行的僕人去雜院休息，自己則親自帶著柳芙，像拎小雞似的，將她「丟」進了書房。

屏退左右，姬無殤一把扯開外罩的灰鼠毛披風，露出絳紅色的薄錦長袍，指了指面前的炕桌。「坐下吧，現在可以說了。」

書房不大，整整兩面牆都是碼放的書籍，還有一面是門，另一面則是面前的長炕了。因為身量嬌小，柳芙勉強才爬上了炕，感覺身下熱呼呼的，可心裡卻七上八下直發慌。

帶著三分小心、七分忐忑，偷偷瞄了一眼姬無殤，見他並未有任何反感的表情，柳芙埋頭道：「不管裕王您是否相信民女先前說的話，民女已經沒有更多的解釋了。」

什麼叫「多說多錯」柳芙還是知道的，先前在車廂內，自己將醞釀好的解釋剛一股腦兒地說出口，竟當場就被姬無殤給喝住了。

那時他的臉色白中泛青，青中泛黑，相不相信她的「說辭」還是兩說之事。現在，柳芙覺得自己最好的選擇就是閉上嘴，什麼都不要再說。要是被姬無殤嗅出哪裡不對勁兒，到時候自己可就不僅僅是被拎脖子，而是被抹脖子了。

姬無殤卻並未就此甘休，看著柳芙像隻小兔子似的縮在炕桌對面的角落裡，冷哼一聲。

「妳先前告訴本王，說妳自從半年前入京投親，差些因為發燒而病死，之後就一直作著同一個夢，這個夢還是關於本王的？」

看來不繼續「圓謊」是不可能的了，柳芙只好點點頭，嚥了嚥口水想要舒緩自己緊張的情緒。「所以，民女第一眼見到裕王之時就被嚇到了。因為在民女的夢中，您是高高在上萬人仰視的天子呢。」

沒有任何一個男人能抗拒柳芙口中描述的場景，雖然柳芙的話聽起來實在是有些不可思議，但姬無殤還是耐著性子，想要從她的嘴裡多套出些話來，於是眉頭深蹙道：「別告訴本王只因為一個夢境，妳就這樣害怕本王。」

「怎麼不害怕！」柳芙嘟起粉唇，厚著臉皮像個真正的八、九歲小姑娘那樣撒起了嬌來。「民女雖然年紀小，但還不至於不知道咱們大周皇朝的國君是個半百的老伯。以前一直以為不過是個夢罷了，可沒想到那天在文府竟然遇上了您。您可是民女夢裡頭的人呢，突然出現，當時就嚇了民女個半死。後來知道了您竟是尊貴的裕王殿下，您說，民女豈不是更要怕得躲著您嗎？」

「怎麼說？」姬無殤唇邊帶著一抹玩味的笑意，冰冷中顯出了幾分魅惑來。

別開眼，柳芙對於姬無殤前世帶給自己的印象還心有餘悸，但這戲還得繼續演下去，只得故作欲言又止的樣子，有些遲疑地開了口。「裕王，您是真的要民女把話說得那麼明白嗎？」

「妳不說明白，本王又怎麼知道妳是不是在編故事呢？」姬無殤瞳孔微縮，話音和眼神一般，透著一股子冰涼的鋒利感。

「裕王您身為親王，卻在民女的夢境中成為了天子。若只是一個夢，民女自然不會有所困擾。但您是真真實實存在的人，那民女的夢境，是否也是一個關於未來的預言呢？」柳芙輕緩的聲音裡透著一絲恐懼，好像是在刻意地壓制緊張的情緒。「現在，您還是裕親王，那將來呢？您會是幸運取代太子的新任儲君，還是殺父弒兄的暴君？民女不敢多想，甚至連想都不敢想。民女不過是個小姑娘罷了，還想好好活到嫁人的年紀呢……所以，也只能躲著您了……」

說著說著，柳芙聲音越來越弱，「嚶嚶」的哭泣聲代替了話語，渾身也跟著微微顫抖了起來。

眼前的柳芙因為裹著白狐裘披風，弱小的身子像極了無辜而又可憐的小白兔，姬無殤皺皺眉。「別哭了，本王不會拿妳怎麼樣的。」

「真的？」柳芙聞言抬眼，止住了哭泣，只是臉上布滿了淚痕，紅紅的眼睛還真像隻小兔子。「裕王您真的不會殺人滅口？」

「滅口？」姬無殤少見地翻了翻白眼，似乎很氣悶。「妳難道要本王去相信一個小女娃的夢是真的？不但相信了，還要殺了妳滅口？」

「可是……」柳芙總覺有些不安。「民女作這樣的夢，本該謹守不言的。可民女卻說了出來，實在是對皇朝天子的不敬呢。裕王，您……不會告發民女吧？」

「作作夢而已，只要妳不弄得滿大街都傳開了，本王自然不會管妳。」姬無殤嗤笑了一聲，似乎真的沒有太放在心上。

「您放心，民女本來打死都不會說的，要不是裕王您……」柳芙說到這兒就閉嘴了，沒有再繼續。

「好了，妳去隔壁屋休息吧。」姬無殤說著拍了拍手，書房門立刻就被打開了，正是先前駕車的那個侍衛。「好好安頓柳小姐，明天一早你親自護送她回天泉鎮。」

對侍衛吩咐了這句，姬無殤便從炕桌上起身來，走到書案邊上，提了筆開始顧自做事，不再理會柳芙。

裹緊披風，柳芙從炕上小心地跳下來，咧嘴對著侍衛一笑。「煩勞了。」

「不必客氣。」侍衛聲音仍舊冷冷的，領了柳芙來到隔壁屋子，推開門後側身示意其自己進去，眼看著柳芙小心地邁步而來，嬌小的身子彷彿要被夜色所吞噬，於是忍不住壓低了聲音，看了看左邊書房關上的門。「柳小姐，有些話本不該在下說，但是……」

柳芙停住腳步，揚起頭睜大了眼睛看著他，脆生生地道：「但是你又不得不說，對嗎？說吧，我聽著呢！」

侍衛被柳芙晶亮的眸子給震住了，只覺得這樣的一雙眼，若是生在一個妙齡女子身上，恐怕會惹來不知道多少麻煩。

「侍衛大哥怎麼稱呼？」柳芙眨眨眼，見侍衛愣愣的看著自己不說話，本來劫後餘生心情就不錯，便笑咪咪地道：「多謝你一路駕車護送，我還不知道您姓啥名誰呢。」

「在下常勝，小姐不用道謝。」被一個小姑娘大方的問名字，這個名叫常勝的侍衛臉上略有些尷尬，想起自己剛剛要說的話，便對著柳芙略屈了屈身。「裕王不是壞人，小姐不用怕他。」

「那他是好人嗎？」柳芙反問常勝，臉上掛著簡單的疑惑表情。

常勝卻語氣堅決地道：「身為下屬，不好妄議主人。總之，柳小姐記住，裕王殿下並非壞人就是了。」說完，又向著柳芙行了一禮，這才關門離開了。

對於常勝的話柳芙並未放在心上，前生姬無殤給自己留下的印象太過強烈，可不是旁人三、兩句就能化解的。

感覺屋中極為溫暖，柳芙卸下了披風，環顧四周，發覺此處並非是臥房。看樣子，應該是屬於隔壁書房的一個側屋，專供姬無殤處理公事的間隙拿來小憩的。因為房中並無床榻，只有一個鋪滿了雪白羊羔毛的美人榻，和一個用來遮擋更衣的桃木五福屏風。

無論是之前參加拈花會，還是之後與姬無殤周旋了整整一夜，都讓柳芙感覺身心俱疲，沒工夫去挑剔睡覺的環境。

雖然知道姬無殤在隔壁並未休息，柳芙也只得顧自走到美人榻上，拖來一件薄棉的錦被蓋住身體，準備先捱過這一夜再說。

第四十七章　寒夜不能寐

盞盞燈燭被門縫窗隙間透過的絲絲寒風吹得閃爍不停，將書房內的氣氛也渲染得有些晦暗不明。

姬無殤立在書案邊，低首翻動著影閣送報的文書，也不抬頭，只冷聲道：「常勝，你為什麼要多嘴？」

聞言，常勝立即便雙膝跪地，俯身不起。「屬下知罪。」

「你是同情那丫頭了？」姬無殤微瞇著眼，覺得不應該這樣。

常勝是自己從影閣年輕一代裡挑選出來的佼佼者，跟著自己快一年了。雖然他的年紀不過也才十七歲而已，但忠心耿耿，為人持重，性格縝密，堪當大任。按理，他不應該會對柳芙說出那樣的話來才對。

常勝知道自己不解釋不行。「屬下只是覺得，柳小姐和主人之間沒有必要存在任何誤會。」

姬無殤收起了嚴肅的表情，用著幾分戲謔的語氣道：「那小丫頭，竟惹得你為之操心，真是難得了。」

常勝被姬無殤這樣說，臉上略有尷尬之色。「屬下承認先前是有些衝動和逾矩了。但在屬下看來，柳小姐是文先生的乾孫女，身分上和主人並無衝突。況且，她年紀尚小，為人雖然有幾分聰慧，可對主人來說並不會造成任何威脅，所以屬下才……」

「好了，你今夜話多了，去門口吹吹風，好生冷靜想想吧。」姬無殤揮手打斷了常勝的話，臉上露出幾分不耐來。

「是，屬下告退。」

常勝聽見姬無殤要自己去外面吹冷風，眉頭也沒有皺一下，從地上起身便轉而出去了。

目光回到書案上，姬無殤用筆頭鑲嵌的玉珠挑了挑燈芯，腦子裡又浮現出了柳芙一張絕豔嬌麗的小臉和她先前對自己說的話來。

「夢境！」姬無殤勾起唇角，自嘲的笑了笑。「我卻還真信了那丫頭三分，真是白活了這十五年！」

甩甩頭，繼續落筆批寫文書，姬無殤伸手取了煨在暖爐上的蔘茶，剛喝了一口就聽得門響。「主人，淮王府連夜送來了您的兩箱子東西，可要現在就拿進來？」

「進來吧。」姬無殤放下筆，走到屋中，看著常勝指揮了兩個家丁抬著箱子進屋，便道：「放那邊，退下吧。」

「是。」常勝行了禮又悄然帶著兩個家丁退了出去，順手將屋門緊閉。

目光掃過兩個箱子，姬無殤突然覺得有些不妥，隨即放下筆就走了過去，一把將箱蓋打開。

一個箱子內的書籍仍舊整齊地碼放著，另一個箱子裡的衣物卻顯然是被人動過的，有些邊角凌亂地疊放在一起。

姬無殤撥開了最上面那件衣裳，從箱內取了一件東西出來。

「簪子！」

蹙著眉，姬無殤看著手中的玉簪，是紫玉的質地，簪頭簡簡單單的雕琢著一朵半開的玉蘭花。拿到鼻端輕嗅，一股子淡淡的馨香鑽入鼻息之間，帶著幾分熟悉的味道，讓他突然意識到了什麼，趕緊伸手在箱內翻找起來。

「這丫頭，怪不得我看她身上的裙衫有些眼熟。」如預期的那樣，姬無殤沒有找到箱內那件自己在夏天時候常穿的月白披衫，臉上表情錯愕中帶著些苦笑不得的意味。「原來是她拿去做成了衣裙！」

抬眼望了望隔壁房間的位置，姬無殤甩甩頭，一把闔上箱蓋，回到書案後順手將玉簪收到了抽屜裡。「小丫頭，以後再慢慢找妳討回來！」

說話間，那表情裡竟有幾分輕鬆和明顯的興致勃勃。

此時此刻，柳芙像小貓似的蜷縮在美人榻上，想著姬無殤就在隔壁屋子，心境就怎麼也平靜不下來。

可以想見，這間屋子是姬無殤平日常來的，無論是薄被上還是雪白的羊羔絨墊子上，都縈繞著一股淡淡的、有著陳年檀木薰香的味道，沈穩中流露一絲舒緩，和他那張透著鋒利冷漠的面孔有著截然不同的感覺。

姬無殤對「夢境」的說辭，也不知道他是真的只當個玩笑，還是會對自己更加留意，柳芙單從表面看，根本不敢確定。

或許，自己早前的計劃需要改變一下。

當初她想著能在姬無殤登基成為新皇之前，就早早與其交好，以備將來有需要求他的時候方便行事。

但是，姬無殤的個性實在難以捉摸。他溫文爾雅謙虛有禮的外表下，柳芙清楚明白的知道，他本性中有著無法改變的冷漠和殘忍，根本毫無人情味可言。

這樣的一個人，就算自己將來有求於他，他難道就會幫助自己？想想都不太可能！這個城府極深的「狐狸」，即便是兩世為人的自己，恐怕與其周旋也還顯得嫩了些。

「唉！」想到此，重重的嘆息聲從唇邊逸出，柳芙一張稚嫩的嬌顏上帶著一抹「老氣橫秋」的愁苦相，只喃喃地自言自語道：「我還是明哲保身，遠離禍害吧。」

心中有了決斷，睡意便如潮水般襲來了，柳芙合上眼，將被子拉緊，在淡淡檀香的包圍中，漸漸睡去了。

殊不知，此時在隔壁的姬無殤卻耳廓一動，將柳芙的動靜聽得一清二楚。

「這丫頭，沒有緣由地嘆什麼氣，又不是老太婆！」眼前浮現出她那張嬌嫩白皙的小臉，姬無殤只覺得有些好笑。「什麼叫做『明哲保身，遠離禍害』？難道在她眼裡，我是『禍害』，她是『明哲』？小小年紀，怎麼鬼心思如此之多，真是個小狐狸。」

悶哼一聲，姬無殤心意一動，將抽屜打開，看著放在裡面的玉簪，不自覺地想：這樣一個小狐狸，恐怕將來會長成個狐狸精吧！也不知道誰會倒楣娶了她，那才是惹上一身騷！

思緒至此，姬無殤眼睛盯在玉簪上，臉上流露出了一抹疑惑之色。不知道自己是怎麼了，竟會如此在意那個小丫頭看自己的眼神，在意她面對自己時，為何會流露出深深的恐懼。害得他從與其初次見面後就一直心中有結，想要解開。

事實證明，應該是自己想太多了。

一個九歲的小姑娘而已，只是因為一個夢，才產生了對自己害怕的情緒。說到底，不過是個玩笑罷了。

只是她的那個夢境……姬無殤習慣性地摩挲著大拇指上的白玉扳指，半躺在書案後的廣椅上，仔細一想，還是覺得有些不妥。

父皇力排眾議，將大內防衛最核心的影閣交給了自己，難道真的只是為了更好地輔佐太子？自己生下來就被帶離母后身邊，被父皇以恐怕嬌慣為由放在身邊親自教養，難道僅僅是流於表面的那個說辭？那為什麼身為太子的二哥卻能留在母后身邊，享盡天倫呢？按說，他需要承擔的責任應該比自己大得多才對，為何父皇卻對他如此寬容，甚至有些放任呢？父皇總是告誡自己要和胡家保持距離，卻對太子和胡家來往過密一事睜隻眼閉隻眼……

這些疑惑一一在腦中閃過，再聯想到這些年父皇暗中讓影閣去摸清胡家的錢財來源，不斷收攏兵權，還有對母后越來越冷落，甚至初一、十五的例行日都不見其一面。再結合柳芙所講述的那個夢境……姬無殤突然從椅背上坐了起來，臉上的表情充滿了愕然和驚異！

一抹邪魅的笑意蔓延在俊顏之上，姬無殤側頭望向了隔壁，沈聲緩緩道：「小丫頭，看來我不能輕易就放過妳了。所謂先知，不管這世界上有沒有，妳也只能被我掌控在手心裡才行！」

第四十八章　心機被識破

「柳小姐，奴婢進來為您梳洗了。」

耳邊傳來一聲脆嫩的叫喚，柳芙緩緩睜開了眼，才發覺自己竟然在此處睡著了，還睡得挺沈。

隔壁就是姬無殤的書房，自己還能如此安睡，柳芙都有點兒佩服她自個兒了，於是趕緊翻身下床，趁那丫鬟沒進來之前伸了個懶腰。「請進。」

門打開，迎面而進一個亭亭玉立的俏丫頭，十七、八歲的年紀，高眺的身子上裹著柳綠的薄棉夾襖，鸚哥兒黃的百褶幅裙，額上還捋了一圈雪白的兔毛抹額紮住兩個盤花髻，耳垂上一邊一個小指甲蓋大小的珍珠墜子，通身看起來清爽可人，明媚柔朗。

「奴婢名喚雪娥，奉裕王之命前來伺候姑娘更衣。」

這婢女身後還跟了兩個小丫頭，一個手上端著銅盆，正冒著白煙。一個手上托了個紅漆盤子，上面疊放整齊了一套衣裳，看樣子，是要給柳芙換上的。

「我衣裳穿得好好的，不用換。」

低頭看著自己親手「打造」的墨蘭裙衫，柳芙還有些捨不得換下來呢。雖然現在天氣寒冷，但來年春天再穿正好合適。

「裕王吩咐了，說小姐身上這身乃是借用，需要歸還。」雪娥說著，和兩個小丫頭已經魚貫而入，一個丫頭當即放了銅盆就開始擰帕子上前給她梳洗，一個丫頭放了衣裳就開始動手幫她更衣起來。

而此時的柳芙已經顧不得像個木偶般被人隨意擺弄了，只因為雪娥的那句「乃是借用，需要歸還」，她臉上愕然的表情還未來得及褪去。

等回過神來，身上原本的墨蘭裙衫已經被換成了藕荷色的錦緞夾棉薄襖。上面用著銀絲線與大紅錦線繡了石榴花串兒的圖案，既柔和嫵媚，又不失精緻華麗，將柳芙一張雪白的小臉更是襯得晶瑩如玉般細滑嬌嫩了。

可柳芙根本來不及欣賞鏡中的那個「自己」，反手輕輕拉了雪娥的衣袖，心裡還懷著一絲僥倖。「這位姊姊，妳剛才說裕王殿下的吩咐，是什麼意思呀？」

「嗯，裕王說那件裙衫可以借給您暫時穿穿，但過了拈花會就得歸還，所以才讓奴婢準備了新衣裳給您換的。」

雪娥一邊說，一邊伸手將柳芙的長髮散開，拿了檀木排梳又開始替她綰髮。「一大早奴婢就讓管家娘子去錦鴻記的鋪子買來這衣裳，柳小姐可還覺得合意？」

「倒是挺合身的。」柳芙隨口敷衍著，腦子卻飛快地轉了起來。

敢情昨夜姬無殤說是去淮王府取東西，並非只是個藉口。而他要取的東西，恰恰好正是她在臨花閣旁邊抱廈裡看到的那兩口箱子。

簡單來說，自己昨天穿了一夜的裙衫……自己自作主張順手牽羊的這條墨蘭裙衫……竟是屬於姬無殤的！

天哪，怪不得她總嗅到一股子似有若無的檀香味兒，原來不僅僅是因為她睡在了姬無殤經常休息的地方、蓋著姬無殤蓋過的薄被，而是身上這件衣裳本身就是姬無殤穿過的！

柳芙只覺得天旋地轉，頭暈目眩，一顆心怦怦直跳都要提到嗓子眼兒這兒來了。

對於柳芙來說，宿醉後的頭暈根本就不算什麼，在姬無殤身邊哪怕再多一刻，恐怕都會承受不住這樣的壓力而情緒崩潰的。

並未看出柳芙的異狀，雪娥利索地沒幾下就幫其梳好了頭，笑咪咪地柔聲問道：「柳小姐，您看這個穿花髻如何？奴婢用暖房送來的紫玉蘭代替釵環，這樣搭配您的衣裳可還好看？」

下意識地點點頭，柳芙哪裡聽得進去雪娥說了什麼，趕緊從椅子上站起身來。「叨擾了王府一夜，煩勞姊姊幫我通知一下文府隨行的僕從，我也該回去了。」

「可是裕王吩咐了奴婢，要帶小姐去暖房旁邊的漱玉館用早膳呢。時候差不多了，柳小姐，這邊請。」

雪娥說著已經輕輕俯身將柳芙的手臂扶住，不等她回神，帶著就往外而去。

「不用不用！」柳芙一邊想要掙脫，一邊頭擺得像個博浪鼓。「已經叨擾了一夜，怎敢再厚顏留下用早膳。況且文爺爺那邊還等著我回家呢，天泉鎮還有接近一個時辰的路途，我得趕回去和爺爺用午膳，再不走，就來不及了！」

雪娥卻反手又將柳芙拉住，一邊半拽半拖地往前而行，一邊飛快地解釋道：「柳小姐，裕王說您若是拒絕，就讓奴婢轉告您，這一頓早膳就當是您借用那件裙衫給付出的報酬。而且，您還落了東西在他那兒，除非您不要了，否則還請過去一同用過早膳。之後，他會安排常勝護送您趕回家的，一定趕在午時之前，讓您不用費心。」

「落下的東西？」

柳芙剛剛問出來，下一刻就已經自己找到了答案，只好硬著頭皮被雪娥半架著往漱玉館而去，徹底打消了趕緊逃離王府的念頭。

先前自己還琢磨著怎麼插在頭上的紫玉蘭簪不見了，她以為是更衣時落在了淮王府，本想回去之後讓劉婆子再去取的。現在看來，玉簪的確落在了淮王府，但具體的位置卻是自己翻找的那口大箱子裡！想來，是之後箱子被裕王府的人抬回來，而姬無殤多半是發現了自己遺落在裡面的玉簪，同時又發現不見了一件衣裳，這才猜出來她身上的裙衫是「來路不正」的吧。

又是後悔又是懊惱，柳芙越想越是氣悶，不由得眉毛鼻子皺在了一起，小嘴兒也不自覺地嘟著，那臉色，是要多難看就有多難看。

「柳小姐，前頭過了迴廊就是漱玉館，奴婢就送到這兒了！」

雪娥的聲音在耳邊傳來，柳芙只得收起了各種悔恨和怨念，硬著頭皮一步一步往前而行。

第四十九章　夢醒心仍醉

琴音，古韻流長，宛若天邊飄過了一縷霓虹，懶懶的落在了凡間，讓聞者不禁失了心智，但願沈醉在這無比舒緩柔曼的樂曲中，只期再也不要醒來……

這就是柳芙轉過迴廊時，腦子裡閃過的唯一念頭。

整片用漢白玉堆砌而成的屋牆上，鑲著六扇一丈高的明藍色琉璃門。一眼望去，透過那半透明的琉璃門，裡間一抹白色的身影正席地而坐，膝上抱琴，纖指撥動著長弦，任陣陣樂音從屋中傾瀉而出，將漱玉館包裹在其間，恍若與世隔絕的一個雲上仙島。

柳芙一下子就領悟了過來，為何此處名喚「漱玉館」。

只是，無論那晶瑩的漢白玉牆，還是朦朧透光的琉璃門，都不及那屋中端坐的男子。白衣勝雪，玉面佼朗，也只有他，才能堪配這漱玉館中的那個「玉」字。

「柳小姐，請進。」

常勝不知從哪裡冒出來的，見柳芙仰著小臉目色驚訝地看著姬無殤，只覺得有些好笑，便上前打斷了她的發呆。「主人等候小姐多時了，在下這就吩咐廚房將早膳送過來。」

「多謝。」柳芙看了一眼突然出現的常勝，點了點頭，覺得不對勁兒，伸手一把扯住了正要轉身離開的他。「你說，裡面那個撫琴之人，是你家主人？」

「正是。」常勝點點頭。

「怎麼可能？」柳芙咬著唇，似乎不願意相信自己剛才竟然被姬無殤給吸引住了。他只能是自己要謹慎應對的人，而非那個可以讓自己放鬆心境的人！他的狠辣無情，他的冷漠如冰，怎麼可能化作比泉水還要柔和的琴音，讓自己在一瞬間迷失了呢？難道，少年時的姬無殤是不同的？

「主人八歲學琴，技藝超然，只是從不輕易示人罷了，也難怪小姐會覺得驚訝。」常勝解釋著，往後緩緩退了一步，好讓柳芙的小手放開自己的衣袖。「您還是快些進去吧，主人只有在撫琴時才會稍具耐心。要是等琴音止住，柳小姐可就要好生解釋一下為何姍姍來遲了。」

深吸了一口氣，柳芙倒沒注意常勝何時又消失不見，只有些艱難地挪著步子，伸手輕輕推開了琉璃門。

觸手的冰涼讓柳芙清醒了不少，心底默唸著「不要怕」，強迫自己忽視眼前和印象中截然不相同的那個姬無殤，一步步地踱進了漱玉館中。

「妳來了。」

十指下壓，琴聲戛然而止的同時，姬無殤帶著冷然靜默的話音隨之響起。「看來，妳睡得還不錯。」

「沒有。」柳芙趕緊否認了，低低地埋著頭，有些不敢看一身雪衣、慵懶地斜倚在竹蓆之上的姬無殤。

姬無殤冷哼一聲，起身從竹蓆上離開，一邊踱步一邊淡淡道：「那本王怎麼在書房聽到隔壁屋裡傳來陣陣鼾聲?」

「民女只是太累了。」柳芙頭埋得更低了，恨不得挖個坑就此將自己給填進去，也高過面對這「玉面狐狸」。

「嗯，這身衣裳倒是很適合妳。」姬無殤上下打量著眼前的小人兒。衣裳是淡淡的藕荷色，裙幅上卻繡著銀紅的石榴花串兒，將柳芙細弱的嬌軀包裹得像是一隻翩然而來的粉蝶，極為靈動跳躍，清新宜人。

怕什麼來什麼!被姬無殤以如此口吻提及自己偷穿他衣裳的事來，柳芙臉像是火燒似地。即便是沒有照鏡子，也知道現在她肯定是一副窘相。

姬無殤對柳芙的反應很滿意，不自覺地唇角上揚，轉身道：「過來。」

不敢違抗，柳芙只得乖乖的跟上了姬無殤，來到一個白玉石桌前。

「妳伺候本王用膳。」柳芙正準備在姬無殤對面坐下，卻聽見耳邊響起了吩咐聲。

咬住唇，柳芙故作乖巧地點點頭，繞過石桌來到姬無殤身後站著。

不一會兒，常勝便帶著幾個婢女魚貫而入，將幾樣簡單清爽的小菜並一盅濃濃的燕窩粥放在了桌上。

回憶著前生在宮中學過的用膳禮儀，柳芙一雙小手倒是極為熟練地為姬無殤布菜、添粥，沒有絲毫的慌亂。

這讓姬無殤有些意外，抬眼看了看柳芙，見她小臉還是帶著微微的羞赧之色，捲起的袖口露出一截白玉般的藕臂，青蔥纖細的十指晃動在眼前，甚至比這白玉雕琢成的桌子還要晶瑩光潤。

「咳咳。」姬無殤收起了遐思，指了指對面的位置。「坐下用膳吧。」

「是。」

柳芙心中有些懊惱姬無殤將自己當成婢女一般使喚，可眼前的燕窩粥和青綠的小菜實在誘人，加上肚子已經餓得讓自己沒有精力再去多想，便一把坐下，也不客氣地顧自添了一大碗燕窩粥，埋頭開始吃了起來。

耐著性子看柳芙一口氣喝完兩碗粥，又將幾碟盤盞掃蕩得一乾二淨，姬無殤這才懶懶的開口道：「妳人小，膽子卻是不小。」

掏出絲帕擦乾淨嘴角，柳芙從桌前站起身來，走到姬無殤的面前，福禮道：「民女知錯了，還請裕王您大人有大量，將民女的玉簪還給我吧。」

「妳這是在認錯嗎？」姬無殤嗤笑了一聲，隨即臉色一變，變得嚴厲起來。「大周朝刑律，偷盜之罪可判監一年，性質惡劣的可斬去左手，以示懲戒。」

被姬無殤一番威脅，柳芙雖害怕，卻知道他不過是在嚇唬自己，趕緊雙膝跪地，做出了一副可憐的認錯樣子。「不知者不罪，還請裕王看在民女尚且年幼的分上，饒了民女這次吧。」

「妳這錯倒是認得又快又徹底。」姬無殤低首看著匍匐在前的柳芙，話音一變，帶著幾分戲謔。「放心好了，妳不但是文師傅的乾孫女兒，也算是本王的『小師妹』，本王不會那麼不近人情把妳交給官府的。」

「多謝裕王殿下寬宏大量。」柳芙嘴上恭敬無比地說著這話，心裡卻已經將姬無殤給譴責了不下百次。自己不過是個小姑娘罷了，他都拿住不放，還言語威脅，哪裡會是正常人能做出的事兒？

姬無殤轉著手上的白玉扳指，冷冷道：「妳既然聰慧過人，就應該知道，本王不會做虧本的買賣。」

「裕王您要民女做什麼，民女都答應。」柳芙只得硬著頭皮與其周旋。

「很簡單。」姬無殤起身，走到柳芙的面前，伸手輕輕捏住了她尖細的下巴，迫使其抬起頭來與自己對視。「以後妳如果再夢到什麼，必須第一時間過來告知本王。還有妳之前的夢境，絕不許讓第三個人知道。妳可能辦到？」

感覺下巴的地方傳來陣陣溫熱，柳芙側過眼，不願與姬無殤對視，只勉強地點了點頭。

「民女知道了，不過民女要給裕王您說清楚一件事。」

姬無殤揚了揚眉。「什麼事？」

柳芙動也不敢動，仍由自己的臉被姬無殤箝制住，聲音細弱而膽怯。「民女只在發燒的那段時間作過古怪的夢。自從見過了裕王您本人之後，就已經沒有再夢到過您了。所以，恐怕民女會讓您失望的。」

「柳芙。」

「嗯？」有些意外地扭過頭看向姬無殤，如果自己沒有記錯，這是他第一次直呼自己的閨名，柳芙臉上自然露出了幾絲訝異來。

似笑非笑間，姬無殤鬆開了柳芙的小臉，從懷中取出了那支紫玉蘭花的簪子，伸手，斜斜地簪入了她的髮髻上。「妳放心，從今天起，本王會讓妳再次夢到我的。不是有句話這樣說嗎，日有所思，夜有所夢！」

第五十章　玉潔不染塵

北方的冬天只有兩種顏色，屬於天際那明亮耀眼的藍，和那漫漫無期，卻又讓人心生歡愉，屬於落雪的白。

早早地起了床，柳芙推開窗，瑩白似雪的小臉上兩團淡淡的紅暈久久不散，水眸中倒映著連綿而去的覆雪，有種奪目的光彩流淌而出。

不知為何，自從那天離開裕王府，她的腦子裡就不停地重複著姬無殤曾說過的話——日有所思，夜有所夢！

和他一番接觸之後，沒來由地，柳芙心裡就種下了一顆微妙的種子。而他在自己耳邊呢喃細語的話，彷彿從天而降的甘露，澆灌了她心底的這顆種子，使其漸漸萌芽，也讓她不禁有些迷失了理智，找不到方向。

前生時，柳芙對姬無殤所有的印象除了冷血，就只有「不近人情」這四個字了。他淡漠得毫無溫度的眼神，甚至不敢讓自己開口求他不要送她北上和親。

可通過這次短暫的相處，柳芙總覺得，在姬無殤冰冷的心底，或許還殘存著一塊柔軟之地。若自己好生抓住機會，說不定能悄然留住他唯一的柔軟。就算將來他成為了那個「冷面君王」，在面對自己時，或許還是會釋放出那一絲僅有的溫暖來吧？

但柳芙也明白，自己如果這樣做，無疑等於「與虎謀皮」。

少年時的姬無殤除了心智稍微稚嫩些以外，城府之深，謀略之遠，絲毫不遜於前生裡位居皇帝寶座的他。要是他看出自己並非真心，哪怕有一絲懷疑自己是另有所求，那等待她的，絕對會是永墜深淵無法解脫的結局……

想到這兒，一聲與柳芙稚嫩面孔完全不符的嘆息聲逸出了唇瓣，眼前一片皚皚白雪也變得刺目起來，讓她不禁蹙起眉，下意識地別過了眼。

「小姐，一大早您嘆什麼氣呢？」

說話間，一身水紅夾襖的暖兒從院門外進來了，凍得有些發紅的手上托著一個碟子。「小姐快些梳洗了，再吃點兒點心墊墊肚子，文老爺讓您和夫人都過去養心堂，說是有話要說呢。」

強迫自己打起精神來，柳芙知道，文從征肯定是讓她將拈花會上的見聞講給母親聽。於是將窗戶拉上，顧自擰了帕子，也不顧水溫已經微涼，胡亂地洗了把臉，讓暖兒幫她梳了個俐落的單髻，又取了兩塊糕點在手，披上厚厚的披風，便趕緊快步去往了養心堂。

腦子裡亂哄哄的，柳芙仔細地整理著思緒，想著等會兒哪些話該說，哪些話不該說，一路上也無心賞這雪後的美景，只加快了步子，不一會兒便來到了養心堂的門口。

「孫小姐，老爺和令堂已經在裡面了。早膳也已上齊，就等您呢。」

正好碰上文來從裡頭出來，看到柳芙急急而來，趕忙上前行了一禮。「先前宮裡頭送來一張帖子，小人已經交給老爺了。多半啊，是邀請小姐入宮賞花燈的請帖呢。」

「怎麼說？」柳芙拉住了文來，問道：「宮裡頭幹麼請我去賞花燈？」

文來滿臉堆笑，耐心地解釋道：「小姐在拈花會上一舉成名，聞譽遠播，這宮裡頭一年一度的元宵燈節，請的都是京中名門貴戚家的千金們，為的自然是陪宮裡的貴人們過元宵節，熱鬧熱鬧。身為老爺的乾孫女兒，又是出了名的小才女，小姐自然也在受邀之列啦。」

「原來如此。」柳芙有些後怕地拍拍心口。乍聽文來提及，她還以為是姬無殤要見自己，心跳都嚇得漏掉了一拍。

「芙兒，快些進來吧，別磨蹭了。」

臉上揚著淡淡的紅潤光澤，沈氏已經迫不及待地出了大門，一把拉了柳芙的小手。「妳文爺爺還等著妳將拈花會上的那個故事講給他聽呢。」

「老夫可不急，妳這小傢伙前兒一夜未歸，又是守城軍過來通報說裕王第二天送妳回天泉鎮，妳娘可操心得不得了，恨不得天沒亮就直接去城門接妳回來呢。」

文從征洪亮的聲音從養心堂的正屋裡傳了出來，帶著幾分笑意，聽起來很是開懷的樣子。「而且，爺爺可不是對拈花會感興趣，是對芙兒到底如何在一眾千金小姐裡頭脫穎而出，得了素妃的賞識更感興趣啊。」

「爺爺，您就別取笑芙兒了。」柳芙故作憨樣地撓撓頭，咧嘴露出兩排玉齒，笑道：「虧得之前看過好多雜書，那時候突然被素妃娘娘點到我出列，腦子裡只想著，不要給爺爺丟臉，就隨口講了一個佛家故事。只是沒想到大家都極愛聽，這才撿了便宜得了娘娘的喜歡呢。」

「芙兒，故事可不是誰都能講得好、講得精彩的！」文從征臉上掩不住的得意之色。

「妳是老夫親自調教出來的小徒弟，別人哪裡比得上呢！哈哈哈！」

沈氏也眉開眼笑合不攏嘴，但言語上卻帶著幾分謙虛。「文老，您可就別再給芙兒戴高帽子了，她年紀小，還是虛心些多和您學些真本事才是要緊。」

文從征捋了捋下頷的幾縷長鬚，點點頭，輕拍著柳芙的薄肩。「這是這是，總不能年年的拈花會都講故事吧，琴棋書畫也要無一不精才行啊！」

「爺爺，我肚子餓了。」柳芙哪裡會不知道文從征的打算，想起將來會被他看得緊緊地，學習那些四書五經琴棋書畫的，腦子就發脹，便撒起了嬌來。「娘，您們等我這麼久，也該餓了吧，咱們快些趁熱把早點吃了才是正經。」

文從征也點點頭。「對對對，老夫這兒還有些正經事兒要說，來，先用早膳，之後咱們一邊喝茶一邊商量。」

「商量什麼呀？」柳芙有些摸不著頭緒，想起文來提及宮裡送來帖子的事兒，忙道：「是不是請我去宮裡賞花燈的事兒？」

文從征卻擺擺手。「這是一樁，但卻不急，此時離得正月十五還有一個多月呢，怎麼也要等過了年再說。但另一樁，卻是老夫不得不早些和夫人提的。」說著，文從征的目光轉向了沈氏那邊。

沈氏正在給文從征添粥，聽見他說這話，停下了手中動作，抬眼問道：「文老和妾身提什麼？」

「食不言，咱們還是先填飽肚子再說。而且芙兒也餓了，不著急，不著急。」文從征卻有意賣關子，也不再說話，抱著粥碗顧自喝了起來。

文從征不說，柳芙和沈氏對望一眼，也只好埋頭開始用膳，只是心裡頭帶著疑惑，頗有些食之無味的感覺。

飲著柳芙從扶柳院送來的「白牡丹」，文從征微眯著眼，一副享受的樣子。知道柳芙母女都等著自己的解釋，也不再賣關子了，笑道：「夫人，妳可曾考慮過芙兒將來的婚事？」

「婚事？」

沈氏有些驚訝，柳芙則差些被茶水給嗆到。「爺爺，您說什麼啊！」

「老夫不講那些個虛禮！」文從征說著，收起了笑容，嚴肅但仍舊語氣柔和地道：「別的女孩子都忌諱被當面提及自個兒的婚事。但我的芙兒老夫最清楚不過了，盲婚啞嫁絕非妳所願意。前日裡，妳在拈花會上摘了頭彩之後，這兩日就不斷有人向老夫提親，想要求娶妳過門。老夫想著不能再拖了，便讓妳娘也過來，咱們仨兒關上門來好生商量一下，看妳們母女是否早有打算。給老夫透個底，老夫也才好明白什麼該做什麼不該做。」

「文老……」沈氏被文從征一席話說得有些措手不及，根本無從反應。

柳芙卻緩緩站起了身，臉色凝重地來到了文從征的面前，突然就跪了下去。「爺爺，芙兒謝謝您！」

文從征卻很是滿意地點點頭，上前扶了柳芙起身。「老夫就知道妳是個心思通透的，所以才當著妳的面和妳商量婚事的主意。妳放心，妳大可將心中所想悉數道來，爺爺啊，一定會為妳作主的。」

「芙兒，妳……」沈氏看了看文從征，又看了看柳芙，還沒弄明白到底是怎麼一回事兒。

柳芙這才來到沈氏身邊又乖乖坐下，替三人都斟了茶，臉上略帶紅暈地道：「娘，您可為女兒的婚事打算過？若是有，就說出來吧，讓爺爺聽聽，替咱們拿拿主意也好。」

沈氏被柳芙臉紅的害羞樣兒惹得一笑，這才完全回過神來，輕輕將她攬在了懷裡。「我的芙兒啊，妳真是長大了呢。妳自入京後就主意大起來了，將來的婚事，娘只看妳的意願。讓娘來說，不如妳自己把心裡頭的實話給文老說清楚。娘相信，以文老的閱歷和睿智，定能為芙兒妳覓得一門好親事的。」

「那……芙兒就說了哦，娘和爺爺可不許笑芙兒。」

柳芙眼珠子一轉，掩不住的機靈勁兒一閃而過，那模樣，讓文從征和沈氏不禁相對一笑，都有些期待地想聽她接下來會說出什麼話來。

第五十一章　真假亦幻影

前生的柳芙每天都生活在陰霾之中，只能卑微而怯懦地活著。哪怕是和尋常少女那樣，只幻想一下自己未來的夫君，對於她來說都是一種奢侈。

十五歲，正是一個女子最美好的年紀，柳芙卻像一個木偶般，被人套上鮮紅的嫁衣，送上和親之路，而等待她的結果，也只有飲恨自盡來了卻這一切的悲苦。

所以，當柳芙聽見文從征竟詢問自己對婚事意見之時，腦子裡的第一反應就是，這一世，她絕不能再像重生前那樣，渾渾噩噩地只任人擺布，成為政治婚姻的犧牲品。

「爺爺、娘，芙兒不看門第，不看身家，不看一切外相，只求一個能真心真意喜歡芙兒的夫君。」

柳芙一雙大大的水眸閃著微光，只這一句話，她卻在心底醞釀了許久，讓文從征和沈氏都有些等得急了。

可當她平平淡淡，卻慎而重之地說出這句話來的時候，文從征和沈氏卻出現了截然不同的反應和表情。

「好！好個『不看門第身家，只求真心真意』！我文從征的孫女兒，果然是與眾不同的！」

仰頭一笑，文從征不停地點頭，看著柳芙是越發地喜愛起來。「世人皆道，男婚女嫁最重門第，可這世上，一切表相皆為虛無，只有人心，才是最真實的。」

「我不同意！」沈氏卻突然開了口，臉色有些隱隱的難色。「人心是什麼？人心是隨時都會改變的。只有那些所謂的外相，才是能抓在手裡實打實能看得見摸得著的。」

「娘……」柳芙有些怔怔地看著母親，印象中，素來脾氣溫和的她似乎從未用過如此口氣和自己說話。

沈氏深深地嘆了口氣，眼角微微有些濕潤，但語氣卻比之前要柔和了許多。「芙兒，當年娘就是被妳爹的『真心』給騙得放棄了一切，以為有了『真心』就能從此過上幸福的日子。可事實呢？除了妳，娘已經沒有了任何值得幸福的理由。所以，娘堅持一定要為妳尋得一門足以讓妳過上安穩日子的親事，不讓妳再走上娘曾經走過的路。」

「夫人，您……」

文從征想開口說些什麼，卻被柳芙打斷了。「娘，芙兒、芙兒聽您的。」

說著，柳芙已經起身來將沈氏抱住了，雖然她的手還不夠長，可卻用力地環緊了母親因為微泣而顫抖的肩膀。「芙兒的婚事，都交給娘來打理，芙兒相信娘一定會為芙兒找到一個最好的夫婿的。」

「唉！」文從征看到這一幕，只深深地嘆了口氣，知道自己再多說什麼已經沒有了任何的意義，只好默默地起身來，將屋子留給了柳芙和沈氏。

母女倆抱在一起嚶嚶地哭泣著，不知道過了多久，只覺得這幾個月一直憋悶在心口的大石頭終於有了鬆動跡象，兩人才分開了，相對一望，俱是神情釋然。

「芙兒，娘還從未給妳講過以前的事，妳要聽嗎？」沈氏從袖口掏出絹帕，輕輕替柳芙擦拭著臉上的淚珠子，臉上雖然含著淚，表情卻異常的平和。

點點頭，柳芙也伸出袖子去替沈氏拭淚。知道母親終於願意提及過去和柳冠傑的事，心底反而覺得寬慰。哀莫大於心死，既然她能坦然面對自己講出來，那就表明，母親真的是開始釋懷一切了吧。

於是整理了一下回憶，沈氏用著平淡中略帶沈緩的聲音開始敘述起來。「在江南一處名叫南陽縣的地方，有一戶姓沈的人家。沈家世代書香，祖上還出過三個舉人，加上擁有縣城裡幾乎過半的田產商鋪，在當地威望極大，堪稱望族。到了沈家第十二代，我出生了，成為了長房的嫡女……」

說著說著，沈氏的眼神有些飄遠了，像個旁觀者，收起了話音內含著的情緒，語氣平淡得好像在訴說著一個與她毫不相關的故事——

「那時的我，不過才十六歲，說句托大的話，因為才情出眾，無論是南陽縣城裡還是方圓數百里的其他幾個縣城，甚至是杭州省城，幾乎每隔兩天都會有媒人上門提親，求娶我這位南陽第一閨秀。

「可我卻固守著心中唯一的堅持，那就是一定要尋一個情投意合、真心愛我的男子為夫婿，哪怕放棄一切，也在所不惜。

「就這樣，直到我十九歲生辰的那一天，一個姓柳的落魄書生被父親邀請到家中作客，悄然改變了一切。

「柳冠傑雖然落魄，卻生就一身傲骨。哪怕半舊發白的青布衫穿在身上，也掩不住那種由內而外勃發的英姿。才華橫溢的他極受父親賞識，被留下做了沈家族學的先生。於是，柳冠傑留在了南陽縣，一邊教書掙盤纏，一邊繼續讀書，準備來年入京參試。

「已經十九歲的我閒來無事之時，也在族學幫忙教習年幼的沈家女兒們，這也讓我有了許多機會與柳冠傑相處。年輕的男女總是會抱著不切實際的期待和幻想，也極容易認定那種朦朧的情感就是喜歡。當兩人已經到了私定終身的程度，我便鼓起了勇氣告訴父親，說我要嫁給柳冠傑。但令我沒有想到的是，等待我的，並非才子佳人的圓滿結局，而是軟禁和被倉促地訂下了親事。

「那時的柳冠傑不過也才二十歲，年輕，氣盛。在一個下著暴雨的夜晚，靠著我貼身丫頭的幫助回到了沈宅，如願以償地將我帶走了。

「私奔後，在路上靠著典當首飾，我們歷盡艱辛卻品嘗著甜蜜地來到了蜀中的一個小山村。以夫妻自稱，我們用著僅剩的一百兩銀子買宅置田，開始了清貧卻滿溢幸福的生活。

「一段時間之後，我發現自己懷孕了。但柳冠傑卻開始愁眉苦臉起來，並無想像中為人父的歡愉。在我反覆的追問下，柳冠傑才吐出實言，他想求取功名，給我和未出生的孩子博一個錦繡的未來，而非是滿足於現在的衣食無憂、平淡安逸。

「如果只是為了自己，我不會妥協。但為了腹中骨肉，我不得不同意柳冠傑北上，去為我們的家爭取一個更好的未來。可柳冠傑這一走，就是整整八年。八年中，柳冠傑一開始還堅持每月都寄來書信。一年後，書信絕了，他變得渺無音訊……」

說到這兒，沈氏臉上的淚痕已經乾了，清澈的眸子彷彿雷雨過後的晴天，有種撥開雲霧的豁然，和平靜。「芙兒，娘把以前的事講給妳聽，就是想讓妳知道，男人的心，根本就靠不住。他或許會一時迷戀於妳的美貌，妳的才華。可過不了多久，他又會被其他更加美貌更加有才華的女子所吸引。周而復始，不止不休！」

伸手輕輕替柳芙撩開了垂在耳旁的碎髮，沈氏徐徐道：「男子，多三妻四妾。可無論他有多少女人，都不重要。重要的是，妳嫁給了他，就是他的妻子，任周圍出現再多的女人，妳的位置也永遠不會改變。而只有大戶之家，才會守著這樣的人倫常理，重視唯一的妻子。一個沒有身家背景的男子，妳會期望他能夠懂得什麼叫『娶妻』？對他來說，女人不過是往上爬的工具，當他不需要的時候，就會棄妳如敝屣。到頭來，一切情情愛愛真心實意都化為了虛空，一點兒不剩。」

「娘，芙兒一定會幸福的，芙兒保證！」安靜地靠在沈氏的胸口，柳芙只覺得心酸得難以自制，多說無益，只能用自己小小的身體去溫暖母親一顆傷痕累累的心，讓她走出過去，不再執迷。

第五十二章　冬意難入懷

和蜀中灰暗憋悶的冬天不同，第一次在京城過冬，讓柳芙打心底裡暖暖的，竟感覺不到一絲寒冷。

自從那天沈氏將以前的事情傾訴而出，以前總是縈繞在眉宇間的絲絲愁緒竟消失不見了，取而代之的是越發柔和的微笑時時掛在臉上，讓身邊的人都感覺到了陣陣暖意。

母親心結已開，柳芙自然也放心了不少，開始安心靜下來思考今後的打算。

拋開掙錢之事不說，眼下，最要緊的便是去一趟龍興寺，先把馬夫人的香油錢添上。

知道柳芙要去寺裡辦事，沈氏也暫時放下手裡要完成的繡品，將前日裡去錦鴻記交貨時順帶為女兒買的新衣裳取了過來，親手為其換上，母女倆齊齊穿戴一新出了門。

「娘，這幾日雪下個不停，咱們多捐些香油錢給寺裡吧，我聽說每年冬天寺裡的僧人都要到城中施粥濟民，咱們雖然使不上什麼勁兒，出這點兒力聊表心意還是可以的。」

柳芙懶懶的倚在母親的懷中，手裡還揣著一個暖爐，卻還是覺得外頭冷風絲絲往車廂裡灌。但因為有沈氏在身邊陪伴，並未覺得冷，臉上洋溢著甜絲絲的笑容。

沈氏輕輕捧著女兒的小臉，努力地用自身溫度去暖和她。「放心吧，娘準備了銀子的。除開給馬夫人添的長明燈油錢，還餘了一百兩出來。算算，也足夠上百人吃三日的熱粥了。」

「一百兩啊！」柳芙「蹭」地就從母親懷中坐起來。「娘，咱們又不富裕，是不是捐得太多了啊？」說著，柳芙臉上一副肉痛捨不得的樣子，惹來沈氏和一旁暖兒的齊齊嗤笑。

「我說小守財奴什麼時候變大方了？敢情是有善心沒善舉呢！」沈氏一邊打趣女兒，一邊掩口「格格」笑個不停。

「娘！」柳芙先是瞪了一眼旁邊仰頭大笑的暖兒，隨即一頭鑽入了沈氏的懷裡，撒嬌起來。「女兒才不是守財奴呢。這京裡頭貴人多了去，他們才是該多出些銀子來做些事才對。咱們小家小戶的，還是節約點兒先把自己的日子過滋潤了，將來有了富餘再說嘛。」

「瞧妳！」沈氏揪了揪柳芙的小臉，這才實話實說道：「這一百兩裡頭啊，有五十兩是妳文爺爺出的。」

柳芙聽見自家只出了一半的銀子，倒是立馬安心了，故作嚴肅地轉移了話題。「嘖嘖，文爺爺可真是摳門啊，才出了五十兩，回頭女兒一定要去問問怎麼回事兒！」

「小姐，這您可誤會文老爺子了。」一旁的暖兒倒是見準了時機插話道：「每年臘八的時候龍興寺照例要施粥濟民，用的銀子也是香客捐的。雖說銀子是多多益善，可因為龍興寺地處京城，有錢人多得不像話。大家免不了會有互相攀比之風，暗地計較誰家捐得比較多，龍興寺單單處理這些事情就麻煩死了。為了讓大家盡心，而又不藉捐錢來達到其他目的，所以寺裡定了個規矩——凡捐銀超過五十兩的，臘八天都會被邀請到寺裡，可以親自施粥給饑民。」

「我明白了，這樣一來，大家都會謹守五十兩的上限了吧。畢竟名聲好聽是一回事兒，讓那些貴人們紆尊降貴親自去施粥又是另一回事兒了。」柳芙聽得稀奇，覺得這主意實在好。一家捐五十兩，僅僅用來施粥是足夠，還能免去這些權貴人家的明爭暗鬥，實在是一箭雙鵰的妙計！

柳芙心一動，望向了母親。「娘，不如咱們臘八那天去寺裡幫忙吧！」

「小姐！」沈氏還未開口，暖兒已經跳了起來。「您現在可是文家第三十六代的孫女兒了，怎能拋頭露面親自動手做那些事兒？況且饑民裡頭什麼人都有，萬一唐突了小姐和夫人怎麼辦！」

不理暖兒，柳芙只睜大了眼睛看著母親。「娘，您怎麼想？」

沈氏先是有些意外的表情，但看著柳芙的樣子並非隨口說說，隨即便露出了笑意。「芙兒，妳真的願意親自做這些事情？」

柳芙趕緊認真地道：「娘，我不過是個八、九歲的小姑娘罷了，去施粥而已，這是善舉，算不得拋頭露面。」

沈氏點點頭。「娘雖是已婚的婦人，但並無婆家管著，去施粥倒也並非難事。既然芙兒妳願意，那咱們就這樣說定了，我會添十兩銀子在咱們的分子裡的。」

「夫人、小姐，您們真的想清楚了？」暖兒一臉的苦相。「那些饑民可不是簡單的，裡面不但混著乞丐，還有不少地痞流氓，甚至還有小偷會趁此機會來寺裡摸魚。小姐，宮裡頭每年這個時候甚至還要撥出一百名禁衛軍來維護寺裡的安全。這可不是開玩笑的啊！」

柳芙擺擺手，示意暖兒不用再說了。「龍興寺又不是野寺，妳也說了，宮裡會派兵增援的。有了官兵在，那些饑民就算亂點，也不敢真的做出什麼違法之舉吧。到時候妳可得跟著我一起去打下手，想溜的話，還是趁早打消這個主意吧！」

「夫人……」暖兒見柳芙這兒無法勸說其放棄，只得「淚眼婆娑」地看向了沈氏。

沈氏倒是有些顧慮，但女兒堅持，她也相信這寺裡臘八施粥並不是第一次，料想一切應該進行得井井有條才是，便道：「暖兒，妳若是害怕，到時候留在家裡就是了。」

「奴婢可不是棄主的懦夫！」暖兒當即就喊了起來，強撐著面子，極不情願地妥協道：「而且有奴婢在，要是出了什麼事，還能幫小姐和夫人擋擋不是嗎……」

看到暖兒一副糾結的苦樣，像是吞了黃連似的，柳芙和沈氏對視一眼，反而齊齊朗聲笑了出來。

龍興寺到了，冬天香客已經很少了。

沈氏照例去了前頭的佛堂上香祈福，順帶將捐銀子的事情辦妥。柳芙則找到了廣真，想要詢問他關於施粥的事情。

按著小和尚的指引，柳芙留下暖兒陪伴母親，獨自一人熟門熟路地往後山而去。

據小和尚說，廣真每天這個時候都在後山的藥園照料草藥，柳芙曾經在他的帶領下去過那個藥園附近，便直奔目的地而去。

身上裹著厚實的毛裘披風，手裡揣著發燙的暖爐，柳芙獨自行來，倒也不覺得冷，反而看著山中蕭索的景致，心中別有一番感悟。

在蜀中的時候，哪怕是寒冬臘月，山裡頭也是一片綠色。此處卻不同，樹木皆是光禿禿的，都掉光了葉子，枝椏上覆著厚厚的雪層，不時地會有細枝被雪壓斷，「啰吱」一聲發出聲響，遠遠地迴蕩在山間，更顯幽靜和空寂。

賞著雪景，不一會兒，柳芙就來到了後山腰處，只要登上這條青石階梯轉過眼前的山壁就能看到藥園所在。

石板上被寺中僧人撒上了鹽，即便道路兩旁堆滿了積雪，也不會影響路人前行。

踏在石板上，柳芙小心翼翼地，生怕濕滑的路面讓自己摔跤。身上穿的可是母親特意從錦鴻記給自己買回來的銀狐披風，不沾雪，又極貴，要是弄髒了，自己得心疼死。

正想著，柳芙已經繞過了山壁，一抬眼，前方變得豁然開朗起來。

可柳芙根本顧不得欣賞藥園中難得的一片綠意，因為廣真旁邊端立著的不是別人，而是曾經有過一面之緣的太子殿下！

第五十三章　白雪相映紅

龍興寺的後山均被厚厚的落雪覆蓋，一眼望過去，漫天的雪白中那片綠意盈盈的藥園相當惹眼。

可吸引柳芙的並非是雪中的一點翠綠，而是立在藥園邊的兩個人。

廣真仍舊一身青灰的和尚布袍，俊美的臉上掛著一絲不慍不火的微笑，正和對面的太子低語細說什麼。

而身著朱紅金龍踏雲錦服、頭戴金龍吐珠額冠的太子，即便是站在容顏俊美非常的廣真身邊，也顯得神采飛揚，不容忽視。

柳芙立在當場，覺得走也不是，留也不是，正躊躇間，目光卻與廣真不期然地碰在一起。

廣真臉上立即露出了微笑，揚手對柳芙打著招呼，示意她過來。

沒辦法，柳芙只好提起裙角，沿著青石階梯踱步而下，含笑迎著廣真和太子走了過去。

此時太子也注意到了不遠處的柳芙，目光隨著那一抹嬌倩小巧的身子，眼底閃過了一絲意外。

嬌顏勝雪的柳芙沿著蜿蜒的青石路款款而下，雖是一身雪白的銀狐披風，卻並未被周遭的銀白世界所掩沒，反而翩然靈動得像一片輕盈雪花，讓人目光流連，挪不開眼。

眼見柳芙步步而近，太子收起了眼底的驚豔，臉上的笑意頗有些不明所以。「原來是文老先生的乾孫女兒，柳小姐。」

「見過太子殿下。」

太子的笑容溫和且毫無架子，讓柳芙原本緊張的心情稍微放鬆了些，解釋道：「民女不是有意打擾太子和廣真師父，若需迴避，民女這就離開。」

「不用。」沒等太子開口，廣真卻上前一步來到柳芙身邊，轉頭對太子一笑。「太子若是無事，臘八那天再見吧。」

「廣真，本宮會再來找你的。」太子臉上看不出半點不悅，語氣柔和。「下一次，你可要好好和本宮解釋一下你今日的態度。」

柳芙有些茫然，但敏感地嗅出了兩人之間不同尋常的緊張氣氛，只半頷首向著太子行禮告辭。

太子卻有意無意掃過了眼前的柳芙，這才挪步轉身離開。

「太子哥哥！」

太子剛走到一半，一聲尖細帶著愉悅的叫聲突然在山坳裡響起，惹得枯枝上掛著的雪柱子「簌簌」直往下落。也驚動了廣真和柳芙。

「太子哥哥，敏慧郡主說她想早些離開，可嫻兒今日特意給母親告了假過來賞雪景呢，這龍興寺的素齋都還沒有吃成，就這麼走了，嫻兒可不願意！若是太子哥哥得閒，等會兒讓嫻兒乘了您的車駕回城，可好呀？」

語氣嬌嗔，甜膩柔軟，說話間，一身火紅裘狐披風的柳嫻出現在大家的眼前。也不知是跑得急了，還是被披風所映照，兩頰緋紅間眸子也微微閃著動人的光彩，好像是一團驕陽烈焰從天而降般，讓人眼前一亮，彷彿驅散了山中久久不散的寒氣。

緊隨著柳嫻的出現，敏慧郡主也徐徐從山壁轉角處踱步而來。翠如碧玉的厚緞錦裙正好和柳嫻身上的火紅相映襯，顯得別樣端莊秀麗。只見她臉上閃過了一絲不耐，隨即面對太子時卻揚起了柔柔的微笑。「太子哥哥，七妹妹不懂事兒，請別見怪。」

眼見兩個嬌人兒齊齊出現，太子臉上的笑意越發地濃起來，擺擺手，迎上前去。「敏慧妹妹，嫻妹妹既然不想早早離開，本宮待會兒回宮之時順路送送也不礙事兒的。」

沒想到竟會在此遇見柳嫻和敏慧郡主。郡主還好，上次在拈花會與自己算是一見投緣的，可柳嫻卻並非是好相與的，她雖然年紀小，卻精明至極，心思活絡，頗有乃母之風。柳芙明白，她肯定是知曉自己母女真實身分的。再加上拈花會上與其鬧得有些不愉快，所以只期望太子能帶著她們離開才好，免得引來不必要的麻煩。

可柳芙和廣真站在藥園旁邊是那樣的顯眼，一個容顏俊美，一個翩然勝雪，想忽視都不太可能。

看到柳芙竟然也在，柳嫻紅撲撲的臉蛋上閃過一絲微怒，也顧不得和敏慧郡主周旋，飛快地就從階梯上跑了下來，伸手一把挽住太子的胳膊，指了指柳芙。「太子哥哥，您和她認識嗎？」

太子被柳嫻拽得轉過身來，也不知是故意還是真的不知，表情疑惑地反問道：「誰？」

「肯定是她咯！」柳嫻似乎強忍住了心頭的怒氣，對著太子撒起了嬌來。「太子哥哥，您別被這來路不明的野丫頭的嘴給騙了，她就會編故事。」

「哦？」太子笑了笑，眼神掃過柳芙和柳嫻之間。「嫻妹妹，柳小姐可是文從征大人擺了筵席，又入了文家族譜的乾孫女兒。妳這樣說她，似有不妥吧！」

「乾孫女兒！」柳嫻嗤之以鼻。「如果是親孫女兒還差不多，她又不是姓文的，臉上貼金還以為自己真是個千金小姐了。」

「七妹妹，妳怎麼對柳小姐如此無禮。」敏慧郡主原本抱著看好戲的心態，可看到柳芙一語不發半頷首的「可憐樣兒」，正義感不知怎麼就從心底裡冒了出來，上前伸手將柳嫻從太子身邊拽了過來。「快給柳小姐道歉！」

「郡主，多謝了。」柳芙對敏慧郡主的「仗義」很是感到窩心，卻搖頭笑笑，神色平靜地看向了柳嫻。「柳小姐並沒有說錯，我和母親來自蜀中，並非京中高門的千金小姐。」

「算妳有自知之明！」柳嫻得意地揚揚眉，卻沒發現周遭人看向她的眼神都帶了些許的不滿和一絲鄙夷。

「嫻妹妹，妳沒聽過一句話嗎？」

太子見氣氛有些異常，主動站出來打圓場。「都說英雄不問出身。柳小姐能夠讓文老先生收為孫女，必有其過人之處。之前素妃娘娘還屢屢在父皇面前提及柳小姐在拈花會上的精彩表現，本宮相信，文老先生並非是糊塗之人，一定是看中了柳小姐的聰慧資質，才會動了認親的心思。在本宮看來，這可是京中的一樁佳話，足以廣為流傳。嫻妹妹，聽太子哥哥一句話，以後別再在人前質疑柳小姐的出身了。」

「太子哥哥……」柳嫻小嘴兒噘起，一副委屈的模樣。「是嫻兒不懂事，嫻兒這就給柳小姐道歉好了。」

說著，當真就走到了柳嫻的面前，含著淚花兒躬身道：「芙姊姊，嫻兒年紀小不懂事，還請芙姊姊大人大量，千萬別把嫻兒的無心之語放在心上。妳若願意接受嫻兒的道歉，就請受了妹妹這一拜吧！」

只是在柳嫻頷首致歉之時，沒有人能夠察覺到她眼底一閃而過的怨恨和戾氣。見她主動認錯，無論是廣真還是敏慧都收起了先前對她的不滿，取而代之的是一抹欣賞之色。畢竟像柳嫻這樣七、八歲的小小年紀，能夠這麼快就主動為自己的行為道歉，實在是難得。本來小孩子就多意氣用事，說話也當不得是她真心。

太子更是眼中閃過一絲憐意，直直看向柳芙，示意她快些接受柳嫻的道歉，也好上去親自扶了柳嫻起身。

只有柳芙，看著柳嫻這麼快就「變了臉」，再看看太子的表情，知道自己是被她給利用了一回，臉上頓時綻放出了無比甜美的微笑來。「妹妹怎麼如此客氣。先前妳的話，不過是童言無忌的玩笑罷了，難道身為姊姊的我還當真了不成。快快起來，別讓太子和郡主還有廣真師父看咱們的笑話了。」

說著，趕在太子動手之前，柳芙一把將柳嫻扶住，攬在了自己的身邊。「況且妳我俱是姓柳，五百年前說不定是一家人呢。大家年紀也相仿，以後，咱們便以姊妹相稱，可好？」

柳嫻看向太子已經伸出來一半要扶自己還未縮回去的手，心裡對柳芙的恨意簡直是直衝心口。可偏偏此時又發作不得，只得打落牙齒和血吞，笑著連連點頭。「這是自然！嫻兒對芙姊姊滿腹經綸可佩服了，以後少不了要多多向妳討教和學習呢。」

一邊的敏慧郡主看著兩人瞬間變得如此親熱友好，翻了翻白眼，也不再多管閒事了，開口道：「太子哥哥，敏慧家中還有事兒，想早些回去。七妹妹是跟著我一起過來的，若是留下，怕姨母那邊不好交代。還是先告辭了。」

「敏慧。」太子卻心情極好，伸手示意敏慧不用多說。「正好柳小姐也在，廣真師父也有空，咱們就一起用過齋飯再走吧。相信王府中也不會有什麼要緊的事兒，不必急於一時。」

既然太子都開了「金口」，敏慧郡主只好勉強的點點頭，隨即瞪了柳嫻一眼，以發洩心中的不滿。

柳芙和廣真不經意地對望了一眼，雖然心裡有些不願意，無奈太子已經發了話，只得齊齊點頭答應了邀請。

第五十四章　全不費功夫

龍興寺的素齋很有名，但因為是皇室所屬的寺院，一般人很少能夠品嚐到，除非像柳芙今天這樣，是受到了太子殿下的親口相邀。

這是柳芙第一次坐在龍興寺後院的齋堂。

入眼，四面皆是香樟木的雕花大門，屋中只一個磨得光潔可鑑的古舊圓桌，上面鋪著洗得發白的青白桌布。還有牆上幾幅名家所書的經卷，使得此處看起來並不像是用膳的地方，倒有幾分書房的味道。

柳芙行在最後，與廣真並肩，兩人極有默契都選擇了一語不發。

本就是陪客，對於柳芙來說，品嚐齋菜並非是最重要的，怎麼應付柳嫻才是最讓她頭疼的。

剛剛落坐，不一會兒僧人就先上了茶，說齋飯還在準備，稍後才能端過來。

捧著茶碗，柳芙甫一揭開茶蓋兒，就有些愣住了。按住心頭的疑惑，輕啜了兩、三口，仔細嚐過味道之後，臉上才釋然了。

不為其他，只因這茶盞裡湯色明亮，滋味幽香的茶水，正出自她扶柳院後面的那幾株「白牡丹」。

「真沒想到，這大冬天的還能喝到正宗的『白牡丹』！」太子剛品過茶就開口感嘆了起來，那神情，似乎還陶醉在茶香之中未能自拔。

「『白牡丹』？」敏慧郡主挑了挑眉，這才端起茶碗來喝了一口。「果然呢。我之前只在宮裡喝到過一次，印象十分深刻。這茶形，和香氣，絕對一模一樣。哦，不對，此茶還要更勝一籌的感覺。」

柳嫻出自高門，自然也是個識貨的，隨即附和道：「不是說『白牡丹』極貴，除了福建每年送入的幾十斤，就是一些大戶人家會直接向茶商訂購。此外，市井上幾乎見不到此茶叫賣。怎麼這個時節了，龍興寺竟然還有？」

聽見三人你一言我一語，柳芙心裡頭那個美啊。只可惜不能公開宣稱此茶出自她之手，有些憋得慌而已。

不過柳芙也不急，她之前讓文從征幫忙四處送茶，目的就是讓大家都知道京中也有正宗的「白牡丹」出產。只是沒想到，這「魚餌」今天在龍興寺竟讓一條「大魚」上鈎了！

「廣真師父，不知寺中可還有存貨，本宮可出高價購買一些。」太子收起了陶醉的表情，極為認真地道：「實在是父皇極喜歡『白牡丹』此茶。本宮小時候曾經陪同父皇巡視過兩廣和福建，有幸品嚐過當地新鮮出產的『白牡丹』。自回京，福建總督每年都會按照父皇的指示送來茶葉。但因為路途遙遠，運輸不易，每次進貢來的茶葉難免會受潮變味兒，還不及現在品嚐到的滋味正宗。所以只有厚顏請求貴寺割愛了。」

「太子殿下難道不知道嗎？」廣真看了一眼身邊端坐不語，卻頗有些眉飛色舞的柳芙，直言道：「此茶乃是文府送來給方丈品嚐的，只有三兩而已。因為方丈雲遊去了，寺裡僧人不敢輕易動用，便用作招待貴客了。一來二去，已經消耗得差不多了。所以若是太子想要，不如問問柳小姐吧。」

柳芙捺著心中的激動讓廣真說完，臉上笑意嫣然，用著平和柔軟的嗓音道：「此茶的確是文爺爺讓管家送給寺裡方丈的。另外，文爺爺還送了好些給翰林院的同僚呢。只因為是小東西，怕入不了宮中貴人的眼，加之數量不多，所以便沒有獻給皇上。」

「這樣啊！」太子想了想，並不願就此甘休，遂向著柳芙詢問道：「不知柳小姐可曉得文老先生的茶得自何處？」

柳芙故意裝樣子想了想。「我記得文爺爺提過，好像是京中有一家茶園正在試著移植『白牡丹』。不過只成功了十幾株而已，所以出產不豐。因為那園主的兒子是文爺爺收的學生，便送了一些過來。只是一共才兩斤，已被文爺爺分送得差不多了，太子殿下如果想要，恐怕也只有失望而歸了。」

「無妨，無妨！」太子連連擺手，語氣中透著股子興奮。「只要找得到園主人，來年再求購便是。還請柳小姐回去給文老先生說一聲，改日本宮定會登門拜訪，請他做個中間人，讓本宮和茶園主人見一面。」

柳芙連忙點頭。「舉手之勞罷了，民女在此就能替文爺爺答應下來。只是不知該怎麼通知太子殿下呢？」

太子隨即道：「這樣吧，三日之後是文先生親自授課，四弟是肯定要去的。若定好了時間，還請柳小姐告訴裕王一聲，讓他轉告本宮即可。」

「也好。」

柳芙點頭應下了，雖然通過姬無殤傳話兩人難免又要相見，自己除了感覺有些彆扭外，其他倒沒什麼。畢竟能攀上皇帝這個大主顧，以後還愁「白牡丹」不能為自己掙來銀子嗎？

沒想到柳芙無意中得了這樣的便宜，和太子你一言我一語，這讓柳嫻心中氣不打一處來。腦子裡正想著如何不露痕跡地讓柳芙在太子面前也出一回醜，當她看到僧人已經端了齋菜進來，突然靈機一動，伸手挾了一片醋溜白菜到太子面前，這才轉而望向對面，故作疑惑地問：「芙姊姊，妳師從文老先生，那應該知道和尚為什麼要吃素吧？」

「七妹妹，妳沒看廣真師父在場嗎？」敏慧郡主蹙了蹙眉。

柳嫻朝敏慧笑笑，對於這個郡主姊姊，在她面前自己素來是個乖巧聽話的。「六姊姊，我又怎麼了？」

柳芙卻明白敏慧郡主的意思，主動笑著解釋道：「出於尊敬，世俗之人是不能在寺廟僧人面前直呼他們為和尚的。」

「看看，芙姊姊果然見多識廣呢。那妳知道出家人為何要吃素嗎？」柳嫻卻故作天真可愛的眨眨眼，就此揭過了先前的「無禮」。

敏慧郡主翻翻白眼，似乎對自己這個「滑不溜手」的表妹沒什麼辦法，便將注意力放在了美食之上，懶得再理會柳嫻。

太子也饒有興致地看向了柳芙。「那日聽素妃娘娘幾次三番提及柳小姐冰雪聰明，就是不知柳小姐是否真如傳聞那般博聞廣識呢？」

一旁的廣真卻主動開了口。「小僧是出家人，都不知道為何佛家有戒葷的規定。柳小姐乃方外中人，要讓她來回答這個問題，豈不為難？如果各位施主真想知道答案，不如由小僧去詢問一下其他師父，或許能找到答案。」

說著，廣真竟起身來準備就此離開。

柳芙感激廣真對自己的維護，卻笑著將他給攔住。「廣真師父，我前日裡正巧在文爺爺的書房看過一本關於佛教如何傳入咱們中原的書。裡面也正好記載了嫻妹妹剛才提到的關於佛門弟子吃素的事兒。」見廣真一臉意外地又回到了位置上，柳芙衝著對面的柳嫻和太子都笑了笑，放下了手中的筷子。「若是大家不介意這『食不言』的俗禮，那我就獻醜，將那本書上看來的說法講一講，算是為各位席間助興吧。」

知道柳嫻的真實用意，言語間，柳芙還不忘給側面點出來柳嫻剛才的舉動是違了「食不言」的俗禮。

柳嫻的臉色微微有些不好，但也極快地掩飾住了，只興高采烈地拍拍掌。「不介意不介意，那天在拈花會上，我還沒聽夠芙姊姊講故事呢。」

太子也點點頭，隨聲附和道：「是啊，在座的也不是外人，大家聚在一起，食桌的俗禮也就不用那麼講究了。」

既然太子都這麼說了，柳芙自然不會再推辭。她知道，這種時候是不能露怯的。在太子和敏慧郡主前顯顯自己的本事，嚴格說來不算壞事兒。畢竟自拈花會結束後，京中已經傳開了，說文從征的乾孫女兒是一代小才女，不如藉此機會為自己正正名。

於是整理了一下思緒，柳芙端起茶盞輕抿了一口潤潤喉，這才面含微笑地啟唇道：「不知大家是否知道，當初佛教從異國傳入中原，佛家戒律中並無吃素這一條。」

這開場的第一句就成功抓住了聽者的胃口，大家臉上原本還隨意的表情都變得極感興趣起來，紛紛停住手中的動作，開始認真聽柳芙講起這佛家「不食葷」的戒律由來。

第五十五章 一語一禪機

面對滿桌香氣四溢的齋菜，無論是太子和敏慧郡主，還是身為出家人的廣真，甚至是對柳芙極為厭棄的柳嫻都顧不得動筷子了。因為柳芙口中徐徐道來的故事，實在是比美食要更加誘惑人。

「佛祖創建佛教伊始，只要求僧人過最簡樸的生活，不能聚蓄財富以奉養自己，只能靠托缽沿門乞求來維持生計。因此，施主施捨什麼，僧人就吃什麼。施捨肉食，僧人自然也就吃肉。」

柳芙面容柔和，笑意嫣然，粉唇微啟間，原本有些枯燥的佛家故事竟被她講述得頗有些引人入勝。「佛教的《十誦律》中有云：『我所吃三種淨肉，何等三？不見、不聞、不疑』。這是與佛門五戒中首戒『不殺生』是密切相關的。」

「那後來出家人怎麼又戒了酒肉呢？」敏慧郡主忍不住小聲問了一句。

點點頭，柳芙又繼續娓娓道來。「直到一千多年前，中原南漢皇朝的皇帝親自入寺修行，之後便寫下了《斷酒肉文》《與周舍論斷肉敕》等書，要求僧人禁食酒肉。所以，自那以後，不吃肉才成為中原僧人的特有戒條。」

「只是因為一個皇帝而已？」柳嫻癟了癟嘴，覺得有些不可思議。「難道他不喜歡吃肉？」

「非也！」柳芙擺擺手，話鋒一轉。「這雖然是南漢皇帝研讀了經書後自己總結的修行方式，但無論大乘佛法還是小乘佛法，其經義裡都有明文所撰。」說著，柳芙看向了廣真。「廣真師父應該知道的。大乘佛教是要求僧人不可以吃一切眾生之肉。小乘佛教是要求僧人不可以自己因為貪慾心向人索求。但實際上，佛教所謂的不吃葷，並非指的吃肉！」

聽到這兒，柳嫻半信半疑地又打了岔。「葷不是肉？那是什麼？」

「柳小姐說的對。」廣真倒是知道這義理，主動解釋道：「佛家中的『葷』其實並非指『肉』，而是『蔥薑蒜』一類的蔬菜。」

「葷，乃蔬菜之臭者！」柳芙順而接過，用著嫩嫩的童聲解釋著，極為悅耳動聽。「佛經《戒律廣本》中並無吃素的規定。佛家禁止吃的，是『葷』。這個葷，絕非肉，準確說來應該是『腥』。《梵網經》講得更具體：『若佛子不得食五辛。大蒜、蔥、慈蔥、蘭蔥、興渠是五辛』。這也就是佛門『不食小五辛』的由來了。」

「原來如此！」敏慧郡主素來直爽的性格，聽到柳芙的解釋，只覺得有趣至極，拍著桌子就笑了起來。「看來啊廟裡僧人們是佛經沒有讀通啊。這麼多年的素，算是白吃了。」

「狹義來講，『葷』就是這五種蔬菜。」廣真對敏慧郡主的玩笑並不介意，反而有些自嘲地點頭笑道：「佛門認為吃了葷，耗散人氣，有損精誠，難以通於神明，所以是嚴加查禁的。甚至比『禁食肉』還要嚴格。」

柳芙將身前的碗盞掃開，伸手蘸了蘸茶碗中的茶水，在青藍桌布上寫了個大大的「葷」字。「諸位請看，這『葷』字從草頭而不從肉旁，就說明葷的原始意義是植物而非動物。所以郡主所言雖然帶著幾分玩笑，卻頗有幾分『一語中的』。畢竟佛教乃是外族信仰，傳入中原的時間也不算太久，對經文的解譯或有偏差也屬常理。」

太子盯著柳芙纖細如水蔥般的手指在青藍的桌布上滑動，一個「葷」字寫得清秀卻不失力道，帶著幾分女子的柔媚，又包含一絲刻意的蒼勁，顯得字形極美。

微微失神後，片刻間太子就收回了神思，抬眼對這柳芙溫和一笑。「南漢皇帝本是紅塵中人，略涉及修行而已，就望文生義下令全國僧人不得食肉，看來，皇帝也並非個個是明君啊！」

「調侃」皇帝，雖然是前朝一千多年前的皇帝，但也只有姬無淵太子的身分才能自如地說出口。

「以後太子哥哥做一個明君，讓僧人們都可以吃肉不就行了！」柳嫺天真的表情配上一張笑靨如花的嬌顏，讓人一見便會心生喜歡。

柳芙卻含笑間不露痕跡地駁道：「經文是死的，人卻是活的。僧人們不食肉，最重要的緣故是為了不違反五戒之首的『不殺生』。有了這條戒律約束僧人，佛經所言不食葷到底確意為何就已經不重要了。」

「對！」廣真的話音中由衷地帶著幾分佩服。

住持無常曾經給自己提過要小心和柳芙維持好關係。當時他聽在耳裡，並未曾放在心上，覺得這個小姑娘除了一雙眼睛特別清澈，說話做事帶著幾分異於同齡人的機敏成熟之外，實在沒有其他過人之處。

可今日聽得她將佛家之事講得透澈明理至極，廣真才打心眼兒裡感嘆——天下果真有「生而知之」的早慧之人啊！這樣的人，也絕對值得方丈去留意，值得自己去結交。

同樣的想法也在身為太子的姬無淵腦中浮現。

柳芙年紀尚小，就能把深奧連成人都無法理解的佛門經義熟讀通解，單是這一分聰慧，就已十分難得。更何況，只有稚齡的她就能看出眉眼間的絕勝容顏。將來長成了，不知道該會是怎樣一個絕色傾城的美人呢！

兼具美貌與智慧，背後還有整個文家作為支撐，這樣的女子，若是能為自己所擁有……雖然未來的皇后多半會是母親安排的胡家的女兒，但柳芙做不成太子妃，做個側妃該不成問題。想到此，不免對柳芙越發親切起來，甚至主動為她挾菜，還為她介紹這素齋的做法。

太子細細品味著柳芙一顰一笑間的種種嬌美，心中已然下定了決心。

而一旁的敏慧郡主和柳嫻自然都感受到了太子對柳芙有些過分的興趣，兩人心思各異，都不免有些沈默了起來。

面對太子的殷勤，柳芙只保持著如常的態度，有機會就和廣真切磋佛法，雖不是有意冷落太子，但這種不露痕跡的疏離態度更讓太子對她多了幾分興趣，目光也幾乎從未離開過她的方向。

眼看著日頭漸落，心中惦記著還在等候自己的沈氏，柳芙看大家也用得差不多了，這便款款起身，笑咪咪地告辭道：「天色已晚，民女恐怕不能久待了，在此謝過太子殿下的款待。」

太子趕忙從座位起身來，走到柳芙面前，低首看著比自己矮了一個頭的小姑娘，笑意溫和道：「柳小姐，妳是擔心令堂嗎？」

朝太子福了福禮，柳芙點頭。「母親在前面的佛堂上香，之前我讓寺裡的小師傅幫忙捎信，都耽誤這麼久，她也該等急了。」

太子卻擺擺手，輕輕攬了柳芙一邊的肩頭讓她又回到座位坐下。「妳放心吧，之前本宮已經讓隨侍過去請令堂先行回府了。」

「這……」柳芙有些驚訝，但面對太子的安排自己根本無從拒絕，只得強壓著心頭的不願，緩緩頷首道：「太子如此細心周到，民女感激不盡。只是母親身子不適，民女還是得早些趕回去照顧陪伴的。」

「這好說！」給了柳芙一個「妳放心」的微笑，太子轉而道：「敏慧妹妹、嫻妹妹，時候不早，妳們也早些回京吧。今日雖然不是初一十五，但近來父皇讓禁衛軍加強守衛，四弟執掌的影閣也出動了三十位高手潛伏在京裡暗中保護朝廷重臣和皇室親眷。若天黑了，兩位妹妹又是女子，必然會不方便的。只是這廂本宮要親自送柳小姐回天泉鎮，不能同路親自護送了，還請見諒。」

太子如此客氣的一番話，即便是想要用撒嬌的手段賴在他身邊的柳嫻也不敢再多言，只得嘟著小嘴兒點點頭，目送著「心上人」和「對頭」並肩同去。

被太子一手輕輕護住肩頭，柳芙經過廣真身邊時也只得勉強地笑了笑，就此告辭而去了。

第五十六章　寒夜迷亂心

山間的傍晚帶著幾分蕭蕭的寒風，拂面而來讓人倍感冷意。

裹緊了披風，柳芙才發現手爐裡的炭已經燃盡，摸著像一塊冰似地，只得將其放進披風的內兜，雙手互相搓著取暖。

太子瞧見柳芙的舉動，覺得她有時候沈穩得像個十多歲的少女，有時候卻十分幼稚可愛，忍不住唇邊揚起一抹笑意。「來，下人一直為本宮添著炭的。」

停下腳步，太子將懷裡的暖爐遞給了柳芙。「妳的已經涼了，就暫時用本宮的吧。」

「民女不敢。」柳芙下意識地福禮而拒。

由不得柳芙拒絕，太子伸手一把將暖爐塞到了她的手上。「本宮堂堂男子漢，豈能獨享溫暖，反而讓身邊的妳受凍！快些收著吧，等會兒送妳到了文府再還給本宮就是了。莫不是妳嫌棄這是男子之物，才不願接受的？」

看得出姬無淵只是開玩笑，但柳芙還是下意識地將目光落在了手心上。

這暖爐比自己的要大些，和一個碗盞差不多，被金絲絨的囊袋裹著，茸茸的觸感，比直接拿在手上更舒服，不會硌到手。囊袋上面繡了一個「淵」字，下部則連著一個玉牌，有著半尺長的金絲纏兒。

這樣精緻的物件，一看便知是宮中御製，再加上這本是姬無淵的隨身之物……柳芙抬眼，正想推辭，可暖爐主人已經轉身往前而去。而自己的小手也凍得麻木了，握著這暖暖的手爐不過片刻就覺得舒服了不少，便也不再客氣，抱緊了就趕緊快步跟去。

「多謝太子殿下，民女把手暖和了就還給您。」對於姬無淵的好意，柳芙倒是真心感謝。

「都說讓妳到了文府再還本宮。」太子走在前面擺擺手，也不回頭。

保持三步的距離，柳芙乖乖跟在後面，也不多說話，對姬無淵偶爾的提問只恭敬地答著話，不一會兒，兩人便來到了寺前。

侍衛已經準備好了馬車，太子親自扶了柳芙上車，自己則套了馬準備騎行。「柳小姐，這段路不算近，若睏了，車裡有毯子，記得蓋好再睡。等到了文府，本宮會叫妳的。」

有些驚訝於姬無淵不上車，柳芙原本已經入了車廂之內，轉而撩開簾子問道：「太子，天漸黑了，夜風極冷，您還是上來吧，民女不介意的。」

「男女有別，這怎麼行。要是別人知道，豈不會壞了柳小姐的清譽！」太子表情自如地搖搖頭。「況且，這點兒夜風還吹不病本宮，柳小姐就放心吧。」

不知為何，看到彬彬有禮的太子，柳芙腦子裡突然就冒出了姬無殤硬擠進自己車廂的那一幕。不禁感嘆，同樣都是皇家子嗣，為何差別那麼大呢？

只可惜，這樣一個謙謙君子最後卻失去了皇位，成為被姬無殤篡位後軟禁在皇宮之中的閒王。或許他保住了性命，卻失去了自由，失去了未來，只能終生困守在太子東宮，悲涼難解，寂寞難消。

想到此，柳芙漸漸蹙起了柳眉，心中有種無法呼吸的哽咽，想要放鬆，卻怎麼也不能將腦中紛亂複雜的思緒給排遣開來。

有些洩氣地趴在厚厚的絨毯之上，微晃的車身加上一天的勞累，冬夜裡難得的溫暖讓柳芙漸漸閉上了眼，不一會兒，果真睡了過去。

「柳小姐……」

「柳小姐，文府已經到了。」

叫了兩聲不見回應，太子阻止了身邊侍衛要敲車廂的舉動，翻身下馬，輕手撩開了簾子往內看去。

借著車簷上並不算明亮的馬燈，他看到柳芙側趴在自己平時用來靠背的厚墊上，身子蜷縮，懶懶地像隻小貓似的，懷中還緊緊抱著自己給她的暖爐。或許是因為睡得極熟，鼻息間還有細微幾不可聞的鼾聲，襯著她嬰兒般緋紅的臉頰，那模樣看起來惹人生憐，讓人只想攬入懷中好好哄著，去守護她的甜夢，不忍打擾……

甩甩頭，姬無淵臉上露出一抹自嘲的笑容。自己已經是一個十六歲的男子了，又是身居要位的太子，怎麼竟會對一個不到十歲的小姑娘動了這樣的遐念，實在又荒唐、又不應該！

收起了浮想聯翩，姬無淵有意的大聲叩響車門。「柳小姐！天亮了！」

「啊……」

被這聲響給驚醒，柳芙猛地從靠墊上撐起來，回頭見太子一臉柔柔的淺笑，不自覺的就臉紅了起來。「對不起，民女實在違禮，請太子恕罪。」

柳芙的膽戰心驚讓太子心裡有些不太舒服，不知為何，竟有些想聽她用講故事時那清潤朗然的嗓音叫自己一聲「太子哥哥」。

於是目光掃過柳芙緋紅的臉頰，太子的聲音也越發輕柔和緩起來。「是本宮讓妳休息的，又怎麼責怪呢。倒是有一條，本宮要妳明白規矩是怎麼講的。」

「太子殿下，民女……」聽著姬無淵的嗓音是如此親切，柳芙不解地抬起了頭，眸子在黑夜中彷彿兩顆閃閃發光的星辰，璀璨晶亮，讓人挪不開眼。

「算起來，這是我們第二次見面了吧。」太子卻仍舊態度柔和，細細地盯著柳芙。「大家還一起用過飯。以後，妳就不用謙稱自己為民女了。」

說到這兒，太子臉上綻放出了一個無比柔和的微笑，使其原本就十分英俊的容顏更如一塊玉般溫潤疏朗。

在這寒寂的冬夜中，柳芙被姬無淵那過分溫暖的笑容所感染，原本想要謹守禮數，卻敵不過這樣溫暖人心的話語和微笑，鬼使神差地，緩緩點了點頭。

「以後見了本宮，就叫一聲『太子哥哥』吧，芙妹妹……」有些猶豫，但太子還是伸手在柳芙的前額輕輕點了一下，形容親密間好像是相識多年的老友，舉動自然，竟顯得毫無突兀感。

柳芙卻感到前額彷彿落下了一塊燃燒的熱炭，熱得讓自己有些喘不過氣來。「天色已晚，芙兒的母親肯定還在等門，這便告辭了。」說著，小巧的身子一下就鑽過了太子身側的空隙，順手將暖爐塞回了他的懷中。

等跑到門口，柳芙才回頭朝著太子一笑，抬手揮了揮，大聲地叫道：「太子哥哥，多謝您了！」

看到柳芙果真叫了自己一聲「太子哥哥」，姬無淵心裡好像灌了蜜似的，甜絲絲，卻並不膩人，一股子清新愉悅的感覺彷彿驅走了寒冷，連心也跟著不知不覺的暖了起來。

正當兩人之間的關係因為這聲「太子哥哥」起了微妙變化的同時，突然之間，變數橫生，一枝利箭裹著寒風「嗖」地一聲射來！

電光石火間，冷箭直指太子背上的後心窩處，眼看就要破胸而出時，卻聽得「噹」地一聲響，竟半路折返直入了文府門匾，原來是被另一枝反方向射來的利箭給蕩開了！

「保護太子！」

隨行的六名侍衛這才回神過來，迅速上前將太子圍在了中央。而立在門口的柳芙則一時反應不過，只呆呆地看著一個個黑衣人從夜色中飛身縱下，下一刻，廝殺聲便充斥在了耳畔。

第五十七章　鮮血染夜衣

夜色中，劍光閃動，比陣陣吹來的寒風更加刺痛得讓人無法呼吸。不過片刻，文府守夜的門房就聽見了動靜，角門被緩緩拉開了一道縫。

柳芙的後背緊緊貼在文府的大門上，正想先回到府中躲避，卻聽得一個熟悉的聲音響起在耳邊。

「他們是漠北蠻夷派來的刺客，非普通家丁可以對抗，快關上門！」只差一步，柳芙眼看角門被一個身上繡有「影」字的紅衣侍衛一腳踢過去地關上，只好又氣又急地朝說話之人看去。

一身絳紅色的勁裝裹身，從頭到腳只露出一雙寒冰般鋒利的雙眼，姬無殤手提長劍，正與黑衣刺客們糾纏廝殺著。與此同時，他還不忘回望柳芙一眼，目中毫無半分情緒流露，只瞬間又將目光收了回去。

下一刻，正與他過手的刺客只來得及慘叫一聲，便鮮血飛濺，橫屍當場。

柳芙被眼前的混亂局面給驚住了，刺目的劍光，濃烈的血腥味兒，還有陣陣呼嘯而過的冬夜寒風……只能緊緊地靠在文府的大門前，將披風緊緊地裹住自己，連呼吸也幾近屏住，一動也不敢動，希望不會被無辜殃及才好。

幸而這場混戰並未持續太久，不一會兒，行刺的黑衣人就一個接一個地倒下了，還剩兩、三個在作困獸之鬥。眼見沒有希望逃生，最後兩個黑衣人才齊齊咬破了口中藏好的毒藥，自盡而亡，不留下任何痕跡。

眼看局勢已經明瞭，柳芙才長吁了口氣。可面對這樣一場突如其來的變故，任她再有異於常人堅毅的心性，也免不了雙腿一軟，挨著大門幾乎癱軟了在地。

太子身邊帶的侍衛也受傷的受傷，殉職的殉職，同樣沒剩幾個。若非影衛明顯武功高強壓了刺客一頭，恐怕太子今夜就要把性命交代在文府門前了。

「四弟！還好你來了！」姬無淵也嚇得臉色蒼白，看到一切雖然結束，但剛剛還護住自己的侍衛卻死的死傷的傷，不由聲音裡帶了幾分顫抖。「幸而今日你親自領了影衛巡視，否則，為兄就要遭大難了。」

「太子，這麼晚了你為何還在城外走動？」姬無殤一把扯下面罩，露出一張表情冷峻的臉，說話間，眼神往柳芙那邊掃了過去，見文府的人已經陸續出來了，也有丫鬟將柳芙扶了起來，這才回頭繼續道：「北疆告急，父皇多次提醒太子不要輕易出宮。這又是冬天，天泉鎮不是京城，夜裡除了各家屋簷的燈籠有些光亮，連個路人都沒有。北疆的刺客又不懼寒冷，最喜歡挑這種時候動手。以後太子就算要出城，也請通報臣弟一聲，臣弟會安排影衛隨護。」

「本宮明白，本宮明白。」太子連連點頭，忙解釋道：「只是今日正好替母后祈福，想著不會耽誤多久。加上你們最近巡城任務繁重，所以也沒通知就去了一趟龍興寺。」

聽了太子的話，姬無殤眉頭皺得更深。「天泉鎮並非影衛巡視範圍，這幾個人也是臣弟帶到天泉鎮執行另一樁公務的。若非恰好遇見，後果不堪設想！」

「其實若不是護送柳小姐回府，本宮這個時候已經到了京城了……對了，柳小姐！」太子提及柳芙，這才回過神來，不再理會姬無殤，轉身往柳芙的方向疾步而去。「芙妹妹，妳沒事兒吧？」

看到太子飛快而來，圍住柳芙的丫鬟婆子紛紛閃到兩邊，讓開了位置給他。

柳芙雙手緊緊地扯住披風，見他上下不斷打量著自己，表情關切神情緊張，忙道：「芙兒沒事，請太子放心。」

太子語氣焦急，看著柳芙除了臉色不太好之外，果然並無外傷，這才鬆了口氣。「還好妳沒事兒，要是害妳受連累，本宮豈不要後悔一輩子！」

「您千萬別這麼說。」柳芙勉強地笑笑。畢竟剛剛最危險的時候他並未顧得上自己，反而姬無殤似有若無地將衝向文府這邊的刺客擋殺住了。

「裕王，您受傷了嗎？」想到此，柳芙的目光順著太子的肩頭掃過他身後的姬無殤，卻被一片刺目的鮮紅所驚。

太子聽見柳芙驚呼，也趕緊回過頭去。藉著文府房簷上的燈籠，發現姬無殤的右臂幾乎被鮮血給完全浸濕了，衣袖緊貼在臂上。

因為姬無殤身著絳紅色的勁裝，加上正值夜晚，大家的注意力又都放在了抵擋刺客上，所以其他人都沒有第一時間發現他手臂受傷了。

只有柳芙，看到了姬無殤所站的位置，腳邊的石板路上已經蔓延開了一灘滴落的鮮血。

「劉婆子，趕緊把街頭那家醫館的劉大夫請過來！」柳芙見姬無殤臉色已經有些過分地蒼白，趕緊吩咐身邊的劉婆子，又吩咐暖兒。「妳趕快進去讓管家收拾一間房出來給裕親王療傷。」

姬無殤被柳芙一驚一乍地提醒，這才發現自己受了傷，拒絕道：「這點皮肉傷不算什麼，本王回宮再讓御醫處理。」

「主人！」一旁的影衛上前替姬無殤察看傷勢，一把扯下了腰帶為其將傷口上部紮緊暫時止血。「您的傷口不算淺，此處離京城還有小半個時辰的路程，不如就暫時在文府將傷口處理了再走吧。北疆刺客都是多人一起行動，說不定路上還會碰到另外一撥，若您帶傷，到時候恐怕會很麻煩！」

「四弟，文從征先生是你的老師，你也別太客套了，快些進去先把傷口處理了再說吧。」太子也趕忙開口相勸。

「也罷，大家都先簡單包紮一下傷口再回城吧。」姬無殤見太子也發了話，而身邊影衛和太子的親衛或多或少都「戴紅掛彩」，只好妥協地點了點頭，隨即向柳芙道：「只是，要驚擾文府上下了。」

「若非裕王殿下帶人及時趕到，或許芙兒也會性命不保，又何須說這些客套話呢。」柳芙說著已經讓開了身後的大門，與姬無殤目光相碰，不知怎麼，語氣莫名有些冷硬。

於是，太子一行人在柳芙的帶領下齊齊進入了文府，只留下兩個沒有受傷的影衛去聯繫天泉鎮地方府衙，負責處理黑衣人的屍首。

文從征接到文來通知，趕忙親自去了前廳接人，吩咐下人將養心堂旁邊的靜室單獨給姬無殤用，其餘受傷的人都安排在前院的會客室。

不一會兒，文府街口醫館的劉大夫就帶著兩個弟子匆匆趕來，清洗傷口，上藥包紮，倒也熟練得很。

文從征陪著太子在養心堂，上了茶給他壓驚，一邊客氣地感謝他送柳芙回府，順帶問一些關於刺客行刺之事。柳芙則早就回到了流月百匯堂，免得讓等門的母親擔心。

第五十八章　無故起爭執

今夜，柳芙是在沈氏的房間裡睡的。

來自母親的溫暖讓她暫時忘卻了剛剛經歷的刺客事件。這一夜，出奇的，柳芙睡得很安穩，很踏實，甚至沒有翻過一次身，就在沈氏的懷抱中一覺睡到了天亮。

第二天一大早，沈氏就親手熬了白粥，配上醃製的紅蘿蔔還有豇豆等小菜，直接端到了床上給柳芙用。

難得享受母親的親自照料，柳芙心情也好了起來。畢竟昨夜那場變故來得太快，一時間實在難以消化。即便現在想來，那一幕幕血腥而殘酷的畫面仍舊歷歷在目，令人心有餘悸。

正發著呆，暖兒進來稟報，說太子東宮派人送了些壓驚的補品，文老爺子讓她去接禮。

柳芙不敢耽擱，當即便在暖兒的伺候下更衣完畢，只一身棗紅底兒繡白藍蝶的半舊夾棉衫子，也來不及裝扮，只在頭上佩了一對寶藍的蝴蝶流蘇，就這樣急急去了前廳。

卻沒想，前廳之中除了身著太監常服、手托禮盒的一個內侍之外，還有個熟人。

「民女見過裕王殿下。」

收起意外的神色，柳芙只得先來到姬無殤面前行了禮。「不知裕王您也在場，民女唐突了。」

「呵呵，裕王也是經過鎮上，順道過來一下，老夫之前都不知道。」文從征剛好邁步而進，笑著將柳芙召到身邊。「來，先見過太子東宮的主事，冷公公。」

「見過冷公公。」柳芙乖巧地朝那位內侍行了個禮。

這冷公公年紀有些大了，一看便知是深宮之中打滾多年的人精，說起話來也是不疾不徐，語音略帶幾分尖細。「柳小姐不必多禮，咱家這廂前來打擾，一是代太子送上薄禮，二則，太子有幾句話讓咱家轉述。」

「裕王，咱們不如先移步養心堂，淮王也在。」文從征自然能聽出冷公公話中之意，準備讓他單獨和柳芙說話。

「冷鳳，昨夜之事，本王也在場。不知太子有什麼話要轉告柳小姐？」姬無殤卻故作疑惑地看向了冷公公。

聽見姬無殤開口，柳芙暗想：原來這個太監的名字叫冷鳳，還真有些不倫不類。而對於姬無殤故意想要留下的舉動，柳芙看在眼裡也有些動氣，便道：「冷公公，有話您就直說吧，我和太子之間並無不可對人言之事。」

「這……」冷鳳卻面帶幾分難色。

將冷鳳的表情變化看在眼裡，姬無殤卻故作不知，突然道：「既然太子有話只想單獨讓柳小姐聽，那我們還是離開的好。」

被姬無殤這樣一說，任冷鳳再老道，也緊張得出了一身汗來。要知道太子可是東宮之主，將來的儲君。這樣讓他一個內侍專程帶話給一個閨閣女子，說出去，可是「私相授受」的不論之罪。

原本他並未言明，想著文大人和裕王都應該是知情識趣之人，卻沒想，裕王只簡單兩句話就弄得自己進退不是，哪裡還能讓他們走開，忙道：「也沒什麼，就是太子想問問柳小姐昨夜可睡得安穩，若是她害怕，改日可一齊前往龍興寺燒香拜佛，以求心靜。」

「哦，原來是相約一起去龍興寺上香。」姬無殤聽了，笑著點點頭。「冷鳳，你可是父皇專門給太子安排的人，除了照顧太子的飲食起居，也要關心太子的安危才是。昨夜的事兒並非偶然，以後太子若是要出城，你都儘量勸說。若太子執意，你大可回稟父皇。畢竟，大家都是為了太子著想，想來你主子也不會責怪於你的。」

冷鳳趕緊屈身道：「是，咱家回去就勸說太子。」

文從征將姬無殤的一言一行看在眼裡，覺得有些不同尋常，主動打了圓場。「勞冷公公走一趟，老夫這裡就不耽誤冷公公回宮覆命了。」

「裕王殿下、文大人、柳小姐，咱家告辭了。」冷鳳也不敢再多留，躬身告退而去。躲開姬無殤的目光，柳芙看著冷鳳留下的那個大大的禮盒，上前顧自抱了起來，還挺沈，心裡美滋滋的。「爺爺，既然裕王殿下在，那芙兒就先回房去了。」

「不知道太子送了柳小姐什麼好東西呢？」姬無殤一眼掃過柳芙臉上的笑容，不知道為什麼，總覺得有些刺眼。

柳芙看了一眼姬無殤，只覺得他今日說話做事都有些莫名其妙，有些氣呼呼地故意將箱子抱到他面前。「裕王您要不要親自檢查一下呢？」

皺了皺眉，姬無殤看著柳芙一副算準自己不會動手的樣子，淡淡一笑。「前日西域送來幾樣貢品，有些還頗為珍奇，聽父皇說全被太子要去了。看來，太子是轉送給妳了吧。」說著，竟真的伸手將禮盒的蓋子給揭開了。

眼見裡頭不過放了幾樣黃精人參一類的常用補品罷了，姬無殤挑挑眉。「原來只是些普通貨色，本王還以為，太子會捨得千金博一笑呢。」

柳芙雖然對姬無殤抱著本能的敵意和防備，但見他連番小氣的舉動，也忍不住有些生氣了，用著幾分諷刺的語氣道：「請問裕王殿下檢查完了嗎？若沒什麼吩咐，民女就先回房去了。」

文從征卻眼珠子一轉，攔下了柳芙。「芙兒，妳把東西給婢女吧，隨爺爺一起去養心堂，淮王念叨著要見妳，說是敏慧郡主有信帶給妳。」

「敏慧郡主嗎？」

柳芙將禮盒給了身邊的暖兒，示意她先行回流月百匯堂去。雖然她不願意和姬無殤走得太近，但對於敏慧郡主竟會給自己帶信，心裡頭很是好奇，不知她會在信上說什麼。

於是繞到文從征的左邊，有意和姬無殤隔開，柳芙一路無話，乖乖的跟著一道去了養心堂。

第五十九章　無塵亂汝心

養心堂內燃起了薰爐，上面放著幾枚柑橘皮，含著橘香的空氣中又帶著幾絲書香，暖暖的，讓人靜心。

姬無塵一身撒金藍的薄棉錦服，手中捏著茶盞，斜斜倚在香樟木的側榻之上，把自己當主人一般，模樣甚是悠閒自得。

看到文從征帶了姬無殤和柳芙進來，他才翻身坐起，笑意如常地拱了拱手。「沒想到裕親王也來了，正好湊齊四人，不如咱們開雙棋盤對戰，如何？」

「見過淮王。」

柳芙對姬無塵的印象還不錯，雖然他為人有些輕浮無禮，但卻是皇室中少有的真性情之人。對於其父曾經唾手可得的皇位，他好像也並未太過在乎，怡然自得地安於閒散王的位置上。

這樣看淡名利的人，在皇室中並不多見。加上他文采斐然，所以才和文從征成了忘年之交，兩人以兄弟相稱。

「淮王。」

接著柳芙的話，姬無殤也開了口，表情淡淡的，雖然仍舊帶著刻意溫和的微笑，可任誰也能看出，他和淮王之間並無太深的交情，甚至可以說是有些過於疏離。

柳芙臉上卻揚著柔和的笑容。「聽文爺爺說，王爺這兒有敏慧郡主的信帶給芙兒。」

「對，看我，老糊塗了。」姬無塵笑著從袖口裡取出一個明藍色的信封遞給柳芙。「敏慧昨夜從龍興寺回來嘴裡就一直念叨個不停，說妳是個名副其實的小才女呢，連佛偈經文都熟讀通解。她還說啊，在同齡女子中，妳算是她真正佩服的第一個人！」

「讓王爺見笑了，芙兒不過是記性好，隨口把書裡的東西講出來罷了。」柳芙得了信，也不當場拆開，順而納入懷中，向著淮王福了福禮。「母親還等著芙兒回去呢，這廂就不作陪了，還請王爺見諒。」

見柳芙和姬無塵說話的樣子，姬無殤蹙蹙眉。「老師，既然您此處有客，學生還是不留了。改日若得閒，本王一定陪淮王下一局。」後一句話則是對姬無塵說的。

「裕親王乃是國之棟樑，哪裡有本王這樣的閒工夫呢。」姬無塵對姬無殤好像也並不怎麼上心，見他不願親近，只保持著如常的笑意道：「如此，就不送了。」

文從征見愛徒要走，便道：「長者為尊，無殤，老夫就不親自送你了。芙兒，妳替爺爺送一下裕王吧。」說著，又吩咐柳芙道。

雖然不願再與姬無殤單獨相處，但眼前的尷尬局面也由不得自己選擇，柳芙只好朝淮王福了福禮。「芙兒先行告退，改日再陪王爺說話。」

姬無殤也略微頷首，算是告辭，也沒等柳芙就直接出了養心堂。

看到姬無殤走得匆忙，柳芙也趕緊跟了上去，眼見他越走越快，只好大聲道：「裕王殿下，您若是趕時間，民女就不送了。」

誰知姬無殤卻突然停了下來，回頭看著柳芙。「妳不是很懂得禮數嗎？淮王也罷，太子也罷，妳都一副笑臉迎人的樣子，為何單單要刻意與本王保持距離呢？」

柳芙知道自己之前因為前生的記憶太過刻骨銘心，所以在姬無殤面前表現得有些過於小心翼翼，這樣反而招來了他的懷疑，害得自己被他盯上了。可對於姬無殤，柳芙總也提不起敷衍的心思，連刻意討好都根本無從下手。

如今聽他突然冒出這樣一句莫名其妙的問話來，柳芙只好埋著頭當作沒聽見，快步來到他的身邊。「民女是怕耽誤了裕王的時間。」

姬無殤看著柳芙的腦袋埋得低低的，對於她懼怕自己心裡很有些不舒服，故意用著諷刺的語氣道：「對啊，妳腿短。本王走慢些便是，免得妳跟不上。」

女孩子家被人說自己腿短，任柳芙再顧忌姬無殤的身分，此時也覺甚為羞辱，脫口而出道：「非禮勿言，裕王殿下，民女的腿是長是短，與您何干？您是男子，民女是女子，自然走得要慢些，您又何苦挖苦於我呢……」說到後來，柳芙一時竟忘了謙稱「民女」，顯然是氣壞了。

「這就對了！」柳芙氣嘟嘟的樣子，看得姬無殤很滿意。「昨夜見妳在太子面前一副芊芊淑女的樣子，本王磣得慌。還是真實的妳比較讓人能接受。」

「您是什麼意思？」柳芙聽他提及昨夜之事，很是不明所以。

「沒什麼。」姬無殤卻不想再繼續說下去，伸手像拎小雞一樣捉住了柳芙的衣領拖拽起來。「快點兒走吧，本王還有要事呢！」

柳芙卻顯然不容敷衍，眼珠子一轉就明白了過來。「難道，裕王您在太子行刺之前就……」說到此，柳芙趕緊又乖乖地閉上了嘴。

昨夜不知怎麼的，或許是龍興寺的雪景太過迷人，又或許是太子的笑容在寒夜裡太過溫暖，讓她莫名對其產生了一絲難以言明的情愫。若非北蠻刺客突然出現攪局，她都有些忘了之前太子的手在她前額留下的微涼觸感……

不經意間回頭，姬無殤看到了柳芙臉上若隱若現的柔軟表情。分明，那是一抹屬於少女懷春時的脈脈含情！

冷意劃過眼底，姬無殤一手放開了柳芙。「妳走吧，本王不需要妳送了。」說完，一提氣，幾個閃身便消失在了文府的花園中。

柳芙還未明白過來是怎麼一回事兒，只覺得眼前一花，姬無殤就已經突然消失不見了。心中感嘆著此人果然陰晴不定喜怒無常，扯了扯被他剛剛拉開的後領，嘟囔著便轉身往流月百滙堂回去了。

第六十章　藥名兒傳信

流月百匯堂不過一個單進的小院落，但其庭院呈弧形，從天空看就像一個彎彎的月牙兒，故此得名。因為文府內院只文從征一人居住，平日裡都在養心堂進出，為了避嫌，所以特意將遠離養心堂的此處撥給了沈氏母女使用。

獨自回到屋中，柳芙見暖兒正捧著盒子一臉期待，便笑道：「妳比我還著急呢，放心吧，都是些常用的藥材。若有好東西，我必會告訴妳的。」

暖兒得了柳芙的首肯，這才將盒蓋打開，一眼掃過，發覺果然只是些常用的藥材，念叨了起來。「雲母、珍珠、沉香、薄荷、烏頭、苦參、當歸、茱萸、熟地……樣數倒是多，可用這麼漂亮的盒子來裝這樣普通的東西，太子也忒小氣了吧。」

「等等……」柳芙聽得暖兒唸出幾樣藥名兒，總覺得有些耳熟，趕緊走過去將盒子裡的藥材拿出來放在了桌上，對照腦中關於藥材的記憶，一一識別起來。「雲母、珍珠、防風、沉香、鬱金、硫黃、柏葉、桂枝、蓯蓉、水銀、半夏、薄荷、鈎藤、常山、宿沙、輕粉、獨活、續斷、烏頭、苦參、當歸、茱萸、熟地、菊花！」

在暖兒的驚訝中，柳芙將滿桌的中藥名一個不漏地都唸了出來。

「不多不少，正好二十四味！」柳芙臉上的表情是又驚又喜，又喜又羞，彷彿是不敢相信，又一一數了一遍，這才抬眼看著對面還瞪大眼睛當怪物一樣看著自己的暖兒。「太子、太子竟然給我捎來了一封情書。」

「什麼！」原本暖兒已經把眼睛睜得夠大了，此時聽見柳芙口中吐出「情書」二字，臉上的表情已經不能用誇張來形容。「太……太子，竟然給小姐寫了一封情書嗎？在哪兒，在哪兒？」說著，已經動手在空盒子裡瞎摸起來。

「暖兒，不是真的信，是這二十四味藥材！」柳芙拉了暖兒到一邊，先將屋門給關好，免得被母親聽見她們的對話，這才指了指桌上鋪得滿滿的藥材。「這些藥材正好與一首詞相映襯。」

「藥材？詞？」暖兒還是丈二金剛摸不著頭腦。

柳芙只好細細為暖兒道來。「前朝有位大詞人，善用藥名兒來寫詞。當時他就寫下過一闋名叫【滿庭芳・靜夜思】的詞，來表達對一位女子的思念之情。」

「是嗎！是嗎！」暖兒聽得稀奇，忙道：「是怎麼寫的呢？」

腦中搜索著關於那首詞的記憶，柳芙這才啟唇而誦——

「雲母屏開，珍珠簾閉，防風吹散沉香。
離情抑鬱，金縷織硫黃。
柏影桂枝交映，從容起，弄水銀堂。
驚過半夏，涼透薄荷裳。
一鈎藤上月，尋常山夜，夢宿沙場。
早已輕粉黛，獨活空房。

欲續斷弦未得，烏頭白，最苦參商，當歸也！

茱萸熟，地老菊花黃。」

聽著柳芙將這一闋詞唸誦而出，暖兒只覺得雞皮疙瘩掉了滿地，只覺得這太子也太肉麻了些。不過，這樣的精巧心思，的確讓她看到他對柳芙的真心，不由得嘆道：「小姐，太子真是用心良苦啊，竟會以如此獨特的方式來表達他對您的淑女之思。暖兒好感動哦！」

「感動什麼，我拿了這一盒子藥材，是要回禮的！」柳芙卻懊惱了起來。「妳不知道，這位大詞人寫了這一闋藥名兒相思詞給他的妻子，最後妻子也同樣以藥名回書的。我背給妳聽。」

暖兒雙手捧心，一副癡迷陶醉的樣子看著柳芙，滿心期待地連連點頭。「好好好！小姐快說！」

柳芙想了想，這才將回信唸誦而出。「檳榔一去，已曆半夏，豈不當歸也。誰使君子，寄奴纏繞他枝，令故園芍藥花無主矣。妻叩視天南星，下視忍冬藤，盼來了白芨書，茹不盡黃連苦。豆蔻不消心中恨，丁香空結雨中愁。人生三七過，看風吹西河柳，盼將軍益母。」

「哇，好感人哦。」暖兒揉了揉眼，似乎有些泛紅，嘟囔著道：「果然是讀書人呢，用這藥名兒來往傳情，若非小姐特意指出來，暖兒根本聽不出來其中玄機呢。」

「妳別感嘆了，快些幫我想辦法該怎麼回信兒吧！」柳芙撫了撫額，一副苦惱的樣子。

「小姐，您不喜歡太子嗎？」暖兒倒是一臉奇怪地看向柳芙。「太子可是未來的儲君呢，他對您主動示好，難道您不該高興嗎？直接按照這回信準備了藥材再送入宮中就好了，您苦惱什麼呀！」

「他若不是太子就好了。」柳芙想起將來姬無淵的結局，總有種無力感。

雖然她知道所有人的結局，但重活了一次的自己，卻無法確定自身會面臨怎樣的未來。是仍舊按照歷史的軌跡再一次被送上和親之路？還是通過反抗命運獲得屬於自己的幸福？柳芙根本無法確定。

所以，面對太子的心意，柳芙唯一能做的恐怕只有婉拒了。

想到此，心中已有決斷，柳芙迅速地將桌面擺放著的藥材統統收回了箱子，推到暖兒的面前。「鎖好，忘記今天我告訴妳的故事。我會斟酌如何回信，妳千萬別在母親面前提及就行了。」

「小姐，我省的。」暖兒強壓著心中的疑惑，見柳芙表情很有幾分凝重，識相地沒有多問。「昨夜折騰得夠嗆，小姐不如趁中午用膳前再好好睡一覺吧，時候到了奴婢會來叫妳的。」

「不用。」柳芙擺擺手，稚嫩的童顏上流露出一抹疲色來。「之前讓文管家幫忙請了李墨過來說話，妳去前院守著，若人來了就趕緊來告訴我一聲。」

「是。」暖兒領了吩咐就默默退下了，只是情緒有些低落，覺得自家小姐如果拒絕了太子，那實在有些太可惜了點兒。

垂著頭一路行到前院，暖兒只覺得眼前一花，原本空蕩蕩的小徑前竟突然落下個人，嚇得她差點叫出了聲。可定睛一看，才發現此人是她認識的，便趕緊哆哆嗦嗦收起驚嚇，福禮道：「裕……裕王殿下！奴婢參見裕王殿下！」

擺擺手，姬無殤咳了咳，好像有些尷尬，只勉強擠出一抹微笑道：「嗯，本王從養心堂那邊出來準備回府，一時走錯了路。小丫頭，妳給本王帶一下路吧。」

姬無殤有些鬱悶，之前沒讓柳芙將他送到門口就先自行離開，結果自己在前院走沒兩步就誤入了一個花園，繞來繞去竟迷了路。堂堂親王，連路都找不到，這簡直是恥辱啊！

「哦，原來是這樣。」暖兒這才把一顆懸著的心放回去，恭敬地道：「正好奴婢要去前廳，裕王您這邊請。」

「嗯。」

見暖兒沒有多問，姬無殤好像鬆了口氣，這才沿著指示邁步向前。

小心翼翼地側身緊跟著，暖兒一邊帶路，心思也隨之活絡了起來，忍不住抬眼悄悄地瞅了瞅姬無殤，暗想——這位裕王殿下看起來好像是個好人，他又是太子殿下的親弟弟，如果自己央求他幫忙傳個信，他應該會答應吧？

第六十一章　料事如有神

自從見過柳芙，姬無殤就有些厭煩了在其他人面前偽裝成溫和有禮的樣子。就像從前穿習慣了的華服，現在穿在身上感覺不倫不類，只想趕緊脫掉才好。

將這種不自然的感受從腦中擠出，姬無殤察覺到了來自暖兒的目光注視，便側眼看了看她，問道：「怎麼了？」

「沒有！奴婢沒有……」暖兒還是有些膽小，趕緊收回了目光。

「妳是柳小姐的貼身婢女吧？」暖兒的欲言又止讓姬無殤有些不耐煩，但卻不好發作，只蹙了蹙眉，耐著性子讓自己的聲音顯得平和些。「本王看妳好像有什麼心事，是和妳家小姐有關嗎？」

「裕王殿下，您真是神了！」

暖兒正考慮著要不要幫小姐「牽線搭橋」，卻沒想眼前的裕王竟主動開了口。原本心中就有些躁動不安，這下正好，對方竟一語中的，她便毫無顧忌地把太子如何用藥材傳情之事講了個清清楚楚，完全把柳芙的吩咐拋到了腦後。

本來姬無殤還面帶微笑，但聽著暖兒用著興奮的話音講出太子竟給柳芙送了封如此別致的「情書」，臉上的笑容就漸漸地凝固起來，眼神深沈得好像比這寒冬臘月還要更加陰冷幾分。

「所以，妳想本王如何？」姬無殤的聲音也透出些冷意來。

正在興頭上的暖兒哪裡會注意到姬無殤表情上的變化，張口就道：「小姐是想裝傻，只當太子送來了一堆藥材罷了。反正這樣深奧的傳情方式，小姐不過一個小姑娘，領會不到估計也是正常。可奴婢想，太子一番心意豈能就此付諸流水呢？而且小姐並非不知道，而是一下子就猜出了太子的本意。所以，奴婢懇請裕王殿下幫忙轉告一下太子，就說我家小姐已經知道了他送藥的用意，下次若有機會相見，一定當面道謝。」

「這樣做，妳家小姐不會責怪妳嗎？」姬無殤挑挑眉。「而且，太子和柳小姐的年紀也差得太遠，難道妳想讓她將來嫁給太子做妾不成？」

「奴婢也是為了小姐的終身幸福呢！」

暖兒雖然有些心虛，但想到尊為太子的姬無淵竟會喜歡自己小姐，這可是打著燈籠都找不著的好歸宿呢。她相信，以太子的性情相貌，恐怕只要是女孩子都不會拒絕，便也有了底氣，忙道：「小姐雖然還小，但大周皇朝不是有令，男子不到十八不得娶妻嗎？太子今年差不多十六吧，等兩年，咱們小姐就虛歲十二了，那時候訂親豈不正好！而且身為儲君，繼位後還需得三年才能除服呢。算起來，那時候小姐就十五了。兩人再行大婚儀式，那不是好上加好！」

姬無殤見暖兒說得眉飛色舞，也不打斷她，等聽完才淡淡道：「妳倒是把如意算盤打得叮噹響，就是不知這只是妳的想法，還是妳家小姐也是如此合計的呢？」

暖兒沒聽出姬無殤語氣中的諷刺意味，認真地想了想，點點頭，似乎在給自己打氣似的。「小姐在領悟了太子送藥本意之後，是又驚又喜呢，臉也紅紅的，可見並無反感吧。而且奴婢看太子那麼關心小姐，以後肯定也不會辜負小姐的，所以，奴婢敢肯定，這絕對是一樁極好的姻緣。若是小姐因為害羞而錯過了，豈不可惜至極嗎？」

「既然如此，本王若碰見太子，會轉告他知道的。」姬無殤不想再與這個丫頭多說什麼，眼看繞出了內院花園，前面的路已經再熟悉不過了，便草草丟下這句話就加快了步伐，甚至提氣用了內勁往前而行。

「裕王殿下，您……」

暖兒人小步子也小，眼看跟不上了，正開口想問姬無殤還需要自己帶路不，卻發現李墨已經在門房的帶領下進入了前廳。而一轉眼，裕王的身影也已經不見了，只好就此轉身往前廳而去。

因為有事情要和李墨私下說，柳芙讓下人起了炭盆在假山上的涼亭內，又備好了泥爐子和茶具，這才讓暖兒將他帶到花園中來會面。

自從通過柳芙的引薦成為文從征的外室弟子，又做了皇家書院的教習師傅，李墨無論是精神氣兒還是穿衣打扮，都與之前頗有些酸腐的窮書生樣兒完全不沾邊了。加上他本身就容貌出眾，現在整個人看起來更是儒雅俊秀，風度翩翩，惹人矚目。

「主人。」李墨見了柳芙，極為恭敬地拱手行了僕人的大禮。

「你不用如此，這裡除了你我並無外人。」柳芙擺擺手，滿意地看著李墨現如今的狀況，知道自己沒有挑錯人。

「正因為並無外人，小人才敢如此。」李墨起身來，眼中閃爍著幾分激動的光彩。「若非主人提攜，小人哪裡會有今日的際遇。走出去，誰不叫一聲『李先生』？就連宮裡的皇子公主們，見了小人也是恭敬有加。小人不敢忘記您的大恩！」

「我今日叫你來可不是要聽你表忠心的。」柳芙倒是神色平靜，一手顧自添了茶，指了指對面讓他坐下。「讓你過來，是有要事交代，你且坐下認真聽我講吧。另外，你稱呼我一聲『小姐』就行了。」

「是，小姐。」

李墨倒也不再做作，直接坐到了柳芙的對面。「不知小姐有何吩咐？」

「先喝口茶祛祛寒吧。」柳芙也不著急，悠悠地抿了口茶，目光望向了下首的花園，連一絲綠意也沒有，只有刺眼的白，彷彿連綿到了天邊。

李墨依言輕啜了一口熱茶，雙眼頓時一亮。「小姐，此茶可是上次小人在扶柳院喝過的『白牡丹』？」

「的確。」收回目光，柳芙點點頭。

「難道，小姐的吩咐與此茶有關？」李墨是個聰明人，一下就想到了各種關鍵。

在京城，不缺有權有勢的貴人，只缺讓這些貴人們爭相索取的珍惜之物。而白牡丹此茶就屬於頂尖的寶貝。能享受到的，除了皇室貴族，便是商賈鉅富，普通人就連聞一下香味兒都是奢望，更別提像自己這樣能悠然地品茗了。所以，他自然一下子就領會到了柳芙讓他先行飲茶的深意。

柳芙對李墨如此機敏的反應很滿意，點頭道：「扶柳院有地下水，我請了一個經年茶農過來看過，他本就是福建人，說或許能以那十二株白牡丹為苗，擴建出一個茶園來。」

聽見自己猜測果真為事實，李墨興奮地道：「若是此事能成，那小姐就不只是坐擁一個茶園，而是坐擁金山一座啊！」

「雖然現在一切都還要等明年開春才能有定數，但我想提前給你知會一聲。」柳芙輕輕轉動著手中瓷杯，感到陣陣溫暖透過杯子被手心吸走，渾身暖暖的，臉上也隨即露出了舒緩柔軟的微笑來。「後天文爺爺的授課日，我要你扮作茶園少主人，與太子一見。務必要讓他相信你已經在京城擁有了一座可以出產『白牡丹』的茶園！」

第六十二章　籌謀遠大計

隨著天氣漸寒，文府內前來聽文從征授課的學生卻並未有所減少，反而有好些人刻意早到，彷彿這樣能證明自己讀書有多麼勤奮一樣。

掐著時間，姬無殤獨自從裕王府騎馬出發，迎著刀割般冰冷的寒風，一路疾行，馬踏飛蹄，不過半個多時辰就到了天泉鎮。

看到還有些時間，姬無殤調轉馬頭，直奔錦鴻記總店的後門。

雖然冷得夠嗆，但這個時候錦鴻記的生意仍舊不錯，很有幾分門庭若市的味道。大概是因為年關將至，大戶人家免不了要替家中親眷添置新衣。加上今年的雪從未停過，大毛衣裳和大毛披風也成了熱銷之物，繡娘們不眠不休輪班趕工，也才能勉強在二十八之前將貨送到主顧的府上而已。

所以當一身錦衣的姬無殤在後門翻身下馬時，除了守門的小廝看到他，其餘人等都未發覺。

錦鴻記二樓，陳妙生的算盤打得叮噹作響，一手飛快地翻著帳本，神色間露出一抹凝重之色。

「怎麼了？」伸手顧自撩開簾子，姬無殤踏步而進，將披風丟給後面跟著的小廝。「今年的生意應該比往年更好才對，怎麼你反而愁眉苦臉的？」

「去給少東主準備上好的香茗。」陳妙生見竟是姬無殤來了，趕緊丟下手中活計走過去相迎。

揮揮手，姬無殤示意不用。「本王只稍待片刻，等會兒還要去文府聽學。」

陳妙生點頭，轉而又吩咐了那個小廝。「你先下去，在樓梯口守著。機靈點兒，不許任何人上來打擾少東主。」

小廝領了吩咐就退了下去，順手關上了屋門。

「主人，您總算來了！」陳妙生彷彿鬆了口氣，將帳本奉到了姬無殤的面前。「雖然今年的生意極好，但西北的缺口越來越大，恐怕錦鴻記再維持個半年就要另想辦法往西營輸送銀錢了。」

「沒辦法，北邊眼看戰事將起，父皇又不能拿國庫的銀子來貼補西北的密軍，唯有咱們自己再尋他計了。」姬無殤也蹙起了眉頭，神色嚴肅。「只可惜，錦鴻記雖然賺錢，但裝備一個軍營卻消耗太大，且不說兵器糧草的儲備，單是近十萬人每日的嚼用，還有其他花費用度，咱們能撐了這三年已是出乎意料了。」

陳妙生見姬無殤發愁，小心地探問道：「主人，皇上為什麼不幫您想一下辦法。比如批幾個礦山給您開採，恐怕也能再熬個幾年。」

「父皇這樣做有他的道理。」姬無殤看了陳妙生一眼。「你是皇上親自派給本王的人，難道你還不知道嗎？父皇籌劃了近半生，為的就是一舉剷除胡氏一脈的叛黨。若是從朝堂那裡想辦法，必然會被胡蒙之察覺，那時候就功虧一簣了。況且……」

「況且，皇上還要考驗一下主人您是否有擔當天下的能力。」陳妙生接過話，雖然聲音壓得極低，但隱隱卻透出幾絲興奮。「將來，好委以重任！」

「委以重任還是兩說之事，但既然父皇交託了此大事，本王又豈能辜負父皇的栽培呢！」姬無殤示意陳妙生不用再繼續先前的話題。

點點頭，陳妙生嘆道：「只是這樣未免也太難了。以您一人之力，還不能出面以裕親王的身分行事，要養活一個軍營近十萬人，簡直是不可能完成的任務。」

搖頭，姬無殤臉上露出了和年紀完全不相符的深沈來。「錢總是能想辦法賺到的，本王倒不擔心。怕的是，北邊的戰事一起，朝中的壓力也會大起來，那父皇原本的計劃恐怕就要完全打亂了。」

「難道，北蠻真要入侵中原不成？」陳妙生眉頭深鎖，不無顧忌。

「你沒看今年的雪就沒停過嗎？」姬無殤嘆了口氣。「人都是被逼的。這樣的雪天，北邊草原恐怕會有不少的牲畜被凍死，北蠻子也要有糧食才能活下去。不入侵，不打仗，不搶劫，他們拿什麼來餵飽自己的族人？所以，這一切都是上天冥冥中定下的，我們只能觀其變，做好準備罷了。」

「主人，您真的這樣想？」陳妙生有些哀嘆。「只可惜，這戰事要是在關鍵時候打響，恐怕會壞了皇上籌謀已久的大計啊！」

「所以，暫時不能向北蠻開戰。攘外之前，必先安內！」姬無殤眉頭深蹙，薄唇緊抿，似乎也對未來有些看不清了，只一轉身，扯下掛在門邊的披風。「本王先去文府了，銀錢的事，你不要太過憂心。另外……沈氏那邊的活計也別給她斷了。」

「屬下遵命！」

陳妙生見姬無殤要走，忙過去為他拉開了門。「屬下每隔一個月都會派一個活計給沈氏，每次差不多五百兩到兩千兩不等。其實沈氏也沒有占咱們什麼便宜，她的繡活兒，放眼整個大周皇朝恐怕也鮮少有人能超越。所以，靠著沈氏繡的貨品，錦鴻記反而還多掙了不少錢。主人您放心，沈氏那邊絕少不了銀錢支撐的。只是……屬下不明白，為了一個柳冠傑，咱們需要如此費心嗎？」

側身看了一眼陳妙生，姬無殤沒有多做回答，只道：「柳冠傑可不簡單，他是胡蒙之的心腹，馬上就要在他的幫助下任吏部尚書了。只要咱們手中捏著沈氏母女這步棋，就不用擔心他會反骨。」

說完，姬無殤便頭也不回地疾步而去，匆匆離開了錦鴻記。

目送姬無殤消失在階梯的盡頭，陳妙生也只得轉回屋子，繼續閉門算起帳來。

外間是落雪後的寒氣逼人，文府授課大堂內，卻是一室書香相伴的熱鬧氛圍。

柳芙一身青灰色常服跪坐在首席旁邊的專用書桌邊，長髮高束，只一支沉香木簪子別住，看起來就像個俊俏的小書僮。她一邊認真地聽著文從征講了《國策》，一邊記下精彩之處，以備之後溫習揣摩。

只是偶爾間，柳芙還是會忍不住向首排端坐的姬無殤望去。

身穿同樣青灰色棉服的他看起來清朗儒雅，渾身上下都透出一股難言的倨傲氣質，讓周圍的青年才俊都淪為了陪襯。

或許是發現了柳芙的眼神注視，姬無殤只淡淡地往她所在之處掃了過去，眼神並未有任何停留，又收了回來，彷彿根本沒有她這個人存在一樣。

習慣了姬無殤含著鋒利的挑釁眼神，他如此漠視自己還是第一次，這讓柳芙有些莫名的心慌。

他為什麼會這樣？

自問並沒有惹到他什麼，柳芙有些弄不明白。但反過來一想，他不理自己總比逼迫自己要好得多，也不算是什麼壞事兒，也就放下了。想著等會兒還得讓他給太子帶信兒，柳芙斟酌著該如何把李墨介紹給他，便也有些無心聽文從征授課了。

第六十三章　事偏有湊巧

北方的天氣讓人又愛又恨。冷的時候彷彿能凍掉鼻子，可同時，放晴後的暖陽又是那樣的明亮耀眼，讓人忍不住想要走到屋外去接受它的撫摸。

過了午時，日頭正好，雖然仍舊是哈口氣都冒白煙的那種冷，可看著大家期待的目光，文從征便默許了他們，將冬天改在室內的文會搬到了花園子裡頭。

這些都是文從征的親徒，其中又不乏皇室子弟，文從征可不想他們被凍著，便吩咐了柳芙和文來好生收拾一下花園。

接了文從征的吩咐，柳芙不敢怠慢，領了管家文來一起到花園裡。先選好了地方，讓下人抬來厚厚的毯子先鋪在潮濕的青石板上，再放上半尺高的厚蒲墊，這樣坐著也不會覺得冷。另外，雖然頭頂是露天，可柳芙卻讓人用硬綢的帷幔將花園方圓二十丈的範圍遮了個嚴嚴實實。即便用處不大，但至少不會有冷風夾雜著雪粒子從旁邊吹過來。

最後，文來又吩咐下人在每個矮几中間的後方都放上一個炭盆，正中央也擺了個大大的半人高薰爐。如此一來，一走進圍欄，倒真不覺得有多冷，反而還能曬曬頭頂的暖陽。

另外，要配合從室內移到室外的文會，柳芙趕緊讓文來吩咐廚房改了菜。將冷盤一類紛紛撤掉，熱菜也不下鍋了，俱用甜白瓷的盤子裝好，就那樣生的拿過來。然後一桌放置一個紅泥的小火爐，上面煨好滾燙的濃湯，讓他們自個兒挾了肉和菜放進去打個滾兒就能吃。這樣既熱呼又簡單，也樂得廚娘清閒一會兒。

想著這樣的雪天露天用飯說話，柳芙怕萬一有一、兩個身子弱的受不了，回頭染了風寒病在家裡就不妥了，於是請示了文從征，看能不能上點兒酒。不用烈酒，那種清淡不辣口，可以暖身子的就行。

對於柳芙如此細心周到的安排，文從征很是滿意，不但允許她上酒，還高興地吩咐文來將南邊老家送來的幾罈子青梅酒取出來，要請大家喝。

於是柳芙親自和文來去酒窖取了三罈子足有四十五斤的青梅酒抬出來，惹得還未入席的學子們一陣歡呼，「小師妹」前，「小師妹」後，招呼聲絡繹不絕。

臉上洋溢著如頭頂陽光般燦爛的笑容，柳芙招呼大家趕緊移步花園，得趁著日頭正盛將今年最後一次文會開了。

大家一邊飲著汾酒，一邊燙著火鍋，還有「你來我往」的詩賦對聯絡繹不絕，氣氛大好間使得整個文府都洋溢著一種久違的熱鬧。

眼看時機差不多成熟，柳芙端著酒杯往姬無殤的位置看去，卻發現他主動走了過來。

「老師，學生敬您一杯。」姬無殤對文從征一直執以學生之禮，謙和恭敬，毫無一絲假裝。

「好！無殤，你一直是老師最欣賞和最喜歡的弟子，老師也回敬你！」文從征很高興，仰頭就飲盡了這一杯酒。

「爺爺，您嗓子不好，少喝點兒。」柳芙嘴上這麼說，卻主動替他又斟滿了酒杯。

「瞧瞧，有個孫女就是好也不好。平日裡老夫要飲酒，哪裡會有人管？如今，卻耳朵都要聽得起繭子了喲。還是和其他學生們說說話去！」言畢，文從征竟主動笑著離開了座席，像是有意將空間留給姬無殤和柳芙似地。

這次柳芙倒是感激自己的多嘴，畢竟她要託姬無殤給太子帶信，周圍人多聽見了反而不好。

卻沒想，姬無殤竟率先開了口，語氣平淡，似乎在對著下人吩咐似地。「對了，先前本王向老師詢問，養心堂可藏有一本名叫《戰國策論》的書。老師說可以讓本王問問柳小姐，若是有，就借與本王抄寫後再歸還。」

柳芙臉上閃過一絲意外之色。「可湊巧了！」

「怎麼？」姬無殤見柳芙臉色有異，蹙眉問道：「什麼湊巧了？」

「裕王您還記得前日淮王替敏慧郡主捎的一封信吧？」柳芙笑著解釋道：「她說她有一位很重要的友人在元宵節後慶生，讓民女找文爺爺借一下《戰國策論》這本書，她要親手抄寫了當作賀禮送上。」

「敏慧？」姬無殤眼底閃過一抹意外之色，隨即又釋然般地笑了笑。「既然如此，看來本王就不用親自動手了。」

「什麼意思？」柳芙有些不明所以。

「因為本王的生辰就在正月十六，想來，那份賀禮應該送往裕王府吧。」姬無殤了然地挑了挑眉，這就準備折返回自己的位置，卻被柳芙叫住了。

「裕王殿下請留步！」柳芙趕緊從驚訝中回過神來，她知道，敏慧郡主無論是喜歡太子還是喜歡任何人都不關自己的事，眼下既然碰上，不如將李墨引薦給太子的事情拜託姬無殤，便道：「民女還有事要相請裕王。」

「哦？」姬無殤回頭看了柳芙一眼，點點頭。「柳小姐請講。」

面對姬無殤如此淡漠的態度，柳芙好像已經習慣了似的，只細細地將李墨之事講給他聽。「所以，煩請裕王給太子捎個信，三日之後，李公子在養心堂靜候太子殿下召見。」

「原來是此等小事，本王還以為，妳也要給太子來一封『心思獨具』的回信呢！」姬無殤脫口而出，並未意識到自己的語氣泛著些酸氣兒。

柳芙卻心頭一驚，瞬間就回過神來，壓低聲音道：「裕王您所言為何？什麼叫做『心思獨具』的……回信？」

「怎麼？妳的婢女沒有告訴妳嗎？」姬無殤見柳芙如此認真的和自己說話，冷冷一笑，背過席間其他人，低頭用著沈沈陰冷的眼神盯住眼前的小人兒。「放心，本王會把妳的心意連同今日妳需要本王捎帶的話一併告知太子。相信，柳小姐會有一個前程似錦的未來的！」

「等等！」柳芙並非傻瓜，從姬無殤的隻言片語中她已經聽了出來。「懇請裕王殿下見諒。無論暖兒她對您說了什麼，都只是她胡亂臆測的。若裕王您真的照她的話和太子殿下說，那並非民女所願和所想。還請裕王只當作什麼都沒聽到，饒了暖兒這一次吧。」

「果真？」姬無殤挑了挑眉，他倒是沒有料到柳芙會真的想要拒絕這樣一個大好機會。對方可是太子，在天下人眼裡，姬無淵應該是最好的夫婿人選了吧？所以他有些不明白，語氣隨意地問：「柳小姐難道不喜歡太子？」

抬眼，看著姬無殤目光中的好奇之色，柳芙蹙了蹙眉。「裕王殿下，恕民女無可奉告。」

「妳不願說就算了。」不知為何，姬無殤竟笑了起來。「本王只想告訴妳，妳是個聰明人，妳的選擇也很明智，太子這樣的身分，可不是妳這樣的女子可以高攀的。」

「民女沒有想過要高攀任何人。」柳芙的心氣不允許被姬無殤這樣說自己，她目色堅定地看著他，只一字一句地道：「無論是太子，還是其他權貴公子，民女都沒有奢望將來嫁入豪門。」

「是嗎？」姬無殤卻不信。「對於妳來說，難道嫁入豪門不是最好的選擇？」

「靠出賣自己得來的幸福，並不是真正的幸福。」柳芙收起了過於認真的表情，唇角微翹，淡淡一笑道：「若是民女要嫁，一定會嫁給一個情投意合的人。這樣的人，或許沒有顯赫的家世，沒有豐厚的財產，但至少他會對民女好，不會背叛民女……」

姬無殤當然知道柳芙為什麼會這麼說，總覺得從來堅硬如冰的心微微有些鬆動了。「妳要知道，妳父親雖犯了錯，卻並不代表其他男子也會犯同樣的錯。」

「多謝裕王殿下的開導，民女……」柳芙下意識地隨口謝了一聲，卻突然醒悟過來，睜大眼睛，表情訝異地道：「你怎麼知道我父親的事？」

姬無殤並未介意柳芙以「你我」相稱，只一笑。「後天本王會親自陪同太子過府一趟，到時候，妳會得到妳想要的答案。」

說完，姬無殤就地轉身，只留下了仍舊一臉驚色，卻還未緩過神來的柳芙。

第六十四章 心意難掩藏

過去的這三天，讓柳芙頗有些如坐針氈的感覺。

她萬萬沒想到，自認為保護得極好的秘密竟會被姬無殤一語道破，讓她毫無防備，連辯解或者多問一句都沒來得及。

可笑的是，自己竟完全忘記了是在和誰打交道。

他是影閣之主，他麾下是一個充斥著密探和殺手的地方，是大周皇朝最一流的情報機關。當初為何自己會對他如此懼怕，甚至不願對視一眼，除了來自前世的恐懼，柳芙知道，她下意識地是想遠離一個可能會給自己造成傷害的危險人物罷了。

柳芙知道，若自己不提起精神好好與其周旋，哪怕是有一丁點鬆懈或一丁點偏差，都會讓自己提前陷入萬劫不復之境，甚至沒有了任何可期的未來。

要怪，只能怪自己這半年來實在太順利，無論是得了九華山的地還是買下扶柳院，抑或是成為了文氏的乾親，還有之前在拈花會上的亮相……這些接踵而來的好事兒，讓她漸漸地忘記了銘刻在心底的仇恨，和伴隨重生後一直提醒自己要小心胡氏的那種緊迫感。

「看來，今天開始得打起精神，不能再放鬆警惕了。」

柳芙收起紛亂的思緒，看著鏡中的自己。姣好如花的面容、白皙如玉的肌膚、玲瓏纖細的身姿，雖然只是一個八、九歲的女童，卻在一顰一笑間已經有了讓人難以忽視的絕豔容顏。

嘆了口氣，讓柳芙有些無心再裝扮自己。

今日太子要來，一想到他竟會那樣費心思地給自己「鴻雁傳情」，柳芙就忍不住雙頰泛紅，一顆心猶如小鹿亂撞般地無法平靜。

她承認，對太子只是懵懂間有了一絲別樣的情愫罷了，並無更多。但面對一個對自己如此用心的男子，一個曾向自己「表白」過的男子，一個容貌氣質都冠絕天下的男子……柳芙卻怎麼也無法保持如常的態度了。

可姬無殤三日前的那句話始終在腦海縈繞不斷，好像一個魔咒般怎麼也無法驅除，這讓柳芙很是糾結，一張小臉上布滿了愁苦的表情。

重生後的她自以為對未來有了預知，自以為可以掌控未來，可事實上，命運從來都是狡猾的。當你放鬆警惕的時候，它就會伸出觸鬚蔓延進你的生活，擾亂一切，讓你不得不屈服於現實之下，成為它的俘虜。

「自己要屈服嗎？」看著鏡中的自己，柳芙喃喃地自言自語道：「還是……想辦法和命運抗爭呢？」

細如柳葉的雙眉蹙起，清澈的雙眸中浮起了謎一般的霧氣，柳芙突然從椅子上站了起來，對著門外大喊一聲。「暖兒，進來為我梳妝更衣！」

暖兒快步而進，已經從衣櫥裡取出一件湖水藍底兒，繡著春柳飄絮圖樣的裙衫出來。

「小姐，這件如何？」

柳芙看了一眼，點點頭。「就這件吧，還算不誇張。」

換上衣裳，柳芙很是滿意地揚起了唇角。這件裙衫是母親特意為自己過年趕製的，是極好的軟緞繭綢料子，裡面有層細細的棉，極保暖卻又不顯臃腫。裙衫上明媚的藍，配上舒緩的綠，還有點點飛揚在裙間如雪花般飄然輕盈的白絮，將她整個人襯托得別樣嬌俏而又不失柔美。

看著鏡中的自己，柳芙笑了。這樣的她，應該會讓太子殿下很喜歡吧！也能讓姬無殤有所顧忌，看清楚她並非是可以被輕易掌控在手心的小白兔才對！

正在柳芙沈思的這片刻間，暖兒已經熟練地為她梳好了雙螺髻，又別上一對流蘇寶藍蝴蝶釵，嘆道：「小姐，可惜您還未及笄，如此漂亮的衣裳若是梳個好看的雲髻或者百花髻，那才叫驚為天人呢！」

「不用，就這樣已經很好了。」柳芙挑了一對金絲琺瑯燙藍瓷的耳墜戴上，這便起身，披上了厚厚的披風直接去往了養心堂。

養心堂內，太子和姬無殤已經都到了，李墨則還在前廳等候柳芙的召喚。

「民女見過太子殿下、裕親王。」

蓮步輕移，柳芙進了屋子便卸下披風，露出玲瓏嬌俏的身姿，上前朝兩人一一見禮。

「文爺爺今日在皇家書院有例行的公務，不能親自招待，還請見諒。」

「芙妹妹，不必多禮。」見到柳芙，太子眼中一亮，欣賞之色溢於言表，忙上前親手扶了她起身，目含柔光，語氣親和。「今日本就是來煩勞妳的，文大人在不在倒也並無大礙。」

柳芙略微側頭，露出一截白皙如藕的細頸，含羞啟唇。「太子哥哥您久等了，芙兒這就去請李公子前來覲見。」

說完，有意抬眼掃過太子的臉，這才轉身在暖兒的伺候下重新披上外袍，親自往前廳去接李墨了。

聽兩人一口一個「哥哥」、「妹妹」的，又狀似親密，姬無殤在一旁略蹙了蹙眉，等柳芙已經出了屋子，這才用著隨意的口吻道：「太子，臣弟倒是不知您什麼時候與柳小姐如此熟稔的？」

「之前有幸與柳小姐在龍興寺共進素齋，相談之下都十分投契，所以……」太子說著，抬眼看了看姬無殤，目露疑色。「四弟，你什麼時候對這種事情感興趣了？就連從小就喜歡你的敏慧突然被母后看中想要指給本宮，你都不曾過問一句。怎麼，你很關心芙妹妹嗎？」

雖然聽到太子喚柳芙為「妹妹」有些刺耳，但姬無殤知道自己不該流露半分情緒，臉上浮現出了如常的笑意來。「柳小姐是臣弟的小師妹，老師又待臣弟十分親近，這才多問一句罷了。」

「本宮知道你不喜歡這些兒女情長的東西，但像芙妹妹那樣的絕色小佳人，連你也捨不得挪開目光吧。」太子笑容爽朗，毫不掩飾自己對柳芙的喜歡。「上次在龍興寺，你是沒有聽到她講的關於佛家弟子為何要吃素的故事。就連本宮也不知道的佛家典故和經義，在她口中竟如同信手拈來般，記得清清楚楚，解釋得更是明明白白，讓本宮是佩服得五體投地甘拜下風啊。你這個書呆子，有機會不如和芙妹妹過過招，到時候就了然為何本宮對她這麼感興趣了！」

「臣弟常來聽老師授課，倒也知道她是極聰明的。」姬無殤見太子說話間眉飛色舞，對柳芙果然興趣極濃，心下也有了打算，見周圍並無其他人，便低聲道：「之前太子送來的壓驚禮，不知柳小姐可否奉上了回禮？」

太子一愣。「你怎麼知道本宮送了禮過來？」

姬無殤笑笑。「還不是柳小姐的婢女，讓臣弟給太子傳信呢。」

「什麼信？」太子看起來有些緊張。

「還能有什麼信。」姬無殤會心一笑，把玩著手中的茶盞。「太子費了那樣的心思送上禮盒，難道就不期望柳小姐能看透您的心意，也回贈您一封『藥書』？」

「四弟，你都知道些什麼，還不快告訴為兄！」太子目光一閃，表情興奮。「是不是芙妹妹看出了本宮所贈之藥中的涵義？她的婢女說了些什麼？她到底喜歡，還是不喜歡？快些告訴本宮啊！」

「太子，您別急。」姬無殤見他如此激動，反而賣起了關子。「要是臣弟，就不會太魯莽地讓柳小姐知道自己的心意。」

「怎麼說？」太子完全忘記了眼前的人是和女人絕緣的，倒認真遵循起姬無殤的意見來。

姬無殤放下茶盞，認真道：「柳小姐年紀尚小，婚配之事現在提及還太早。不若你與她交好，慢慢互相熟悉，將來等她到了及笄之齡，一切便能水到渠成。」

「不行！」太子卻擺擺手。「你沒看到芙妹妹嗎？她雖然不過才八、九歲的年紀，但已經有了極為出眾的容貌。恐怕等不到及笄，翻了年就會出落得更加標緻。這文府又進進出出的全是大周皇朝的青年才俊，難保不會有人看中，提前向文老先生提親。若是本宮不主動些，將她的心給提前俘獲了，將來難保她不會成他人之妻。所以，你的辦法不可行，不可行。」

「難道太子想納柳小姐為太子妃？」姬無殤故意面露驚訝之色，心下卻已然知曉了答案。

第六十五章　心思已無疑

面對著不過比自己大了一歲的親兄弟，姬無殤的目光裡閃過一絲不易察覺的複雜情緒，乾脆直言問他是否動了納柳芙為太子妃的念頭。

「有何不可？」太子並未察覺姬無殤語氣中的深意，氣定神閒地飲了口茶。「她乃文氏入了族譜的孫女兒，身分上來說不算太低。更何況年紀尚小就素有才名，性情容貌也是一等的，想來父皇也不會反對。」

「既然如此，那就是臣弟多慮了。」

聽了太子的話，姬無殤了然地點點頭，眼底閃過一抹深沈。似乎是斟酌了一下，這才主動附到太子的耳邊，用著只有兩人之間才聞的聲音道：「之前臣弟來聽老師授課，與柳小姐的婢女偶遇，她央求臣弟轉達一句話給太子。」

「什麼話？」太子有些意外。「她一個下人，有什麼話要對本宮說嗎？」

「太子之前不是派了冷鳳過來送上壓驚的禮物給柳小姐嗎？」姬無殤揚了揚眉，悄聲道：「那婢女說，有機會她家小姐會親自向太子致謝的。至於謝什麼，太子應該知道得一清二楚吧！」

聽了姬無殤所言，太子臉上先是掠過一抹驚色，之後才心領神會地點點頭，臉上隨即浮起了濃濃的笑意來。「本宮就知道芙妹妹聰慧如此，絕對能讀懂那一匣子藥名中含的深意！

等了這兩天，本宮先前看到芙妹妹，見她神色如常，還以為一番心意付諸流水了呢。卻沒想，得來全不費功夫啊！」

「柳小姐是女子，自然要矜持些。」姬無殤順著太子的心思道：「相信她會對您有個回應的，太子放心吧。」說到此，姬無殤轉而又道：「臣弟可真是佩服太子，能想到如此巧妙的方式傳信兒。」

姬無殤的語氣裡並不完全是稱讚，若太子注意些，便能聽出裡面蘊含的一抹嘲諷。只可惜他此時此刻完全沈浸在興奮的狀態中，根本無從發覺，只伸出手指不停的點著身邊的桌几。「如此，本宮可要好好的謀劃謀劃，至少先得讓母后見見芙妹妹才行。」

姬無殤盯著他不停敲動的手指，略微撇了撇嘴角，便頷首飲茶。「太子要滿了十八才能定下太子妃人選，如今還有兩年的時間，足夠您籌謀了，倒不用急於一時。」

「兩年的時間可不算長，所以不能懈怠了！」太子滿眼都含著笑，好像已經下定了決心要娶柳芙似的。「沒關係，元宵節的夜宴素妃娘娘應該給芙妹妹下了帖子的。到時候，一定要讓母后一看到她就心生喜歡，那以後的事情就好說了。」

「一切由太子定奪，無論如何，臣弟都是站在太子這邊的。」再次抬起頭，姬無殤臉上又出現了那張猶如假面似的笑顏，幾乎毫無破綻。

「好說，好說！」太子點點頭，似乎覺得柳芙去了這些時候還沒轉回，抬眼看向了門邊。「怎麼芙妹妹耽誤這麼久？」

「應該就快來了吧。」姬無殤倒是沒放在心上，只顧自地飲著茶，腦中盤算著之前就想好的計劃……

「對不起，讓太子殿下和裕親王久等了。」說話間，養心堂的門簾被暖兒撩起了，柳芙閃身而進，後面則跟著一身皇家書院常服的李墨。

「微臣參見太子！」

李墨屈身入內，趕緊就向著太子的位置行了大禮，之後又轉而向姬無殤福禮道：「見過裕王。」

「不用多禮。」太子面含微笑地擺了擺手。

柳芙作為中間人，自然要詳細地為太子介紹一番李墨的身分來歷，便上前主動道：「這位李公子便是那『神農園』的少主人，裕王應該見過，他也是文爺爺的弟子，同時也是皇家書院的教習師傅。」

「神農園？」太子挑了挑眉。「這名字有意思。」

李墨趕緊躬身恭敬地道：「《茶經》有云：『茶之為飲，發乎神農氏，聞於魯周公。』又云：『茶者，南方之嘉木也，一尺、二尺乃至數十尺，其巴山、峽川有兩人合抱者，伐而掇之。』而『巴山峽川之地』說的就是如今的神農架一帶，所以家父才給茶園擇名『神農』。」

太子很是意外，讚道：「李公子真是青年才俊啊，也不愧是茶園少主人，對《茶經》竟也熟悉如斯，本宮佩服。」

「讓太子見笑了。」李墨坦然地接受了太子的讚賞，卻不著痕跡地往柳芙那邊望了一眼。「虧得家父時常教導，不然，以微臣劣根之質，哪裡知曉這些《茶經》之文呢。」

「文人就是喜歡自謙。」太子卻笑笑，上下仔細打量了一番眼前的李墨，似乎極為欣賞。「李公子卻是有真才實學之人，若過於妄自菲薄卻也不誠啊。」

李墨也附和著笑了笑，語氣仍舊充滿了恭敬和謙虛。「承蒙太子看重，微臣受寵若驚。」

「好了，也別客套了，咱們還是商量正事兒吧。」太子指了指旁邊的位置，示意李墨跟來。

姬無殤看準時機，主動插話道：「太子，您和李公子有要事相商，臣弟和柳小姐留下也不方便。正好臣弟有一本書要借，就在養心堂旁邊的藏書室中，不如先請柳小姐帶臣弟過去，等會兒再過來說話。您看可好？」

對於姬無殤如此「聞音知雅意」，太子很是滿意。「也好，就煩勞芙妹妹暫時陪一下四弟。」

柳芙本來還想留下，可既然姬無殤和太子都開了口，自己只好暫時迴避，便福禮道：「下人已經遣退，太子哥哥若是有吩咐，叫了芙兒過來就行。」

姬無殤熟門熟路，進了側屋就自行到書壁前翻看起來，那模樣，似乎真的在找一本書似的。

柳芙在旁邊候著，見他並沒有和自己說話的打算，而此處離得正堂又隔了一堵牆，什麼動靜也聽不到，不免有些恍神。

「怎麼，妳就只關心人家的茶葉買賣，而對自己的秘密不在乎嗎？」

手中拿著一本舊書，姬無殤神色悠閒地踱步而來，冷哼一聲。「還是，妳現在心裡只有太子，以為他能保得了妳？」

「民女不明白裕王所言為何。」面對姬無殤的「挑釁」，柳芙準備按照之前的打算，來個裝傻和打死不認。

「丫頭，妳怎麼變笨了？」姬無殤看著柳芙一副「從容就義」的樣子，覺得有些好笑。「本王既然會開口，就一定手上握有足夠的證據。怎麼，妳認為裝作什麼都不知道就可以輕鬆過關？那妳便不是笨，而是太天真了。」

柳芙緊緊咬著一口玉牙，眼看姬無殤越來越近，那笑裡藏刀的樣子就好像一隻狼正緩緩面對獵物伸出利爪，不由得背上起了一層冷汗，下意識地別過眼，卻並不打算就此妥協，只憋住了氣兒道：「民女真的不知裕王殿下說的是什麼。」

面對柳芙的接連否認，姬無殤卻好像很有耐心似的，步步而近後便緩緩沈下了腰，湊到她的面前，犀利中含著陰冷的眼神直接罩住了她那張嬌顏如花的小臉。「本王雖然有的是工夫，但妳也別妄想能夠挑戰本王的耐心。」

已經感覺到一股溫熱的呼吸在耳畔撩動，柳芙忍不住全身一顫，卻死死咬住薄唇，使勁地搖了搖頭。「民女不敢。」

「其實，本王根本捨不得傷害妳。」姬無殤突然笑了起來，伸手輕輕撫過了柳芙的側臉，指尖滑到了她尖巧的下巴上，反手一把握住，強迫她轉而正面對著自己。「妳這張臉，還有妳這聰明的小腦袋瓜子，本王都有大用。」

看著眼前一張放大的俊顏，柳芙只覺得渾身的力氣都被抽離了一般，只能任由姬無殤的手箝制住自己。「裕王您是什麼意思……民女不明白……」

似乎是想要看清楚柳芙臉上的每一個毛孔，姬無殤不經意間已是越靠越近，輕輕一嗅，那屬於女兒家的淡淡馨香幽然便鑽入鼻息，繚繞不絕。與此同時，雙眼中也隨即浮起了一抹晦暗不明的神色。「聰明人和聰明人打交道，從來不會覺得累。可妳現在的表現，開始讓本王覺得煩了。」

柳芙忍著心頭的恐懼和慌亂，強迫自己一定要冷靜下來，可呼吸間那一股屬於姬無殤的霸道氣息卻讓她幾近窒息。更別提他是如此的靠近，連對方的心跳彷彿都能聽得清清楚楚，這讓她的大腦逐漸陷入了一片空白。

雖然這副身子還只是個不到十歲的女童，但柳芙的心智已經是十五、六歲的少女了。前生的她哪裡曾和男子如此靠近過？更別提這種帶著危險的過分緊貼，使得她心底都開始顫慄了起來。

但理智卻在不斷地提醒她，像是一道沁冷的溪水緩緩滑過滾燙的心扉，告訴她，眼前的男子絕對不會是自己能夠輕易唬弄敷衍的，他是姬無殤，是未來的君王，得罪他的下場可能比重生前被送去和親還要淒慘。

想到此，柳芙終於啟唇，用著細弱幾近無聲的語氣道：「你到底想怎麼樣……」

「這才乖嘛。」看著眼前的小人兒終於妥協，姬無殤會心而笑，那勾起的唇角，那微揚的眉梢，好像是勝利者在欣賞自己的戰利品一般。

順而放開了柳芙的下巴，姬無殤看著自己留在那片瑩白肌膚上的紅印，不知為何心底掠過一絲微痛的感覺。將這種不應該有的痛感擠出了身體，姬無殤抬眼後，只冷冷道：「很簡單，本王要和妳做一個交易。」

「交易？」柳芙自嘲地笑了，手掌捂住有些生疼的下巴，輕輕地揉著。「民女何德何能，竟有籌碼可以和裕親王交易？」

沒有想到這個時候柳芙竟還有心情打趣自己，姬無殤笑容之中透出一抹欣賞。「妳可不是普通的小女子，單是妳這張臉，就已經把太子殿下迷得七葷八素了，又何必妄自菲薄呢！」

柳芙不笨，當她聽見姬無殤說出這句話的時候已經知曉了他所謂的「交易」到底是什麼。壓住心中的反感，故作小心道：「若是裕王殿下要民女去討好太子，這並不難。」

姬無殤卻搖搖頭，上下打量著柳芙。「本王要妳做太子妃！妳可願意？」

——未完，待續，請看文創風080《絕色煙柳》中卷

重生裡無情似有情·機巧鬥智中藏纏綿悱惻／

一半是天使

想要獲得救贖，只能依靠自己。不想愚昧地懷著悔恨再活一次，
她要穿著美麗的外衣，智慧機巧地為自己推轉命運之輪……

文創風 079

絕色煙柳 上

國家圖書館出版品預行編目資料

絕色煙柳 / 一半是天使著. --
初版. -- 臺北市 : 狗屋, 民102.04-
冊 ; 公分. -- (文創風)
ISBN 978-986-328-035-4 (上冊 : 平裝). --

857.7　　　　102004459

著作者　一半是天使
編輯　王佳薇
校對　黃薇霓　黃亭蓁
發行所　狗屋出版社有限公司
地址　台北市104中山區龍江路71巷15號1樓
電話　02-2776-5889～0
發行字號　局版台業字845號
法律顧問　蕭雄淋律師
總經銷　知遠文化事業有限公司
電話　02-2664-8800
初版　102年4月
國際書碼　ISBN-13　978-986-328-035-4
原著書名　《绝色烟柳满皇都》，由起點中文網（www.cmfu.com）授權出版

定價250元
狗屋劃撥帳號：19001626
網址：love.doghouse.com.tw　E-mail：love@doghouse.com.tw